女

塔谷北斗
塔谷希望

黒井ユリ
宮本善

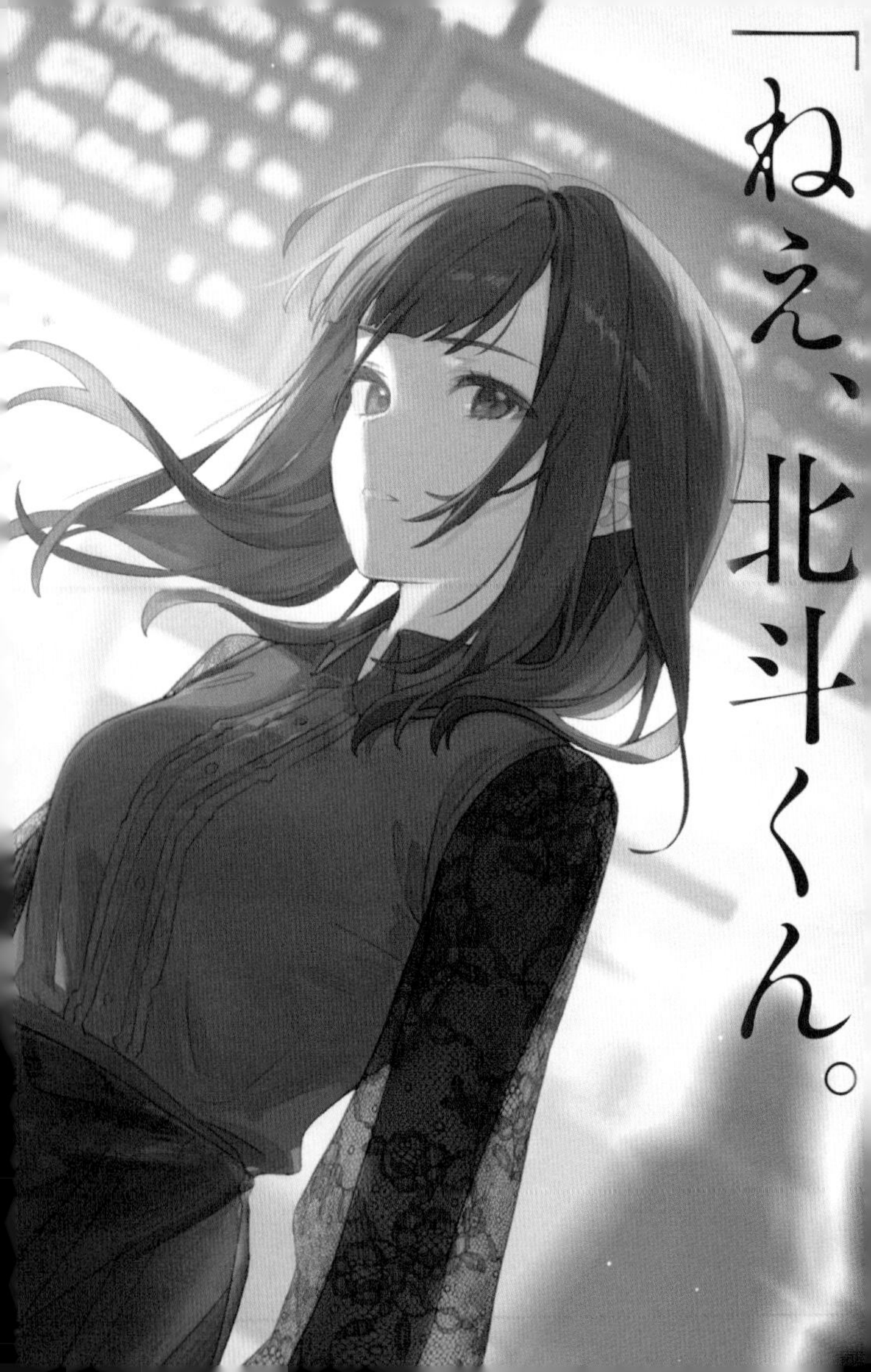
「ねえ、北斗くん。

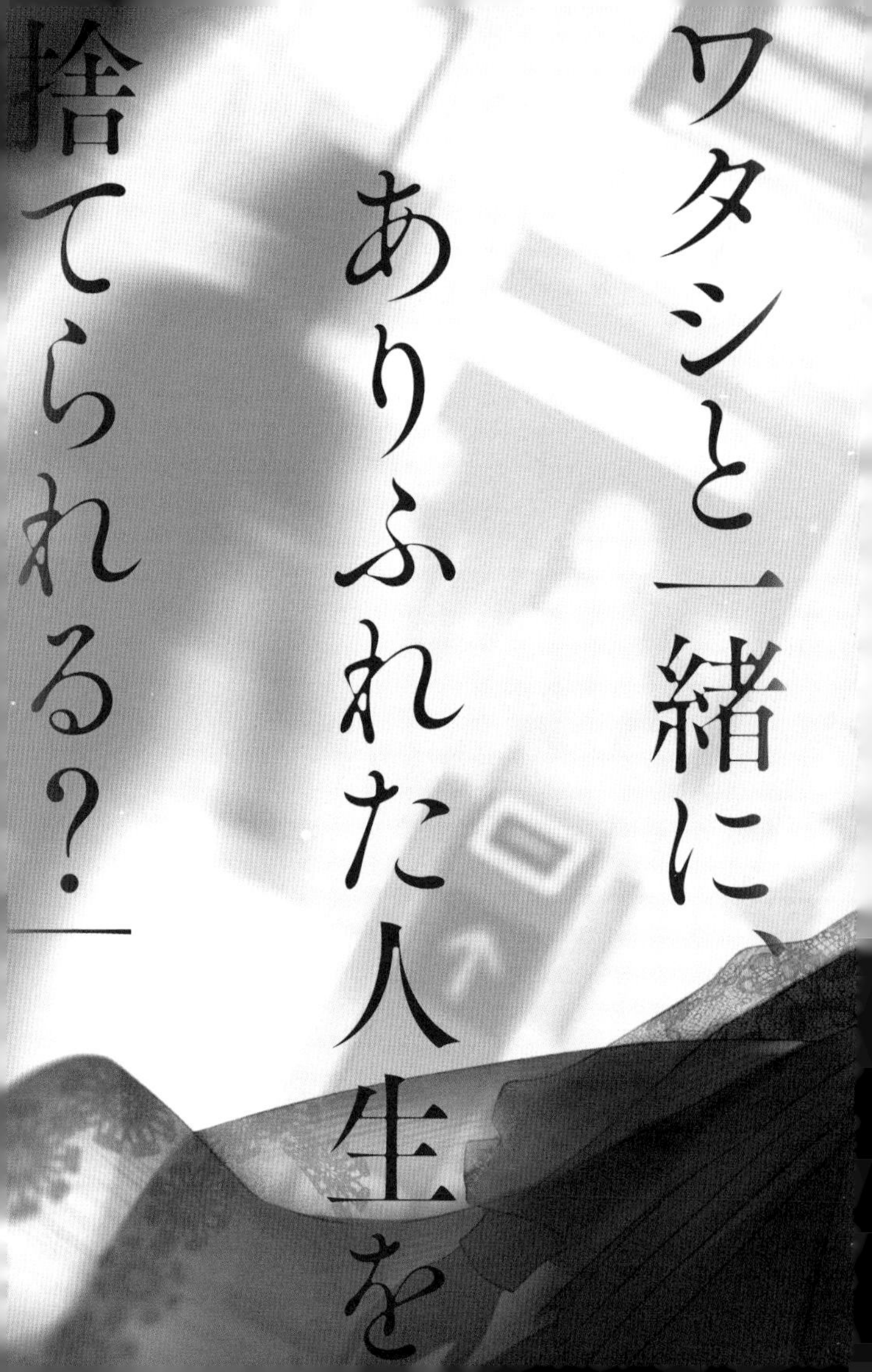
ワタシと一緒に、
ありふれた人生を
捨てられる？——

「これは一生、忘れられないんじゃないですか」
「……うん、
大切すぎる思い出になった。
一生、忘れられないや」

もくじ

消せる少女

あまさきみりと

MF文庫J

口絵・本文イラスト●Nagu

プロローグ

長い夢を見ていた気がする。

夢に出てきた銀髪の少女はどこかに咲く花のような名前だったが、誰に聞いても彼女を知っている者はいない。

この世界に存在しない人間を知っているはずがない……当然のことなのに、胸の奥に痞《つか》えた異物が痛みを引き起こし、じくじくと熱を帯びた。

この夢を完全に忘れてしまわないうちに、僕なりの手段で描き残しておこう。

これは僕にしか描けない。僕が描き上げなくてはいけない。

待っている人がいる。これを読んでくれる人がいる。

心が騒ぐ。胸が躍る。腕が震える。

僕が知らないはずの〝誰かさん〟の笑顔が、見たい。

ただ、それだけのために——


公園の片隅でタブレットを取り出した僕は、そっとペンを握った。

第一章

こんな世界なんて消えてしまえばいいのにね

いつごろからだろうか。

ありふれた毎日を嫌い、非日常の世界を夢見ていたのは。

すべてを敵に回しても大切な人を守る——なんて歌詞や名台詞《めいぜりふ》はたまにあるけれど、そんな場面など普通に生きていたら味わえない。

人生は退屈だ。

僕が生きている現実という世界は刺激的な出来事もあまりなく、義務教育から毎日のように勉強させられ、いずれ働いて金をもらうための効率的な進路を決める。

中学三年にもなれば将来の夢にも変化が起こり始め、プロゲーマー志望だったやつが良い学歴を積み重ねようとしたり、声優志望だった女子が建築の勉強を始めたりと、進路に現実味が増してくることも多い。

周りの大人たちは『夢を持て』と期待させるくせに、一握りの人間しか成功できないような憧れの職業を夢見ると『現実を見ろ』という呆《あき》れた顔色を晒《さら》してくる。

そんな大人たちを遠目から見ているだけで、嫌でも察する。

それなりの学校に進み、それなりの会社に就職し、それなりの家庭を作り、それなりの人生を寿命で終えられるのが平凡な人間の幸せ。

物価が高騰しても給与はさほど上がらず、未婚率や少子化も加速する現代では、それなりという位置ですら高望みとなりつつあり、大人へと成長していくうちに〝普通こそが理想〟という世間の空気に毒され、若者たちにも刷り込まれていくのだ。

僕もいずれはそうなってしまうのか。

目の前で授業の要点を長々と語る教師と同じような、ただただ退屈な仕事を繰り返すだけの大人に。

だったらもう、世界なんて滅んでしまえばいいのに。

こんなおもしろみの欠片《かけら》もない現実など、綺麗《きれい》に消えてしまえばいいのに。

そうすれば、僕自身が消える瞬間までは心躍るだろうから。

僕が求めるのは非日常。

普通から逸脱していれば、もはや何でも構わない。


中学三年の冬始め。チャイムが鳴った。

人が集まると無駄に群れたがり、本音を隠して他人の顔色を窺《うかが》いながら人付き合いを維持している連中がそこらにいる。少し離れた外野から眺めているだけで辟易《へきえき》した。

昼休み、教室の隅に座る僕の周りには人が寄ってこない。僕は無意識に異能や結界でも発動しているのではないか、と中学二年の去年までは本気で思っていたが、ネットで中二病という言葉を知ってからは密《ひそ》かな黒歴史になっている。

休み時間が来るたび、自分の口から小さな溜《た》め息《いき》が漏れるくらいには憂鬱だ。

周囲の下品な笑い声が煩わしく、教室にいるときは常に不快な気分にさせられる。

ああ、夢も希望もないとはこのことだろうか。

義務教育だからと小さな教室に無理やり押し込められ、自分を押し殺した愛想笑いのコミュニケーションを強いられ、馴染《なじ》めない者は集団の輪から弾《はじ》かれてしまう。

僕は空気のような存在に徹した。

友人関係が築けないのを悩む中高生も多いと聞くが、いままさに孤立している僕個人の意見としてはハブられるのはメリットのほうが大きい。

明確な目標や将来の夢を持ち、つまらない人生を大きく変えたいと思っている人にとっては、ただ群れて駄弁《だべ》るだけの関係性など害悪でしかないと言える。

他の連中が意味もなく集まって昼食をとる上辺の人付き合いに興じているあいだ、僕は自由に行動できる。他人のために割く無駄な時間を自分のために使えるというだけで、孤独なのは大きな利点にもなるのだ。

誰にも声をかけられないまま教室を抜け出した僕は、学校の端にある階段下へ。

余った机や椅子が置かれている物置き扱いの階段下に好んで寄りつくのは僕みたいな余り者だけで、予想通り先客などいない。だからこそ、クソ寒いこの場所を選んだ。

昼休みならではの賑《にぎ》やかな声が遠くから響いてくる中、椅子に腰かけた僕は持参したタブレット端末を起動させ、専用のペンで画面に触れる。

イラストツールを開き、制作途中のデータを表示させた。

ざっくりとしたコマ割り、人物や背景などを表した拙いネーム、吹き出しに薄《うっす》らと書かれた台詞《せりふ》……この制作途中の漫画は、以前から僕が描いているものだった。

あいつらは学生時代が楽しければ満足するだけの短絡的な生き物でしかないが、僕は卒業してからの長期的な視点で考えているから、あいつらが貴重な時間を食い潰しているうちに、僕は自分の夢を追い求めるために動く。

捻《ひね》くれた言い方で自分を奮い立たせているものの、他の連中が遊んでいるうちにデジタルで漫画を描いている。それだけの話をかっこよく言い換えているだけだ。

昼食もとらずにペンを動かす。

半年くらい前から描き始めたので当然ながらプロ並みではないし、どこからどう見ても基礎が身についていないため、他人に読まれたら絶対に笑われるだろう。

少し描いては消しゴムツールで消し、また少し描いては消す。

こんな調子ではネームがいつまでも完成せず、ペン入れまでは程遠い。

投稿サイトで連載中の異能バトル漫画。

各キャラの能力や設定などは細部まで考えているものの、肝心のストーリーはざっくりとしか思いついておらず、画力が低すぎて脳内の構図をネームで表現できないから似たような角度の人物ばかりになってしまう。いわゆる、設定を考えるのだけは楽しい状態。

思い通りにいかない現実は精神的に辛《つら》い。

描くたびに『自分は特別な才能もない下手くそ』だと思い知らされるから、自分の絵には嫌悪感さえある。できれば見たくない。

しかし、すぐに投げ出してしまったら何者にもなれない。

僕には秀でた容姿や頭脳もなければ友達もいないけれど、将来の夢だけはある。

〝好きなことですらすぐに投げ出す陰キャ〟にはなりたくないと思ったから、大嫌いな自分の絵を生み出し続け、正面から直視する。

「うまく描けない……難しすぎる……」

一枚絵は模写で何度も練習したつもりだったのに、漫画となると技術や経験の足りなさを嫌でも痛感させられ、頭を抱える回数も増えた。

「ああ……へったくそな絵だな……」

自分の描いた絵を何度見ても下手くそすぎて、目を背けたくなる。恥ずかしい。

「自分の絵を見たくない……」

どうしてこんなに惨めな気持ちを味わっているのだろう。

人生において漫画を描くなど強制的ではないし、学校でテストがあるわけでもないのに自主的に挑戦して苦しんでいるのはバカの所業だ。

たぶん、夢を追っている数多《あまた》の人はこうして挫折していくのかもしれない。

無個性な人生になるのが嫌だっただけで、それから目を背けるために生半可な覚悟で将来の夢に縋《すが》るが、ちょっと上手《うま》くいかないだけで投げだそうとする。

コネも才能もない凡人なんかにはそもそも無理だった、と言い訳を並べ、今度は傷つかずに諦めるための口実を探そうとする。

心の中の弱い自分は、こう囁《ささや》いてくるのだ。

諦めてしまえばいい。そうすれば楽になる。

ゲームを何時間もしたり漫画を読んだりしたほうが、よっぽど有意義で満足できる。描いた漫画を真っ白に消してしまいたい衝動に駆られながらも、どうにか思《おも》い止《とど》まった。

いったんペンを置き、スマホに触る。

軟弱な心が闇落ちしそうになったときは、とあるサイトを閲覧するのが日課だった。

イラストや漫画を中心に扱う投稿サイト。

練習で描いたイラストや連載漫画を以前から投稿していたのだが、人気ランキングに載るどころかお気に入り数は微々たるもの……しかし、そんな状態でもかろうじて心が折れない理由が一つだけある。

今朝、僕がアップした短い漫画のページをスクロールしていくと――

「うおっ！　さっそくコメントがついてる……！」

思わず拳を握り締め、胸がじんわりと火照ってきた。

鬱屈していた気分が吹き飛び、テンションが急上昇していく。

アカウント名・ヒマナヒト

【もしかして次の更新では新しいキャラが出てくるんですか!?　早く読みたい！】

ランキング圏外の連載漫画に新着コメントが書き込まれており、明らかに応援の意味合いが込められているのだ。上機嫌にならずにはいられないだろう。

しかも、このアカウントが応援コメントをくれるのは初めてではなかった。最初の作品をアップしてから最新作まで欠かさずに応援コメントを書き込んでくれるアカウントこそが『ヒマナヒト』であり、この人のおかげで筆を折らずにどうにか創作活動を続けられている。

自分が描いた漫画から目を背けたくなる毎日なのに、誰か一人でも待ち望んでくれるから、こそこそと描き続けられるのだ。

【いつもありがとうございます！　ちょっと苦戦してますが、ヒマナヒトさんに楽しんでもらえるようにがんばります！】

僕はお礼のコメントを返し、スマホの画面を消した。

「……ヒマナヒトさんにがっかりされないような漫画を描かないとな」

たった一人でも褒《ほ》めてくれる人がいると、僕みたいなやつは調子に乗ってしまう。

ほぼすべての人間に見向きもされなかったり嘲笑されたりしても、たった一人が待ち望んでくれるなら……なんて、自分に酔ったような解釈が自らを突き動かす。

この人は心の支え。逆に言えば、唯一のファンと言ってもいいヒマナヒトに見放されたら、いとも容易《たやす》くペンを握らなくなる未来が待っているに違いない。

気合を入れ直し、原稿が表示されたタブレットと再び向き合ったのだが、学校という強制的な集団生活の場では面倒な邪魔者が現れる。

「塔谷《とうや》くーん、こんなところで何してんのー？」

この学校に塔谷という苗字《みょうじ》はおそらく一人しかいないため、この不快な声は僕に向けられているとわかった。

先ほどまで教室で駄弁《だべ》っていた男女グループが階段前を通りかかり、僕の存在に気づいてしまったらしい。心の底から嫌な予感しかしなかった。

「誰だっけ、こいつ？　お前の知り合い？」

「同じクラスの塔谷だろ？　まだ憶《おぼ》えてねーの？」

「クラス替えしたから影薄いやつまで覚えてねーわ」

「ひっでえ！　去年も同じクラスだっただろ！」

「見るからに陰キャっぽいやつと基本絡まないからどうでもいいわー」

僕を認知しているかどうか、みたいなくだらない話題で笑い、ニタニタと口角を上げるこのグループはクラスでも目立つ集団。陰キャ目線からは一軍や陽キャなどと括《くく》られる生き物だ。関わりたくない。嫌な思い出がふつふつと蘇《よみがえ》り、冷や汗が止まらなくなる。気分は最悪だった。

「もういいかな……僕は教室に戻るから」

僕は目線を合わせないようにこの場から立ち去ろうとしたが、

「せっかくだし、もうちょっとお話ししようぜー？」

大柄の男に馴《な》れ馴《な》れしく肩を抱かれ、僕の小さな身体《からだ》と貧弱な力では振《ふ》り解《ほど》けない。

雰囲気でわかる。こいつらは僕と友人になりたいわけでも興味があるわけでもなく、ただ単にヒマ潰しの玩具《おもちゃ》を見つけただけに過ぎないことを。

「一人寂しくこんなところで何してたのー？」

「……昼ご飯をここで食べていたんだけど」

「中学でぼっち飯してるやつ、リアルでいるんだ！　初めて見た！」

馬鹿にしたような言い方がきっかけで笑いが起きる。

常に群れたがるこいつらにとっては、昼休みに階段の下で孤独に過ごしている僕など見下しの対象でしかないのだろう。

だが、僕は煩わしい人付き合いを避けるためにあえて孤独を選んでいるわけである。

お前らと関わる時間が無駄なんだよ、と強く言い放ってやりたいところだが、そんな度胸があったらこいつらに見下されるような人生になっていない。

俯《うつむ》いた弱々しい表情で何も言い返さないから舐《な》められ、馬鹿にされる。

心の中では強い言葉で貶《けな》しているくせに、それを口には出せない臆病者。それが塔谷北斗《とうやほくと》という人間だった。

「そういえば、タブレットみたいなの持ってなかった？　動画でも見てたん？」

「いや……持ってない。見間違いじゃないかな」

「見間違いじゃねーよ。ちょっと貸してみて」

「授業の調べものとかに使うだけで大したものじゃないから……」

僕が片手に持っていた鞄《かばん》に連中の視線が注がれる。

最悪だ。こういう連中にだけは気づかれたくないと常々警戒していたにも拘《かかわ》らず、ちょっとした気の緩みから綻《ほころ》びが出てしまった。

「やっぱり持ってるじゃーん」

向こうは複数人。背後から鞄をひったくられ、遠慮なく中身を漁《あさ》られる。

「クラスの友達にウソつくなんて酷《ひど》くない？　塔谷くんがそういう態度だと傷つくなあ」

ケースに入れられたタブレットを探り当てられ、目の前に掲げられた。

学生時代に集団でイキってるときが人生のピークみたいなカスどもと友達とか笑わせんな、などと軽口で煽《あお》ってやりたい……が、現時点の僕はカスどもよりも雑魚《ざこ》なので手の震えが止まらず、喉までせり上がった反論の言葉も飲み込んでしまう。

「これ、俺たちに貸してほしいなあ。漫画とか大きい画面で読みたいしさあ」

「それは無理だよ！　僕だって使うんだから！」

「堅いこと言わない言わない♪　塔谷くんが使いたいときは返すからさあ」

自己中心的な言動を目の当たりにし、僕の苛立《いらだ》ちが収まらなくなってきた。腹立たしい要求は即座に断ったものの、タブレットは奪い取られたまま返してくれる素振りはない。

「返してくれ！　それがないと僕は……！」

「なに？　そんなムキになるほど必要なものなの？」

「……とにかく！　キミたちには貸さない！　返せ！」

「えー？　どーすっかなー？」

　連中の一人が手に持つタブレットに僕が手を伸ばしたが、あっさりと躱《かわ》され、タブレットを放り投げられる。連中の仲間がそれをキャッチし、追いかけてきた僕を嘲笑《あざわら》うかのようにまた別の仲間へパスした。

「せっかくだから俺たちと遊ぼうよ。このタブレットを昼休みが終わるまでに取り返してみてー」

　数人の不快な笑い声が重なる。完全にバカにされている。こんなやつらに遊ばれる自分が本当に情けない。タブレット目掛けて手を伸ばすが、すんなり回避されたり他のやつに投げ渡されてしまう。

「ほらほら、バスケみたいになってんぞー。パスをカットできるようにがんばれー」

　こいつらは狡賢《ずるがしこ》く、見下した陰キャに対する対応の線引きが巧みだ。

　わかりやすい暴力や暴言はなるべく使わず、あくまで『友達同士のふざけあい』という雰囲気を保つから教師が口を挟みづらく、いままさに廊下を通りかかった他の生徒や教師にも見て見ぬふりをされ、誰も助けてはくれない。

　雑に放り投げられたタブレットを連中の一人が受け取り損ねた。

　宙を舞ったタブレットは階段の手すりの角にぶつかり、床に落下する。

「おーい、どこ投げてんだよー。お前のせいだからなー」

「わりぃ！　コントロールをミスった！　ワザとじゃないから！」

「塔谷《とうや》くんが可哀《かわい》そうだろー」

へらへらと笑いながら心のない謝罪。一時的にヒマを潰せて満足したのか、クラスの連中は教室のほうへ引き揚《あ》げていく。

その場に取り残された僕は、床に落ちていたタブレットを拾い上げた。

カバーをつけていたとはいえ、放り投げて激突した衝撃は強かったらしく、液晶画面に大きな傷が入っていた。

悔し涙が出そうになるも、懸命に堪《こら》える。拳を握り締め、震える腕を押さえる。

「……消えてしまえばいいのに!!」

あいつらは消えればいい。

見て見ぬふりをした人たちも、それを平然と許すこの世界も、消えてしまえばいい。

みっともない掠《かす》れ声で強がってみせる。

心だけは負けていない。心まで折れてしまったら、完全敗北になってしまうから。

どうしてあんなやつらと強制的に関わらなければいけないのだろう。

義務教育という檻《おり》に閉じ込められ、苦痛の平日を耐えなければいけないのだろう。

僕はただ、誰にも迷惑をかけず静かに生きているだけなのに。

中学卒業まであと数ヵ月が、信じられないほど遠く感じた。

これが現実。どこにでもあるクソみたいな現実。

――こんな世界、早く消えてくれ。

いつからか、何度も、何度も、そう願うようになっていた。

でも、中二病は卒業した。自分に世界を変えるような力がないのはわかっている。

だから僕は、創作物などの非日常に恋をしていた。

すべてを敵に回しても大切な人を守るような物語にも憧れていた。

現実の自分がこんな状況だから。せめて逃避できる場所くらいは作りたいから。

どうあがいても特別になれない自分は、その憧れをフィクションとしてこの世に生み出すべく、現実からかけ離れた非日常系の漫画を描いている。

目の前にある理不尽な現実への、せめてもの対抗手段として。

「特別な存在になりたい……」

怒りと落胆が混ざった涙を堪《こら》えきれず、捻《ひね》りだした浅はかな願望の言葉とともに一筋だけ頬《ほお》を流れた。

＊＊＊＊＊

その日の学校帰り。

家に直帰するのを躊躇《ためら》い、気分転換も兼ねて帰路の途中にある公園に寄り道した。

冬の公園は枯れ草が目立ち、遊具も冷たくなっているものの、元気が有り余った子供たちの声が響き渡っている。

「はあ……どうしようかなぁ」

溜《た》め息《いき》を吐《つ》いた僕は鞄《かばん》からタブレットを取り出し、落ち込んだ気分のまま見つめる。

購入してから日が浅く、まだ新しかったのに……液晶画面に大きな傷が入ったのが相当堪《こた》えていた。修理するにしてもお金がかかる。両親がいない僕の家は裕福ではないので、これ以上の出費をお願いするのも心苦しかった。

「あいつらが弁償しろ！　くそ！　くそが！」

土台がバネになった動物型の遊具に跨《また》り、語気を荒らげながら前後に激しく揺れるというストレス発散をした。

「学生時代に群れて騒いでるときが人生のピークみたいな連中が生意気なんだよ！　社会に出たら落ちぶれていくだけのくせにさぁ！　あいつらが闇バイトで窃盗とかしてニュースに名前が出る日もそう遠くないんだろうな！　ああ、楽しみだ～っ！　クソが！」

僕の魂から捻りだされた汚い雄叫《おたけ》びは、周りの小学生たちをちょっとだけ怖がらせてしまったようだ。変な視線を突き刺され、恥ずかしさゆえ我に返る。

……情けない。クラスの憎き連中がいないところだったら強気で罵れるのに、実際は好き放題バカにされて密《ひそ》かに泣いているだけの雑魚《ざこ》なのだから。

「大人しく漫画でも描こう……」

ただ理不尽な現状を嘆いているだけでは何も始まらないし、未来も変わらない。

この世界を消す力がないのなら、自分が変わらなければ現状も変わらない。

絵や話作りがもっと上手《うま》くなりさえすれば、負のエネルギーを詰め込んだ最高の物語が誕生するはずで、いまはその通過点に過ぎない……と、究極のプラス思考になってみる。

そうだ、この経験も漫画の資料にすればいい。

僕みたいな境遇のキャラを生々しく描写できたり、あるいは陽キャ連中みたいな噛《か》ませ犬を作中で躊躇《ちゅうちょ》なく悲惨な目にあわせることができる。

僕のバトル漫画は陰キャに優しく、不快な陽キャには厳しくしよう。そうしよう。

反抗心によりモチベーションが急上昇し、ネーム時に悩んでいた話の流れが徐々に見えてきたので、タブレットの画面上にペンを走らせた。

特別な存在になりたい。

でも、最低な人生が大人になっても続くというのなら、こんな世界なんて——

「こんな世界なんて消えてしまえばいいのにねえ」

ふと、真後ろから声がした。

僕の心の内を代弁するかのような台詞《せりふ》に身震いし、困惑する。

人の気配。漫画を描くのに集中していて気づくのが遅れた僕は驚き、肩をびくりと震わせながら反射的に振り返る。

瑞々《みずみず》しい声音から察してはいたが、後ろに立っていたのは女の子だった。

凛《りん》とした力強い瞳がこちらを見据え、肩まで伸びた美しい髪に目を引かれる。

あどけなさは残すものの中学生の僕より身長は高く、同年代の女子よりも大人びている整った顔立ち。流行《はや》りのベースボールキャップを被《かぶ》り、オーバーサイズのパーカーを羽織っているのでカジュアルな印象を受けた。

全体的な感想を言わせてもらうと、一目惚《ひとめぼ》れしそうになるくらいには可愛《かわい》らしかった。いけない。姉《ねえ》ちゃん以外の女子から話しかけられるのが久しぶりすぎて、思わず見惚《みほ》れてしまった。

パーカー女の第一声を思い返してみる。

こんな世界なんて消えてしまえばいいのにねえ、とか言っていたような気がした。

「もしかして……中二病なんですか？」

「失礼だねえ。たしかに中二っぽい発言をしたような気がするけどさ」

「謎の女に意味深な声をかけられたら、僕みたいな拗《こじ》らせ男は勘違いしちゃいますよ」

「へえ～、どんな勘違いかな？」

「このおもしれー女が僕を〝特別な世界〟へ誘ってくれるんじゃないかってね」

「うはぁ～、本物の中二だぁ～」

「中二じゃなくて中三です」

「あっはっは！　おもしれー男！」

パーカー女のツボに入ったらしく、腹を抱えて笑われる。

この女の無邪気な笑顔は悪意が感じられず、不思議と嫌いじゃなかった。

「いやいや、突然話しかけてごめんねえ。激しく揺れながら不平不満を叫んでいる若者の様子があまりにもおもしろくて、ついつい話しかけてしまったわけなのよ」

「変わり者ですね、あなた」

「いろいろ拗《こじ》らせてそうなキミに言われたかあないんだよなあ」

確かに。お互いさまである。

「キミ、新顔かなあ？　この公園で初めて見るし」

「そういうあなたは常連ですか？」

「そんなことはないよ？　この年にもなって公園に入り浸るほどヒマじゃないし～」

したり顔のパーカー女だったが、近くで遊んでいた子供たちがこちらへ駆け寄ってきてパーカー女を取り囲んだ。

「ねー、お姉《ねえ》ちゃん！　鬼ごっこしようよ！」

「お姉ちゃんはわたしと砂場で遊ぶのーっ！」

「ブランコしよう～っ！　お姉ちゃん！」

瞳を輝かせた子供たちに腕や服を引っ張られ、たじたじになったパーカー女。

どう考えても常連の証《あかし》だろう。

「待って！　ワタシは公園の主なんかじゃないの！　ここに入り浸っていたらいつの間にか懐かれちゃっただけなのお！」

「あなた、相当ヒマなんですね」

「動物の遊具でブチ切れながら激しく揺れてたキミにだけは言われたかあないんだよ」

争いは同じレベル同士でしか発生しない状態。お互いさまである。

「ワタシはヒマだから来ているんじゃなくて、友達と遊びに来ているんだよ」

パーカー女はドヤ顔をかましながら周囲の子供たちを見回す。

「友達がいないやつほど子供相手にイキりがち、って意外と正しかったんですね」

「まるでワタシが『友達がいないから子供相手にイキってる女の子』みたいな言い方に聞こえるな？」

「言葉の意味が正しく伝わったようでなによりです」

「わかった。ワタシの負けを認めるから正論で殴るのやめよう、心が痛い」

わざとらしい苦悶《くもん》の表情で負けを認めるパーカー女はお茶目《ちゃめ》で明るく、様々な感情を素直に晒《さら》す人間だと感じた。

無駄な人付き合いを毛嫌いしている僕が、向こうのペースに巻き込まれて会話を引き出されるような体験は初めてであり、内心ではやや戸惑ってしまった。

「友達がいないのは仕方ないじゃーん？　ワタシ、学校行ってないしー」

「うわっ、不良かよ」

「はい、露骨に嫌そうな顔しなーい」

「僕みたいな底辺の陰キャはクラスの陽キャと不良が天敵なので」

染みついた負け犬根性は表情にも滲《にじ》むらしく、この人に多少ながらも苦手意識を抱く。

「やんちゃな不良に見える？　こんなに可愛《かわい》いワタシが？　ん？　どうよ？」

バツが悪そうに視線を逸《そ》らす僕の態度が気に入らないのか、渋い顔になったパーカー女が唐突に顔を近づけてきたものだから、お互いの顔が急激に近くなる。

まつ毛が長い。香水系は詳しくないけど甘い香りもする。

可愛い。すごく可愛い。こんな子がクラスにいたら遠くから目で追いかけてしまいかねない魅力。吸い込まれそうになる。

収まれ、心臓の鼓動。女子に免疫のない僕は防御力が脆弱《ぜいじゃく》なのだ。みっともない動揺を曝《さら》け出したくない僕は動物の遊具を降り、ジャングルジムの裏に隠れた。

「おーい、逃げないでよー？」

追いかけてきたパーカー女に回り込まれてしまう。

滑り台の裏に逃げる。パーカー女に回り込まれる。

逆方向へ逃げる。すぐに回り込まれる。

逃げる。回り込まれる。

公園中を走り回り、体力のない僕は肩で息をしながら足を止めた。

「なんで追いかけてくるんですか!?」

「逃げる者を追いたくなるのは生物の本能なんだよね」

「だから不良女は嫌いなんですよ……」

「学校に行ってないから不良って偏見はよくないと思うぞー？」

「すみません、不良女は失礼でしたね。友達がいない公園の主」

「この中坊、バカにしやがってぇ～キミも似たようなものでしょうがぁ～」

「しゅみましぇん」

作り笑顔がちょっと怖いパーカー女、もとい公園の主に両手で頬《ほお》を挟み込まれ、タコみたいな口にさせられてしまったが一応謝っておく。

「それで、僕に何か用ですか？　ただのヒマ潰しで話しかけたんじゃないですよね？」

頬から手を離され、間抜け顔から解放された僕は逸れまくっていた話をもとに戻す。

「えっ？　ただのヒマ潰しだからヒマそうなキミに話しかけたんだけどー？」

「失礼な。公園の主と違って僕はやることが多いんです」

「へぇ～、もしかして漫画を描いてたりした？」

「ど、どうして知ってるんですか!?」

「キミが描いてるそれ、バトル漫画だよね？」

僕が手に持っていたタブレットを指さされる。

「……見たんですか？」

「話しかける直前、キミの後ろからちょっとだけ見えた。じっくりとは読んでないけど」

「読んだならお金を払ってください！」

「残念ながらお金は持ってないんだよう。試し読みってことで許してくれ♪」

「許しませんが」

「優しくないね、キミは」

両手を合わせて謝罪する公園の主だが、軽い声音からは反省の色が感じられない。

僕も本気でお金を要求したわけではないので怒る気もないのだが、お調子者っぽい公園の主の言動に振り回されてしまっている。遺憾だ。

「他人にあまり読まれたくないんですよ」

「どうして？」

「単純に絵が下手だし、おもしろくもないので……恥ずかしいんです」

匿名のネットなら僕自身の容姿や個人情報などが伝わらないため、イラストや漫画をアップする行為への抵抗感も少ないが、顔を合わせるような他人には見られたくない気持ちがあった。

陰キャが下手な漫画を描いてる、痛い妄想をしている、笑える……僕自身と絡められて直接バカにされるのが怖かったからだ。

「どうして恥ずかしいの？」

卑屈な発言をする僕に対し、公園の主は疑問符を浮かべながら——

「だってキミの漫画、すっごくおもしろいじゃん」

純粋な微笑《ほほえ》みを零《こぼ》しながら、そう言ってくれた。

その綺麗《きれい》な瞳は真っすぐに僕を見据え、お世辞とは思えないような好印象を強く与えてくるものだから、僕は返事に困ってしまった。

「嘘《うそ》はやめてください」

「嘘じゃないってば」

「その場しのぎの優しい嘘は、ときに他人を傷つけるんです」

「かっこいいことを言ってくれるね、中坊」

「ありがとうございます、公園の主（無職）」

「何色にも染まらない無色透明な女の子だって見抜かれてたかー」

「漢字が違います」

優しい嘘のくだり、一度は誰かに言ってみたかったんだよな。

……いや、そうじゃなくて。

「じっくり読んでない人におもしろさがわかるんですか？」

表面上は冷静さを保ちつつ、やや棘《とげ》のある返事を軽く打ち返してみる。

僕は根暗な人間。

制作途中の漫画を少し覗《のぞ》き見《み》ただけと思われるこの女が、誰にでも当てはまりそうなお世辞を軽々しく言ったのではないか……と、捻《ひね》くれた受け止めかたをしてしまう。

「まー、キミを元気づけるための気休めだと思ってくれて構わんよ」

「公園で威張ってるだけの怪しい女に褒《ほ》められて喜ぶようなチョロい男じゃないんで」

「おもしろかったのは本当だけどね。キミはたぶん天才かもしれない！」

「……ふっ」

「ちょっとニヤニヤしてるじゃん。チョロいじゃん」

「……してません」

「してたよ。調子に乗った顔してたよ」

無自覚だったが、思わず口角が上がってしまったらしい。

それを見抜かれ、意地悪な顔になった公園の主に突っ込まれてしまう。

僕は冷静沈着な人間でありたいと意識しており、たとえ年上の可愛《かわい》い女の子に褒《ほ》められようが嬉《うれ》しさを滲《にじ》ませたりは——

「毎日でも読みたいな、キミの漫画を」

「ううっ……！」

僕の目を真っすぐ見た公園の主がそう囁《ささや》きかけるものだから、僕は困惑し、頬《ほお》が異様に火照る。

「な、な、なんなんだよ、やめろ！　そういう甘い言葉で僕みたいなガキを騙《だま》して、そのうち褒めるごとに千円とか要求してくるんですか!?　キスは一万円以上じゃないとさせませーんとかぬかしながらお預けさせて、チョロいガキから集めた金を筋肉質で日焼けした彼氏に貢いだりするために！　顔だけは可愛い無職が考えそうな鬼畜ビジネスだ！　この詐欺師が！」

「キミの妄想が妙に具体的すぎて笑ってしまうね」

「そういうシチュの漫画を読んだことがあるので」

「中三がエロ漫画を読んじゃいけないんだぞ」

「漫画家を目指す者、つねにインプットをしないといけませんので」

「さっきまで取り乱してたくせに、いきなりキリっとした澄まし顔になるところがキミのおもしろいところだね」

「まあ……光栄です」

「いや、褒めてないからね」

これは褒め言葉ではなかったらしく、浮かれた自分が恥ずかしい。

「ワタシは公園の主でも詐欺師でもなく、キミの漫画が好きなだけのありふれた女の子なんだけどなあ」

歩み寄ってきた公園の主が僕の隣に並び立ち、お互いの肩同士が密着する。

黒髪からふいに香る甘い匂いが思春期男子の高揚を膨らませていった。

「キミの漫画、もっとじっくり読ませて?」

「いや、あの……」

「お・ね・が・い♪」

あざとい猫撫《ねこな》で声《ごえ》で囁きかけてくる公園の主。

陰キャ生活で拗《こじ》らせた警戒心が強い僕が、顔だけは可愛い見知らぬ女に自分の創作物を曝《さら》け出すなんて愚行をするはずがない!

……などと、数分前までは思っておりました。

「うはーっ！　ここ熱っ！　宿敵の黒煙《こくえん》に追いつめられたナツキが、禁じられていた力を解き放って精霊クレモンを開放するところ！　十年前に失踪した幼馴染《おさななじみ》の言葉が伏線になってるって理解したらもう鳥肌が止まらない！」

僕はやはりチョロいのだろうか。公園の主のお願いを断りきれずにタブレットを渡してしまい、ひっそりとネットで連載していた異能バトル漫画を読まれてしまった。

「ローグの配下だったレノが裏切ったときはどうしようもない絶望感があってヤバかったけど、雷神編で最後にレノが見せた微笑《ほほえ》みがたまらん！　この展開があるから誓いの契りを交わすことができなかったんだね！　この裏切りにこんな真実が隠されているなんて、キミという人間は大天才かあ!?」

「そ、そうですか？　僕は大天才ですか？」

「大手出版社で今すぐにでも週刊連載できるレベル！」

「それは言いすぎじゃないですか!?」

「ごめん、それは言いすぎた。でも、五年後くらいにはそういう未来になっていそうな才能の原石。ワタシの目に誤りはないのだ」

「や、やめてくださいよ〜嬉《うれ》しくないですって〜」

「すっごく嬉しそうな顔してるけどね、キミ」

照れや嬉しさが滲《にじ》む自分の浮ついた声が抑えられない。

つまらない、絵が下手、ぼっち中学生の痛い妄想……そんな感想を叩《たた》きつけられてバカにされたり、失望されるのを恐れていた。

しかし、公園の主は何度も読み返しながら興奮気味に語り出すものだから、僕は戸惑いつつも無意識に口角は上がっていた。

どうせお世辞だろ、と心のどこかで予防線を張りながらも、いまは本音として受け止めておきたいと思った。思わされた。

金目的だと言わないでくれ、もしそうだとしても僕に気づかせないでくれ。

いらない心配を心の中で何度も唱え、この瞬間だけは本気で喜んだ。

駆け出しの創作者というのは単純な生き物である。自分の創作物をちょっと褒《ほ》められるだけで、その相手がとても良い人に見えてしまうから。

「漫画と関係ない質問だけど、タブレットに大きな傷があるのが少し気になってさ。どこかで落としたりしたの？」

「まあ、その……クラスの連中とふざけてたら落としちゃったって感じです。修理費用が高いので、もうこのままでいいかなって」

「ふざけてたら、ねえ」

陽キャ集団にタブレットを取り上げられ、パス回しされたあげくに落とされた……とはなぜか言えず、咄嗟《とっさ》に言葉を濁してしまう。学校に馴染めていないという憐《あわ》れみの視線を、この人から向けられるのが嫌だったからかもしれない。

「こんな場所に一人で来るくらいだから、いろいろと訳ありなんだろうなあ」

遠回しな言いかたをする彼女の反応を見る限り、薄々ながらも見抜かれているようだ。

「義務教育が終わるまで我慢すればいいだけですから。それからすぐに漫画家になって、現実ではありえないような特殊能力とか世界観の漫画を描いていくんです」

「興味本位だけど、どうしてそういう漫画にこだわるの？」

「義務教育とかいう制度で無理やり集団生活をさせられて、馴染《なじ》めないやつは見下されたり無視される……それが終わっても自由に生きられるわけじゃなく、最低限の生活をしながら税金を払うための労働を年寄りになるまでするのが人間の一生。それが現実であり、あまりにも愚かでつまらないからです」

「つまりは現実逃避かな？」

「フィクションの世界なら自分が〝特別〟になったような気になりますから。描いている僕自身もそうだし、僕と似たような種類の人間がこういう漫画を読んでいるあいだだけでも、つまらない現実を忘れてくれたら嬉《うれ》しいんです」

「ふーん。キミは〝特別な存在〟になりたいけど現実ではなれないから、漫画を描いて表現してるんだね」

「痛い中二病だと笑ってもらって結構ですけどね。でも、現実では特別な存在になれないと自覚しているあたり、まだマシだと思ってますよ」

「はっはっは、痛い中二病だなあ」

「人の夢を笑わないでください！」

「キミ、面倒な性格してるよね」

公園の主が呆《あき》れ混じりに目を細めた。

拗《こじ》らせた陰キャの扱いは実に面倒だという自覚はちゃんとある。

「いまは痛い中二病として周りに笑われてもいいじゃん。もし有名な漫画家になったらクラスの人たちも手のひら返しで擦り寄ってくるだろうからさあ」

「ふっ、そうなったら僕の大勝利ですわ」

「はい、すぐ調子に乗らないこと。これだから義務教育キッズはお子様なんだぞ」

得意げに肩を竦《すく》める公園の主は、僕のことをしきりに子供扱いする。腹立つ。

「あなたを反面教師にしますね」

「どーゆーこと？」

「子供にだけ慕われる公園の主や中坊に絡んでヒマ潰しをする無職にならないようにがんばりますってことで」

「そんな嫌味《いやみ》ばかり言ってるから、ぼっちなんだぞ？」

「ぼっちが孤高の天才になる日も近いんですよ」

「キミ、口だけは達者だなあ」

タブレットの話題でシリアスな空気になりかけたが彼女なりの軽快な励ましで僕も軽口を叩《たた》く余裕が生まれ、学校での不快感や自分への不甲斐《ふがい》なさもすっかり忘れてしまった。

この胸に宿った温かさ。大変不本意なのだが、どうやら彼女とのやり取りに居心地の良さを感じてしまっているらしい。少なくとも学校の同年代とは違った人間なのは間違いないし、そうであってほしいと思うのは僕の些細《ささい》な願望だった。

気づけばもう夜の入り口に差し掛かっていた。十七時を知らせる音楽が街中に鳴り響くころの空は紫色に染まり始め、冷え込みも厳しさを増してきている。

公園に大勢いた小学生たちも次第に帰宅し、賑《にぎ》やかな声も聞こえなくなってきた。

そのとき——


「ユリ、バイトの時間だ」


公園の入り口から第三者の声がした。

外見から予想できる年齢は三十歳前後だろうか。

真っ黒なスーツ姿で眼鏡をかけた男性が声の主らしく、髭《ひげ》の剃《そ》り残《のこ》しすらない潤った肌や軽くセットされた髪型などの身嗜《みだしな》みは清潔感がある。

誰もが思い描く理想的な営業マンといった風貌だった。

「えー、もうそんな時間？　いま行く～」

公園の主は怠《だる》そうな声を漏らしながら、営業マン風の男に向かって手を振る。

あの男が呼んだ【ユリ】というのは、どうやらこの女の名前らしく、お互いがタメ口なのも相まって二人は近い知人のような関係性だと推測できる。

「無職じゃなかったんですね」

「ふふん、こう見えてちゃんとお仕事してるのだよ」

「無職の公園の主がフリーターの公園の主になっただけですけど」

「はあ？　義務教育キッズが年上の美女を小ばかにしてんじゃないよ～」

「やたらと年上ぶってますけど、あなたは何歳なんですか？」

「わたし？　とっても大人な十七歳」

「僕と二歳しか変わらないのに大人ぶるのやめてください」

「十代にとって二歳の違いはでかいでしょ～？　キミが中一のときにわたしは中三だよ？　大先輩じゃん？」

「ぐう……それは確かにそうかもしれないですね」

「……ちょろくて助かるなあ」

「えっ？　なにか言いました？」

「んっ？　なにも言ってないけど？」

小声で失礼な悪口を呟《つぶや》かれた気がしたが、公園の主はとぼけ顔で受け流す。

けらけらと笑う女はゆっくりと歩き出し、公園の入り口で待つ社会人風の男のもとへ歩み寄った。公園の主という役職を定時で上がり、これからバイトに行くのだろう。

「じゃあね、義務教育キッズ」

自己紹介をしていないからか、別れ際まで子ども扱いだ。

ヒマ人のフリーターにしか見えない公園の主は軽い口調でそう言い残し、すらっとした華奢《きゃしゃ》な背中が徐々に遠ざかっていった。

夕日に映える可憐《かれん》な後ろ姿をぼんやりと眺めていた僕だったが、未知の感情に促され、思わず口が開く。

「公園の主！」

一時的に呼び止めたかった。でも、彼女の名前がわからなかったから、役職を咄嗟《とっさ》に叫んでしまった。公園の主は足を止め、ややこちらへ振り返る。

「……もしもの話ですが、明日もあなたがヒマで仕方なかったらの話ですが、明日もこの公園にあなたが来るつもりだったらの話ですが……その……えっと……」

「はっ？　なに？　もじもじするな。はっきりせい」

「うっ⁉」

気恥ずかしさが滲《にじ》んだ小声で呟《つぶや》く僕に対し、公園の主は躊躇《ちゅうちょ》なく強い言葉で活を入れる。

よく考えたら、必要以上に臆したり恥ずかしがる必要なんてないじゃないか。

僕らは今日初めて会ったばかりの他人同士。たとえ気持ち悪がられようが、生理的に嫌われようが、すぐに離れられる薄い関係性なのだから。

「もしよかったら！　あ、明日も僕の漫画を……読んでくれませんか！」

「ほう、そうきたか」

「漫画を描き続けるにはモチベーションが大切っていうか……やっぱり身近に読んでくれる人がいるとやる気がでるので！　僕が目指す将来の夢のために……あなたを利用させてください！」

我ながら捻《ひね》くれた性格をしており、素直になりきれなかったが、こんな感情を大胆に曝《さら》け出す自分自身に心底驚いてしまう。

今日会ったばかりの女に変えられてしまったのだろうか。

いや、違う。独りでいる日常に慣れてしまっていただけで、本当はこういう機会を待ち望んでいたのかもしれない。

自分が作ったものを、誰かに心から褒《ほ》めてほしい……と。

クラスの連中が僕に向ける嘲笑の眼差《まなざ》しとは違う、真正面から僕と向き合ってくれる素直な瞳の持ち主に——僕は、認めてほしかったんだ。

「惜しいなぁ～、キミの素直じゃないところが最後に溢《あふ》れちゃったのがなあ～、それさえなければなあ～」

「うるさいな！　ヒマなら僕に付き合ってくれってだけの話だ！」

「クソ生意気な中坊にタメ口きかれちゃったなあ～、せっかく付き合ってあげようと思ったのになあ～」

「……おなしゃす」

「お・ね・が・い・し・ま・す、でしょ？　さあ、言ってみ？」

「お……お、お願いしマス」

「すごく不本意そうな感じだけど、キミの熱意に根負けしたってことで」

素直じゃなさすぎる生意気な中坊がどうにか捻《ひね》りだした台詞《せりふ》は真っすぐな言葉とはとても言えなかったけれど、現状ではこれが精いっぱいだ。

この日限りの出会いにしたくない。

短すぎる思い出の一つとして風化してほしくない。

この関係性を、これからも続けていきたい。生まれて初めてそう思ってしまっていたからこそ自分自身の感情に戸惑いを隠せず、うまく言葉を繋《つな》げられないのだろう。

わからない。これから知っていけるのだろうか。

自分がいま抱いている未知の感情を。そして、この人のことを。

「まあ、かなりヒマだからね、ワタシ」

再び歩き出そうとした公園の主だったが、夕焼け色に染まった彼女は再び僕の瞳を力強く見据え、こう囁《ささや》きかけてくるのだ。

「ワタシの〝ヒマな時間〟を、キミがおもしろくしてみせてよ」

ふいに晒《さら》した悪戯《いたずら》な微笑《ほほえ》み。

僕を試すような、期待しているかのような、好奇心を宿した彼女の瞳は、思春期少年の初心《うぶ》な心を擽《くすぐ》って離さない。

「黒井《くろい》ユリ」

「えっ？」

「ワタシの名前。次に会ったときに『公園の主』って大声で呼ばれるの、恥ずかしいからねえ」

さらに不意打ち気味の自己紹介をもらう。

この困惑は、どうしていいのかわからない心境の表れ。

迎えに来た男のもとへ彼女は歩き出す。

ほんの少しだけ、勇気を出したい。一瞬だけでも叫びたくなった。

「……僕は！　塔谷北斗《とうやほくと》！」

集団生活の輪に溶け込めない僕は、自分から名前を教える機会なんて滅多《めった》になかった。

だから正解なんてわからないし、自己紹介の礼儀も知らない。

「義務教育キッズって呼ばれるの恥ずかしいんで……僕も黒井ユリって呼びます！」

一気に照れ臭さと恥ずかしさが込み上げ、ごもごもとした小声になっていく。

「どうしてフルネームで呼ぶのかなあ!?」

「そのほうがカッコいいじゃないですか！」

「確かに……強キャラほどフルネームで呼ぶイメージあるよねえ！」

小さなところでも意気投合した。

「またね、北斗《ほくと》くん。迷子にならないように真っすぐ帰りなさい」

またね。

からかうような子ども扱いは変わらなかったが、公園から去っていく彼女……黒井《くろい》ユリが発した何気ない一言は『また会える』という意味で。

「一生分のコミュ力を使った気がする……」

公園を出ていく黒井ユリが視界から完全に外れた途端、僕は力が抜け、膝が笑う。

それからは公園の端っこでしばらく立ちぼうけていたが、胸に渦巻く溢《あふ》れんばかりのモチベーションを推進力に変え、全速力で公園から飛び出し、急いで帰路に就いた。

自分には目立った才能や秀でた頭脳はなく、非力で無能で無力。

学校という小さな箱庭ですら見下される人間だし、バカにしてくる連中に対して真正面から言い返すこともできない臆病者だが、そんなやつでも密《ひそ》かな楽しみくらいはあってもいいだろう。

人間とは実に単純なものである。

次に会うときはもっと良いイラストを描いて褒《ほ》めてもらい、もっとおもしろい漫画を読んでもらって熱烈な感想を聞きたい……そんな小さい欲求で頭がいっぱいだった。

＊＊＊＊＊

都内の住宅地。

都心に比べたら低い建物が多く、飲食店などは少ない静かな場所に自宅はある。

木造の二階建て。昔ながらの造りで小さな裏庭がある平凡な家に帰宅した僕は、いつものように自分の部屋へ直行しようとしたが、リビングからはテレビの音声が聞こえ、見慣れた人影もあった。

「よお、帰宅部にしては遅い帰宅だな」

僕の姿を確認した瞬間、話しかけられる。

金に近いブラウン系に染めた明るい髪、ラフなトレーナーに細身のデニム、肩には大きめのショルダーバッグを掛けている二十代の女性。

「姉《ねえ》ちゃんこそ早い帰宅だね」

対人スキルに乏しい僕が気軽に返事できる貴重な相手こと、実の姉だ。

「まだ仕事は残ってるから一時的に立ち寄っただけだ。記事の締め切りが近いんでな、しばらくは取材で忙しいかもしれねえ」

「お疲れさま。フリーになって、さらに忙しくなったんじゃない？　最近いつ休みの日があったの？」

「新聞社時代からずっと追ってた案件がようやく前に進みそうだからよ、あと少しは忙しくさせてもらうわ」

そう言いながら冷蔵庫を開けた姉ちゃんは様々なおかず取り出し、テーブルの上に並べた。炊飯器も保温状態になっており、夕飯どきの美味《おい》しそうな匂いが漂い始めている。

「ほら、夕飯。米はもう炊けてるし、おかずはレンジで温めてから食べな」

「わかった。いつもありがとう」

「気にすんな。たった二人の家族なんだから助け合うのは当たり前だろ」

「姉《ねえ》ちゃんは食べていかないの？」

「私は取材に戻らないといけねーんだ。最近はいろいろと不祥事が続いてるしな」

姉ちゃんはそう言いながら、夕方の報道番組が流れるテレビ画面に視線を移す。

アナウンサーがニュース原稿を読み、専門家が解説していた。

ある県知事が職員に対してパワハラを行い、その職員がうつ病を患った末に自殺をしてしまったという内容。遺族は県知事側に対して訴えを起こしたが、県知事側はパワハラを否定しており、決定的な証拠もないため、パワハラが認定されるのは難しいだろう、とテレビの中の専門家は話す。

「独自の取材を進めてわかったことなんだが、実はパワハラを目撃していた他の職員がいたんだよ。私が近いうちにインタビューを担当して内部告発の記事にする予定だ。県知事は事実無根だと否定しちまったからな、この記事が出たときのダメージは凄《すさ》まじいぞ」

「さすが正義のジャーナリスト、薄汚い行為は断固として見逃さないよね」

「偉いやつの罪が理不尽に見逃される社会が許せねえだけだよ」

姉ちゃんは一年前に新聞社を辞め、フリーのジャーナリストとしてネット記事や週刊誌の記事を書いている。著名人のプライベートや不倫などの下世話なものは取り扱わない信念を持ち、政治家の不正や未解決事件などを中心に追いかけていた。

大きなバッグの中には撮影機材が詰め込まれていて、取材時は常に持ち歩いている。

しかし、どんなに仕事が忙しくても姉ちゃんは夕飯を作りに自宅へ戻ってくるし、できるだけ僕と一緒に夕飯を食べようとしてくれる。たった二人の家族だからだ。

「本当にありがたいけど、こんなにおかずを作るのは姉ちゃんも大変でしょ？　僕ならカップ麺とかスーパーの総菜でも大丈夫だし、お茶漬けとか卵焼きくらいなら自分で作れるからさ」

「せめてお前の義務教育が終わるまでは、親代わりとしてちゃんと世話させてくれ。弟の面倒は私が見る……父親が死んだときにそう誓ったんだ」

これは姉ちゃんなりの覚悟であり、五年前に亡くなった父親から引き継いだ親心なのだろう。とある理由があり、父親と住んでいた家はもう存在しないため、父親の実家だった元空き家に現在は姉ちゃんと暮らしている。

「お前はもう、あんまり憶《おぼ》えてねえかもな。小学生だったお前の目の前であんなことが起きれば、トラウマになって記憶が曖昧になるのも無理ねえよ」

姉ちゃんが気を遣ってくれる。

『北斗《ほくと》、お前は真っすぐな人間になりなさい。卑劣なウソはつかず、困っている誰かを助けられるような優しい人間に』

これが父親の口癖だった。家の座敷にある仏壇には父親の遺影が置かれ、その前を通りかかるたびに父親の口癖が脳内で再生される。

父親の望みとは裏腹に、僕は捻《ひね》くれた真逆の息子になりそうでならない。

僕が生まれた直後くらいに両親は離婚したらしく、僕ら姉弟《きょうだい》は経済的に余裕のある父親に引き取られた。文部科学省の副大臣の秘書をしていた父親はかなり忙しく、家にいる時間も少なかったため、僕は姉《ねえ》ちゃんに育てられたようなものだ。

基本的には温和な性格だったが、隠しごとやウソは嫌う正義感が強い父親だった。

父親に関しては、それくらいしか憶《おぼ》えていない。

「話は戻るけどな、お前の帰宅が遅かった理由……さては、女か？」

「ふえ？」

想定外の角度から突かれ、間抜けな声が漏れてしまった。

「ほーん、お前……彼女ができたのか！　やったなあ！　お前もついに彼女ができたか～泣けてくるわ～」

姉ちゃんは喜んだり感動したりと一人で盛り上がっている。

「一週間前、クラスの女子に消しゴムを拾ってもらったときに「あ、あり、ありがとう」が直近の会話だけど、そんな僕に彼女ができるでしょうか」

「きっつ」

憐みの視線からの「きっつ」というシンプルな一言が無慈悲すぎる。黒井《くろい》ユリの存在をつい内緒にしてしまったのは、誤解されて茶化《ちゃか》されるのが面倒だったためだ。

「それじゃあ仕事に戻るわ。飯の後片づけと戸締まりはちゃんとしておけよ」

「はーい」

忙しそうに家を出て行った姉ちゃんを玄関から見送り、おかずを温めて食べた。

「うまい……」

忙しい親の代わりによく作ってくれた家庭的な料理の味つけが舌に優しく、家族三人で夕飯を食べていたころを懐かしく思った。

本当に感謝している。姉ちゃんがいてくれたから、僕は完全な孤独にならなかった。


自分の部屋にある学習机の前に座り、タブレットを取り出そうとしたが、とある記憶が脳裏を過《よぎ》った。陽キャ連中に遊び半分で奪われたタブレットの画面に大きな傷を入れられた、とても憎たらしい映像だ。

この大きな傷を見るだけで、高揚していた気分に水が差される……と憂鬱になりかけたが、想像していた気分とは違う印象を抱くことになる。

「えっ……？」

自然に口から漏れた疑問符の声。自分の目と記憶を疑いながら、液晶画面を傾けたりして何度も確認してみるが、見間違いではなさそうだった。

画面を横切っていたはずの忌々しい傷が、綺麗《きれい》になくなっていた。

傷が薄くなった、とかではない。

消失、または元通り……そんな言葉が合う不思議な状況。

傷自体が見間違いや記憶違いであり元々なかった、として片づけるのは容易《たやす》い。

しかし、傷を入れられたのは今日の昼間。記憶違いを起こすほど古い出来事ではなかったし、ましてや見間違いでもないと断言できた。

先ほどまで会っていた公園の主……もとい黒井《くろい》ユリも、画面の傷について言葉で触れていたからだ。僕以外の人にも傷が見えていたのであれば、それはもう見間違いなんかじゃないという証明にもなる。

近所の公園から自宅までのあいだに会話したのは、黒井ユリだけ。

これはひょっとすると、あれか。あの女に新品とすり替えられた可能性がある。

黒井ユリの正体はもしかして——マジシャン？

普段は旅をしながら各地の公園で手品を披露し、子供たちから投げ銭を稼いでいると考えれば、高校に通っていない自称フリーターなのも納得……できなくもない。

「そういえば、何年か前に似たようなのが話題になってた気がする」

さほど興味がなかったので薄《うっす》らとしか憶《おぼ》えていないが、触れたものを消す超能力を使える小学生の動画チャンネルが少しだけ流行《はや》ってたのを思い出す。

小学校で他の生徒が話題にしていたから僕の耳にも入ったが、あまりにも胡散臭《うさんくさ》すぎたためかコメント欄で叩《たた》かれ始め、一過性のブームで終わってしまった。

話題になればなるほど粗探しが得意な連中のエサになりやすいし、中学生になった現在の僕だったら粗探しする側に回りそうだ……などと思ったが、こんなどうでもいい思考はすぐに脳内のごみ箱に捨てた。

端末に入っているアプリやデータはすべて記憶と一致しており、不審な点などは一つもなかったことから、マジシャンによるすり替えの疑いはすぐに晴れた。

「余計なことで落ち込むな、漫画だけに集中しろ……っていう神様からの遠回しなメッセージだな、うん。やっぱり頑張ってる人をこっそり見守ってくれてるんだよ、神様はさ」

気分が良くなり、非科学的なプラス思考が冴《さ》え渡《わた》る。

僕は特別な存在に憧れ、特別な状況を追い求めているような拗《こじ》らせ人間だ。

小さな不思議があったとしても、それは〝特別なこと〟として容易に受け入れられるから、ただただ嬉《うれ》しい。

神様からの施しにしては地味なので、もっともっと非現実的な出来事が起きてほしいけれど、理想の世界は僕の漫画で表現しておこう。

そして、僕をバカにした連中をいつか見返してやるのだ。

「クラスのクソども！　僕は売れっ子漫画家になってやるからな！　同窓会とかで友達面して擦り寄ってきても暴言吐いて札束で殴ってやるからな！　待ってろ、こらあ！」

これも僕の原動力。恨み言もちゃんと忘れない。

それと、今日は漫画を描くための原動力がもう一つ増えた。

黒井《くろい》ユリに漫画を読んでもらいたい。

出会ったばかりの女が、大きな原動力になりつつあった。

なんというか……絶賛されたときの感情が心に焼きつき、未《いま》だに胸が熱いから。

もう一度、あるいは何度も味わいたい。

あの感覚を、あの嬉《うれ》しさを。

タブレット用のペンを右手に握り、綺麗《きれい》になった液晶画面にペン先を何度も走らせながら頭の中に充満する大量の妄想をひたすら描き起こしていった。

まったく根拠はないけれど、予感はしていた。

これから先は〝特別〟な人生になっていくんじゃないかって――

＊＊＊＊＊

「あいつはユリの知り合いか？」

すっかり日も暮れた夜道。

人の気配はほぼない。道路沿いの環境音だけが聞こえる物静かな歩道を、パーカー姿の若い女と漆黒のスーツを着た眼鏡男が小さく言葉を交わしながら歩いていた。

「さっき初めて話した子かなあ、たぶん」

ユリの言葉はやや曖昧だった。

「趣味の話くらいだったらまだいいが、自らのことはあまり喋《しゃべ》るな」

「宮本《みやもと》さんは心配性だなあ。だいじょーぶ、だいじょーぶ。彼が描いてる漫画の話をしただけだから。なんか学校でハブられてるみたいでさ、そいつらの悪口を大声で叫んだり、年上のワタシにも生意気な口を叩《たた》いたりで、だいぶ捻《ひね》くれてたなあ」

爽やかな営業マン風に着飾った男の名は宮本。静かな声音で注意を促す宮本だったが、陽気なユリは先ほどまでの交流を思い返しながら軽い口調で受け答えをする。

「何度も言うようだが……」

「はいはい、わかってますーって。他人と仲良くなりすぎるな、でしょー？　わかってるわかってるー♪」

小言は聞き飽きたと言わんばかりに受け流すユリの態度に呆《あき》れたのか、宮本は渋い表情を隠さずに小さな溜《た》め息《いき》を吐《つ》く。

「一人でいることには慣れてるからさ。これまでも、これからも」

ぼそりと呟《つぶや》いた彼女が、小さく微笑《ほほえ》んだ。

「ないものねだり、なんだよねえ」

宮本の少し前を歩いていたユリは、夜空を見上げながら意味深な言葉を零《こぼ》す。

「〝普通のありふれた人生〟がどれだけありがたいことなのか、それを失ってから初めて気づくんじゃあないかなー」

「なんの話をしているんだ？」

「特別になりたがっている少年の話、かな？」

「どうせ最近読んだ漫画の話かなにかだろう？　ユリはすぐに影響を受けて語り出す」

「えへへー、バレた？　唯一の趣味なんだから許してくれやあ」

へらへらと笑い飛ばす彼女だったが、頭の中にぼんやりと思い浮かべているのは漫画の登場人物ではなく、さっき出会ったばかりの男の子だった。

「……ユリ、バイトの時間だ。詳細と場所は事前に伝えた通りだから、速やかに仕事をしてくれ」

「まかされましたー」

「……すまない」

「お仕事だもん、しょーがないさあ」

仲睦《なかむつ》まじいやり取りの中でも、若干申し訳なさそうに表情を曇らせる宮本《みやもと》。ひらひらと手を小さく振ったユリは進路を変え、宮本とは違う方向へそのまま歩いていく。

これから、彼女にしかできないバイトを始めるために。

「……キミが追い求める〝特別〟な生きかたは、たぶんそんなにいいものじゃあないぞ」

宮本にすら聞こえないような小声で、ユリは静かに囁《ささや》いた。

第二章　キミの彼女になってあげよっか？

ある日の朝。登校前の僕が制服に着替えてリビングに移動すると、姉《ねえ》ちゃんは新聞を読みながら眉をひそめ、明らかに不機嫌だった。

「姉ちゃん、機嫌悪いでしょ。わかりやすい」

「うるせー。白米とみそ汁は準備できてるから自分でよそえ。鮭《さけ》も焼いておいたぞ」

「いつも美味《おい》しいご飯、ありがとうございます！」

リビングのテーブル席に座り、姉ちゃんが作ってくれた和の朝食を堪能する。

「……県知事のパワハラ、目撃者のインタビューが中止になった」

「えっ、どうして？」

「向こうから断りの連絡が入ってな。本当にパワハラ現場を見たのか自信がなくなったとか、記憶が定かじゃないとか……ともかく、記事の情報源にするのはもう厳しくなった」

目撃者の証言に信ぴょう性がなくなった、というわけか。

「圧力かかってんだろ、圧力。あの県知事は与党の推薦だからな。裏から手を回したんだろ、きっと」

「姉ちゃんも陰謀論みたいなことを言うのね」

「はあ……仕事行ってくるわ」

ソファから立ち上がった姉ちゃんが仕事のため家を出ていく。

仕事の話をしながら愚痴る姉ちゃんは珍しかったが、朝食の美味しさは変わらない。

寒い冬に啜《すす》るみそ汁は、冷えた身体《からだ》に染みた。

学校で誰とも話さない日は珍しくない。

それ自体はどうでもよく、無理やり話しかけて友達を作ろうなんて微塵《みじん》も思わない。

そんな性格だからこそ孤独でも平然と生きてこられたし、集団生活に馴染《なじ》めなくてもべつに寂しくはなかった。ただ、おもしろくもなかった。

これから中学を卒業しても、高校や大学に進んでも、就職して社会人になっても、こんな人生が死ぬまで続いていくのかと予想するだけで気が滅入《めい》っていた。

明るい兆しがない。未来への希望がない。些細《ささい》な楽しみすら見出《みいだ》せない。

つまらない人生を絵に描いたような自分が縋《すが》りついたのは、非現実的な内容の漫画を描くこと。いずれは漫画家になって売れっ子になること。

落ちぶれ不可避な人生を変えるための目標や夢というのはこじつけであり、つまりは現実逃避に過ぎないのだと、心の片隅では自覚している。

ネット上ですら一桁の人数しか読んでもらえない。

奇跡的に読まれたとしても悪口に近いコメントで馬鹿にされたり、頼んでもいないのに上から目線のアドバイスを長々と書き込まれるくらいだ。

だから、すぐに描くのをやめるだろうと思っていた。

憧れだけは大きく、気持ちは弱いような陰キャ中学生の心が寸前のところで折れなかったのは、投稿サイトに漫画を載せ始めてから数週間後に書き込まれた『とあるコメント』

がきっかけだった。

【おもしろい！　続きが気になりすぎる！】

ごく普通のありふれた感想。

ヒマナヒトと名乗るアカウントから届いた平凡なメッセージが、僕の気持ちを前向きに押し上げてくれたのは疑いようがない。

通りすがりの人が足を止めてくれた。一度きりで立ち去らなかった。

自信の欠片《かけら》すらなかった弱い自分に、おぼろげで不鮮明な自信を抱かせてくれたのは、顔も名前も知らないネット上の他人だった。

そして今もなお——昨晩にアップした漫画の更新にコメントがついているので、寝起きの僕はコメントをしっかりと黙読し、お礼の返事をスマホで打つ。

「すごい長文の感想……！　ありがたい！」

ヒマナヒトからの感想は日に日に文字数が増えていき、初感想から半年ほど経《た》った現在では感想欄の文字数制限いっぱいになっていた。

「ありがたい……ありがたいぃ……ふひひ……ひひひひひ……」

陰キャ特有の気持ち悪い笑みが木霊する、早朝の子供部屋。

認知度ほぼゼロのアマチュア作者と匿名の読者……たったそれだけの間柄だが、途切れることのない関係性になってほしくて、僕は下手くそな漫画を描き続けていられるのかもしれない。いや、きっとそうに違いない。

しかし、そこはかとない不安も同時に抱くのだ。

「正直、もうネタ切れなんだよな……」

半年ほど描き続けてきた異世界ファンタジー系バトル漫画『反逆のグラン　～天地逆転編～』は宿敵との大きなバトルが終わり、ひとまず区切りを迎えた。

それと同時に更新分のストックが尽きた。

明日以降の更新分はネームすら満足に描けていない。

過去の伏線や意味深に出した登場人物もまだ残されており、数少ない読者にとっては新章突入を期待させるような終わり方ではあるものの……『あとで考えればいいか』と勢いで描き始めたツケがここで回ってきた感がある。

机の前で頭を抱えながらプロットを練ってみるが、勢い任せの不自然さが露呈し、点と点がまったく繋《つな》がらない。好きな要素だけを詰め込みすぎた物語は見事なまでに混ざり合わず、所詮は駆け出しの素人だとあらためて痛感させられる。

「強引にでも描かないと……ヒマナヒトさんが読んでくれなくなるかもしれない……」

ここで更新が途絶えれば、唯一のＷＥＢ読者であるヒマナヒトさえ失うかもしれない。

けっして小さくはない不安が強制的に手を動かし、タブレットの真っ白な原稿にペン先を置いたものの、すぐに右手が止まってしまう。

「わっかんねえ……どうすればいいんだ……」

己の髪をくしゃくしゃと掻《か》きむしり、俯《うつむ》いた。

「僕って才能ないのかな……あーあ……」

僕は〝特別な人間になりたい〟という願望が人一倍強いだけの凡人だから、人並みに思い悩む。

いままでの僕ならこの時点で気持ちが圧《へ》し折《お》れ、あっさりと夢を諦めていただろう。

でも、創作活動への意欲はかろうじて残っている。

あの公園での出会いから一週間ちょっと。

ヒマナヒトとコメントのやり取りをする朝のルーティンに加え、最近は夕方のルーティンも新たに増えたからだ。

学校では空気みたいな存在を演じつつ、ようやく迎えた放課後。

漫画のストックが尽きた憂鬱を背負いつつも、通学路の途中にある公園へ向かう足取りは心なしか軽やかに感じた。軽やかになる理由は、もちろんこの人。

「やあ、義務教育キッズ。学校は楽しかったかい？」

無邪気な子供たちと戯れる黒井《くろい》ユリと会えるからだ。

ここ一週間、特に待ち合わせの約束などしていないにも拘《かかわ》らず、僕らは毎日のように同じ場所で顔を合わせていた。

「あっ……おっ……」

「もうわかった。学校で一言も話さなかったんだねえ」

「ど、どうしてわかるんですか!?」

「久しぶりに喋《しやべ》ったせいで声の出しかたを忘れた人、みたいな第一声だったからさあ。長時間無言だったから唇が乾いて口が開かなかったね、キミ？」

「……違いますけど!?」

「顔真っ赤になってるけど、どうしてだい？　ここでも学校と同じで無口くんになるのかなあ？」

　的確に指摘されたのが恥ずかしすぎて、自分の顔面が瞬時に火照ってきた。

「ウザいウザいウザいウザい」

　幼稚な悪口を並べながら視線を逸《そ》らそうとするも、それを察した黒井ユリは僕の視界に入り込むかのように立ち位置を移動し、悪戯《いたずら》な微笑《ほほえ》みを見せつけてくる。

「ウザいお姉《ねえ》さんでごめんねえ。キミみたいな生意気な子供をからかうのは、ちょうどいいヒマ潰しになるんだ」

「たまたま、僕も少しだけ時間が空いたもので」

「そう言いながら毎日来てるね？　もしかしてワタシに会いに来てるのかなあ？」

　僕の肩に触れながら熱烈に見つめてきた。こいつ、趣味が悪すぎる。

　向こうは年上の余裕みたいなのを前面に押し出してくるから、僕のほうが後手後手に回る場面が多い。困る。ボディタッチも多い。すごく困る。

　女子と絡んだ経験が少なすぎる中学生……年上の可愛《かわい》い女の子が距離感をいきなり縮めてきたら、初心《うぶ》な中学生が纏《まと》った防衛網など総崩れしてしまいかねない。

「まあ、おもしろい漫画を描くために利用できる人間は手懐けておいたほうがいいかなと思っています。あなたにはまだ利用価値があると判断しましたので」

僕はポーカーフェイスを装い、中二系の漫画でよくありがちな言葉を並べて照れ臭さを誤魔化《ごまか》した。

「北斗《ほくと》くんはおもしれー男だなあ。義務教育キッズが無理やり背伸びしようとしてる感じがめちゃくちゃ可愛《かわい》いよねえ。たまらん」

「は？　趣味悪すぎます」

「キミに気づかされたかも？」

「なにをです？」

「捻《ひね》くれた中学生をからかうのがだーいすきだって♪」

「あなたは性格が終わってるから友達いないんですね、可哀《かわい》そう」

「キミに言われたくないんだよなあ」

挨拶代わりのジャブを打ち合う二人だが、会話の内容はくだらない雑談に過ぎない。

こんなやり取りを一週間連続でしていたからだろうか、

「ねえねえ、ユリとホクトって付き合ってるの～？」

黒井《くろい》ユリの周りにいた幼女の一人が唐突に、そんな疑問を投げかけてきた。

「この二人、毎日会ってるし付き合ってるよなぁ」

「仲良さそうだもんね！　公園デートだ！」

なんか勝手に盛り上がっている公園キッズたちだが、僕らはたった一週間前に出会ったばかりの新しい関係性でしかなく、恋人どころか友達ですらないと断言できる。

趣味が合う顔見知り。せいぜいその程度だろう。

「ねえねえ、二人はもうチューとかしたの？　パパとママがたまにしてるもん！」

「恋人とか夫婦はキスするんだよね？」

令和の小学生はマセガキだらけか？

純粋な興味本位の眼差《まなざ》しを全方位から向けられ、コミュ力の欠片《かけら》もない僕はたまらず眉間にシワが寄り、頬《ほお》が引きつった。たじたじ状態である。

「何をオドオドしてるんだよ！　彼氏なら堂々とユリを抱き締めればいいだろ！」

僕らが否定も肯定もしないので勘違いが加速しているらしい。

ここは我慢だ、我慢。子供は遠慮なく無礼な生き物なのだ。僕はこいつらとは違い、もう大人の階段に差し掛かろうとしているからね。怒る気にもならないよ。

「この人、たぶん照れてるんだよ～。どう見ても冴《さ》えなくてモテなさそうだし、いままで彼女とかいなかったオタクくんだよ、ぜったい」

「お前みたいなへナへナした軟弱なオタク野郎に俺たちのユリは任せられねーな！　いますぐ別れろ！」

はー、まったく近ごろのガキは！　めちゃくちゃ好き勝手に言われているので、冷静沈着さに定評がある僕もさすがに言い返したくなってきた。

「わかった、黒井《くろい》ユリとはいますぐ別れる」

「はあ？　周りに反対されてからのほうが恋心は盛り上がるんだろうが！」

「僕にどうしろと？？」

「長く付き合ってると倦怠期《けんたいき》もあるだろうけどさ、ユリをもっと大切にしな！」

「……っす」

「ホクト！　もじもじするな！　返事が小さいんだよ！」

「は、はい！」

なぜ小学生に呼び捨てにされ、恋愛面で説教されているのだろう。

どんなラブコメ漫画を読んで育ったのかは知らないが、マセガキどもの勘違いをそろそろ訂正してあげないと面倒なノリが永遠に終わる気がしない。

「ちなみにお前らは彼氏彼女いたことあるの……？」

「フツーにあるよ？　あいつ、俺の元カノ」

「現在進行形でノブ君と付き合ってまーす」

脳内に稲妻が走った。元恋人を指さしたり、現役の恋人同士が手を繋《つな》いだりしてアピールしてくる光景に、驚愕《きょうがく》を禁じ得ない。

「いまどきのキッズたちはそれが普通なのだろうか……？」

「まあ、学校の中で元気にしていればフツーに告られるんじゃね？」

「徒競走でぶっちぎるかドッジボールが強ければ余裕でモテるでしょ」

煽《あお》りとかではなく、純粋な眼差《まなざ》しでそう断言される。

「徒競走とかドッジボールって陰キャを強制的に炙《あぶ》り出《だ》す公開処刑だろ？」

「泣きそうな顔でなに言ってるの、ホクト兄ちゃん？」

「ど陰キャの心の叫びです。気にしないでください」

　ど偏見だろうが、僕みたいな種族は基本的に体育で良い思い出がない。

　この小学生グループ内でも恋愛関係は当たり前のようにあるらしく、僕は強烈な敗北感でぶん殴られた気分になった。

「ホクトはいままで何人と付き合ったことあるのー？」

「初キスは何歳のとき？」

「ユリとはどこまで進んだ？　もうエロいことした？」

　明らかに僕が不利な質問攻め。これが同年代からの質問なら明らかに嫌味《いやみ》なのに、キッズたちは瞳を輝かせながら問いかけてくるので、僕はどう対応していいのか迷った。

　雰囲気で察する。こいつらは『中高生はもっと大人な恋愛をしている』みたいな期待を勝手に膨らませているに違いない、と。

「黒井ユリもキッズたちに何か言ってやってください……って」

　助けを求めた僕の視線の先には、女子小学生を肩車しながら呑気《のんき》に戯れる黒井ユリの姿があった。なぜか中腰になった黒井ユリは女子小学生の両足を自らの膝の上に乗せ、女子小学生が両手を広げる。

「ほら見て、北斗《ほくと》くん！　サボテン！」

「あなたはさっきから何をしてるんですか？？」

「サボテン」

呆《あき》れる僕などお構いなしに、組体操のサボテンを繰り出した黒井《くろい》ユリは満足げな表情を晒《さら》していた。

「生意気なキッズたちから質問攻めにあっている惨めな中学生を助けてください」

「キミも年齢的には生意気なキッズのカテゴリだけどねえ。まったくしょーがないなあ」

ワザとらしい溜《た》め息《いき》を吐《つ》いた黒井ユリが、小学生たちの前に歩み寄る。

「北斗くんの初めての女はワタシ、初キスはまだこれから、エロいことは北斗くんが中学を卒業してからの予定。これでオーケー？」

……僕の思考回路が一時停止した。

この女がいきなり何を言い出したのか、理解に苦しんだからだ。

「北斗くん、なにか言いたげだね？」

「塔谷《とうや》北斗に初めての女は存在しない件について　～どうやら僕と彼女は恋人同士らしいが初キスもまだらしい～」

「北斗くんの新作ラブコメのタイトル？」

「いまの僕の気持ちですけど」

思わずラブコメ風タイトルみたいになってしまったのはさておき、黒井ユリのふざけた説明によってキッズたちが盛り上がっている。

「えっ？　なにか？　純粋なキッズたち相手にイキれるチャンスにも拘《かかわ》らず、北斗くんは彼女いない歴＝年齢だと正直に話してキッズたちを落胆させるんか？」

「そのつもりでしたが、なにか」

「キッズたちに舐《な》められる北斗くんは見たくないから、優しいウソに付き合ってあげようじゃないか」

「おもしろがってるだけですよね？」

「いいヒマ潰しになりそう、とか考えてないからね？」

「考えてますね？」

とぼけた顔になったこの女、僕という最高のおもちゃを見つけて遊んでいるだけ疑惑がある。遺憾である。顔面がそこそこ良いだけの小悪魔である。

「あのなキッズたち、さっきの話はちょっと意味が違うんだ。僕は黒井ユリにしつこく言い寄られているだけの初心《うぶ》な中学生に過ぎなくて、何度フラれても諦めきれない黒井ユリが一方的に彼女面してくるだけなんだよ」

「ユリ姉《ねえ》ちゃんが言い寄ってるの!?　病んでるデレなの!?」

「北斗くん！　絶妙にありえそうなウソつくんじゃねえ～っ！」

「先にしょーもないウソついたの、あなたでしょーが！」

「拗《こじ》らせ中学生の誇り高きプライドを守るための優しいウソでしょ～!?」

「童貞だとバレたくないみたいな謎のプライドなんてないですって！」

キッズたちの前で意味不明な口喧嘩《くちげんか》が始まってしまう。

ギャーギャーとしばらく言い合っていたが、傍観していたキッズたちの浮かれたような視線にようやく気づき、お互いが我に返った。

「ユリとホクト、夫婦喧嘩みたいだったね」

「マジで付き合っちまえばいいんじゃねー？」

おもしろい場面を目撃したと言わんばかりに、口角を上げてニヤニヤするキッズたち。

「だってさ、北斗《ほくと》くん……どうする？」

「きっつ。勘弁してください」

「えー？　こんなに顔は可愛《かわい》いのに？」

「好きな相手を顔だけでは選びません。ぽつんと一人で過ごす僕に遠慮なく話しかけてくれたり、同じ趣味で語り合えたりする陽気な女の子が現れるのを待っています」

「あはは、オタクに優しいギャルかあ。あれは幻想の生き物らしいからねえ」

「さすがにわかってます。だから漫画とかアニメに出てくるオタクに優しい女子に惹《ひ》かれ……って」

一瞬の沈黙が流れた。

「……それって、ワタシじゃん！」

「いやいや……まったく違いますよ！」

「ぽつんと一人で公園にいた北斗くんに遠慮なく話しかけて、同じ趣味で語り合える陽気な女の子（圧倒的に顔面が強い）、まさにワタシじゃん！」

「違いますよ」

「うわあ〜、めちゃくちゃ遠回しに告られたあ〜」

「違いますよ」

墓穴を掘るとはこのことか……迂闊《うかつ》な発言により、黒井《くろい》ユリに会話の主導権を奪われてしまう。

「ねえねえ、中学とか高校は、ぼっちとかオタクであるほど可愛い女の子にモテるってほんとなの〜？」

幼女が話題を逸《そ》らしてくれた！　助かった！

「どこでそんな情報を仕入れたんだ……？」

「最近のラブコメでよく見るからさー。オタクに優しいギャルとかぼっちを構ってくれるカースト上位の美少女って存在するのかなーと思って！」

現実を知らないキッズの言動が引き金となり、僕の中にある変なスイッチが入った。

「そんなものは妄想だ、非現実的だ。こんな目立たない自分にも構ってくれる女子がいてくれたらいいな、イケメンじゃなくて口下手でも次々と女の子が話しかけてくれる学校生活だったら楽しいだろうな、みたいな願望から生まれたファンタジーなんだよ、あれは。勘違いしてんじゃねーぞ。世の中は顔、イケメンに生まれただけで勝ち。大人になったら金も必要。所詮この世は顔か金か才能で人生が決まる。顔も金も才能ないやつが努力すらしなかったら五年後には僕みたいな中学生活になるから覚悟しておけ」

「ホクト兄ちゃんがめちゃくちゃ早口で何か言ってる！」

「いいか、キッズども。僕こと塔谷北斗《とうやほくと》こそが陰キャの現実《リアル》だ」

「か、かっこいい……！」

キッズたちから向けられるのは尊敬の眼差《まなざ》し。

黒井《くろい》ユリを公園の主だと内心では嘲笑《あざわら》っていたけれど、意外と悪くないことに気づいてしまった。同年代に見下されることは多々あっても尊敬の目で見られた経験がないから、無垢《むく》なキッズたちの純粋な反応がなおさら気持ちいいのだ。

「オタクに優しい女の子、ここにいるけど？　妄想じゃないけど？」

自らを指さしながらアピールしてくる黒井ユリを華麗にスルーしておくことで、さらに調子に乗られることを防いでおいた。

「まあ、ボクは友達たくさんいるから関係ないか」

「オレの親は大手企業の役員だからなんでも買ってもらえるわー」

「ウチは小学生向け雑誌の読モやってるから顔は可愛《かわい》いと思いまーす」

つまり、キッズたちより僕が上回っているのは年齢と身長だけ……ってこと？

すべてにおいて負けている僕は公園の主にすらなれないのか、と一方的に叩《たた》きのめされた気持ちになってしまい、けっこう落ち込む。

「ぼっちに居場所はない……帰ろ……」

「まあまあ、ホクト兄ちゃん。そんなに落ち込むなって」

「キャベツ太郎あげるから元気だせよ～」

気落ちしながら帰ろうとしたが、キッズたちが群がってきて引き止められる。

小学生からスナック菓子やチョコをもらって慰められる光景はかなり情けないものの、小腹は空《す》いていたのでとりあえず受け取っておいた。

「ほらほら、キッズたちはよそで遊んできなあ。ここからは大人の時間だよん」

元気いっぱいの小学生たちを手慣れた様子で追い払った黒井ユリはベンチに座り、期待が込められた大きな瞳を僕へ向ける。

「急《せ》かすようでごめんねえ。家の門限があって日が暮れる前に帰らないといけないから、今日の分はそろそろ読んでおきたいなーと」

ここ一週間で恒例化したこの空気感で僕は察した。まだウェブにもアップされていない最新話を早く先読みさせてくれ、という回りくどい合図なのだと。

「あっ、えっと……今日の漫画は……」

先ほどまでの賑《にぎ》やかさで一時的に忘れかけていた現実を思い出し、言葉が詰まる。

どさくさに紛《まぎ》れて帰ろうとしたのは、この後ろめたさがあったからだ。

創作活動すら挫折しかけている現状が自虐的な心境にも拍車をかけ、元々弱い心に影が覆いかぶさる。

数少ないファンの期待にも応えられない……僕の弱い心では耐えがたかった。

「……すみません。今日は用事があるので……そろそろ帰ります」

逃げるように立ち去ろうとしたが、

「待ってよ。様子がおかしい」

すぐに呼び止められ、僕の足もその場に止まってしまう。

この場では誤魔化《ごまか》せたとしても、明日や明後日に同じ状況が続けばいずれ勘づかれてしまうだろう。

いや、すでに僕の心境はなんとなく気づかれているのかもしれない。

僕と黒井《くろい》ユリを結びつける漫画制作の現状を正直に白状するしかなかった。

「ネタがまったく思いつかなくて……今日は見せられる成果物が何もないんですよ」

「そっか、それじゃあ北斗《ほくと》くんが読ませてくれるまで毎日待ってるよ」

「やめてください」

「どうして？　ワタシは楽しみにしてるんだけどなあ」

「……気休めなんていりません！　ちょっと壁にぶち当たるとすぐに嫌になって放り出したくなるような底辺人間に期待なんてしないでください！　黒井ユリは本気で僕の漫画が好きだって伝わってくるから、その期待に応えられないのが余計にしんどいんです……」

ただの八つ当たり。つい感情的になり、語気を荒らげてしまった自分が大嫌いだ。

正確に言えば、後ろめたさを抱く理由は黒井ユリの存在だけじゃない。

　本気で漫画を描くきっかけになったヒマナヒトにも申し訳がなくて、お世辞抜きの大きな期待が僕なんかには眩《まぶ》しすぎて。

　諦めたらきっと楽になる。目の前の壁から引き返せば、すぐに解放される。

　もうこの場所にも通わなければ、投稿サイトも放置して更新しなければ、漫画を描き続ける小さな意味もなくなる。

　そうすれば、苦しみから逃れられる。一時的にだけど逃げられる。

　僕はまだまだ若いから逃げたあとのことは、いつか考えれば……いい。

　そうやってダラダラと時間を稼いでいるうちに若者ではなくなり、将来の選択肢がなくなっていくというのに。

「キミは褒《ほ》められて調子に乗ることもあれば、すぐ卑屈にもなっちゃうんだねえ」

「そういう人間なので……」

「キミがそう決めたんなら仕方ない。ときには諦めも肝心だからね。いつかまたやる気が出たら描けばいいんじゃないかな」

　黒井ユリは穏やかな顔でありふれた励ましの言葉を並べたかと思いきや――急に近づいてきて、僕の肩をぐいっと掴《つか》んだ。

「――なーんて優しく甘やかすと思った？　その考えが甘いんだよねえ」

「……へっ？」

「キミの漫画はワタシの生きがい、日々の楽しみになってるの。それをネタ切れだの壁にぶち当たっただの、いちばんのファンであるワタシに相談もなく勝手に打ち切って自分だけ楽になろうっていうのは大罪なんだよねえ」

「……はっ？」

「キミはようやく見つけた絶好のヒマ潰しなんだから、簡単には逃がしてあげない♪」

「……ひっ！」

「ネタがないなら捻《ひね》りだせ！　そのためならワタシもいろいろ手を尽くす所存♪」

「うわああっ！」

黒井《くろい》ユリが纏《まと》う作り笑いが圧力となって押し寄せ、僕は間抜けな声と冷や汗が止まらない。静かなる怒り。挫折しかけた創作者の意思を尊重しがちな場面でも、彼女は〝読者としての感情〟を思いっきりぶつけてきた。

僕はようやく気づいた。

とんでもない女に気に入られてしまったのかもしれない、と。

「ネタ切れって言ってたけど、新作の構想とかはないの？」

「黒井ユリは『反逆のグラン』の続きが読みたいんじゃないんですか？」

「そりゃあ読みたいけど一応は区切りのいいところまで読めたからね。ネタがないのに強引に引き延ばしてグダグダになるくらいなら、いちばん盛り上がったところで完結させてほしい派かな、ワタシは。漫画なら三十巻前後だとありがたいかも」

「わかります、その気持ち！　人気が出た瞬間にかなり引き延ばして迷走した作品を何作も見てきたので！」

「だよねだよねえ！　ときには潔く完結させる勇気も大切よなあ！」

意気投合した僕らは謎の熱い握手をかわした。話を戻そう。

「新作もいろいろ考えてはいました。いずれ使えそうなアイデアをまとめてるネタ帳でよければ見せられますけど……」

「えっ、北斗《ほくと》くんのネタ帳？　ぜひ見せてもらおうかあ！」

ネタ帳のファイルを開いたタブレットを渡すと、明らかにテンションが急上昇した黒井ユリの大きな瞳が眩《まぶ》しいくらい輝いた。創作者としての僕は割とちょろいから、それだけで実は嬉《うれ》しかったりする。

夕焼け色に染まり始めた公園のベンチに僕らは肩を並べながら座り、黒井ユリは数分ほどかけてネタ帳をじっくりと読み込む。

「……だいたいは異能バトルとか異世界ファンタジー系のネタだけど、これだけはバトル系のネタじゃないっぽい？」

黒井ユリが指さしたネタは、数百文字のあらすじくらいしか書いていないものだった。

他のネタはキャラごとの能力や世界観の設定などを細かく書いているため、雰囲気が異なるこのネタが不思議に感じたのだろう。

「これは僕自身もよくわかってないというか……最近見た夢が漫画のネタに使えるかもしれないと思ったので、忘れないうちにメモしただけなんですよ」

「最近見た夢って？」

「もうあまり覚えてないんですが、このあらすじと似たような感じです」

ここ最近になって見た夢が気になり、起きた直後にメモをしただけ……あらすじとも呼べない夢の内容はこうだった。

火の粉と白煙が漂う瓦礫《がれき》の中、膝が頽《くずお》れていた小さい少年は、とある少女を呆然《ぼうぜん》と見上げていた。

少年はその姿に目を奪われていた。目の前に佇《たたず》む少女は美しい銀髪だったが、周囲で揺れる悍《おぞ》ましい炎が発する暖色の発光に染まり、なおさら神々しく映った。

その少女は悲しげな瞳をしながら、小さな声で何かを呟《つぶや》き……少年の頭に手を添え、優しく撫《な》でた。何度も、何度も、ゆっくりと撫でた。

その距離になり、少女の言葉をようやく拾えた。

——ごめんなさい

その少女はなぜか、初対面の少年に謝っていたのだ。

……という、あらすじ。いや、プロローグ程度の内容だろうか。

そのあたりで目が覚めてしまい、夢の映像が途切れてしまったので、物語の大部分は自分で考えなくてはならない。

ジャンルすら不透明なネタを真剣な眼差《まなざ》しで見つめている黒井《くろい》ユリだったが、

「ここから二人の物語が……始まりそうだねえ！」

ようやく口を開くや否や、普段から明るい声音がさらに弾んでいた。

「始まらないいんですよ」

「どして？」

「この夢がどういう状況なのか、僕自身がよくわかってないからです。夢の続きを見ないことにはどうしようもないっていうか……」

自信がなさそうに目を伏せる僕に対し、黒井ユリの表情には疑問符が浮かんでいた。

「キミは創作者のはしくれでしょ？　将来は自分の妄想で大勢の人たちを楽しませたいんでしょ？　だったら夢の続きは自分で思い描かなきゃダメだよねえ！」

「ぐあっ!?」

あぶない。ストレートな正論でぶん殴られ、眩暈《めまい》がしそうになった。

「いまはまだ短い夢をメモしただけの文章かもしれないけど、これに命を吹き込んで物語にするのは北斗《ほくと》くんにしかできない役目……いや、使命だと思うんだ！」

「僕にしかできない使命……？」

「北斗くんが創造する新世界！　キミはすべてを生み出す創造主……神様なんだ！」

「僕は……神!?」

中二病が好きそうなワードを並べられ、気分も顕著に高揚してきた。

「……義務教育キッズ、ちょっろ」

「んっ？　なにか言いました？」

「キミにしか描けない終末世界の物語だあ！」

「おおっ!!」

黒井《くろい》ユリの手のひらの上で踊らされている気がしないでもないが、それも悪くないと思えた。黒井ユリにそう思わされた時点で、僕はこのネタに向き合わないといけないのだろう。

それが使命、らしいから。

「このネタに出てくる少年と銀髪の少女のこれからなんですけど、大きな使命を持つ銀髪の少女を守る異能バトルとか、世界の命運を懸けた戦いに巻き込まれていく二人……みたいな感じのほうが僕の作風っぽいですかね……？」

「せっかく創造主とか神扱いしてあげたのに結局ワタシに聞くんかい」

「ここですぐにアイデアを思いつくならネタ切れでエタったりしませんって」

「それもそうかあ。まったく困ったキッズだなあ」

「なのでこのネタは……もしよかったらでいいんですけど……黒井ユリと二人で作っていけたらいいかなと……ちょっと思ったりもして……」

軽い気持ちで頼んだつもりだったが、頬《ほお》がやけに熱い。愛の告白をした経験はないけれど、たぶんそれに近い気恥ずかしさと緊張が湧き上がってくる。

「なんかさ……二人で子育てするみたいだね？」

「違いますけど？」

「作者にとって作品は我が子みたいだってよく聞くじゃん？　ワタシと北斗《ほくと》くんで作るってことは、ある意味では子育てじゃん？」

「それを言うなら子作りのほうが近いでしょう」

……僕、いまなんて言った？？

「エロキッズめ」

「い、いや、そういう意味じゃなくてですね！」

「えちえち」

口角を上げた黒井ユリの指先におでこを突かれ、僕の顔面は火を噴きそうになった。

この人から見れば、元気な小学生も生意気な中学生もキッズ扱いなのだ。

「ごほん、話を戻しましょう」

「戻しちゃっていいの？」

「早く戻しましょう」

僕をからかって楽しそうにしている黒井ユリから話の主導権を取り戻す。

「読者の素人意見で恐縮だけど、この二人が出会ったあとの続きは中二系バトル展開じゃないほうがワタシは嬉《うれ》しいかもなあ」

「うわっ……意外な意見をもらってしまった……」

「この二人はそういうのじゃない気がするんだよね。表舞台で勇敢に戦うというよりは、目立たないように二人だけでひっそりと生きていたい……みたいな絵が浮かんできたよ」

黒井《くろい》ユリの視点は僕と正反対に近いものだった。

自分の原点ともいえる〝特別さ〟を前面に押し出そうとしていた僕の発想に対し、ひっそりと生きるという〝ありふれた人生〟を感じたという彼女の発想。

彼女なりの視点は、僕の目を丸くさせた。

「この二人だけでひっそりと生きるというのは、具体的にどんな感じだと思いますか?」

「ん～、そうだねえ……この二人にはこのまま逃げるように二人旅をしてほしいかなあ。まとまったお金とかパスポートは持ってなさそうだから、徒歩や電車でゆったりと移動しながら、この二人を探す悪い人たちに見つからないように、どこかで寝泊まりしてそう」

「逃避行ってことですか」

「簡単に言えばそんな感じだね! 訳アリな二人の逃避行。二人の背景とかも徐々に明かされていきながら、特別な境遇の銀髪少女がありふれた人生を得ようとする話……なんだかおもしろそうじゃない?」

「確かにおもしろそうかも……この二人はいったい何から逃げてるんでしょうか?」

「キミも少しは考えなさい。そこは銀髪の少女の特別さが絡んできそうだから、北斗《ほくと》くんの得意分野でしょ?」

「はーい」

不思議だ。黒井ユリと雑談みたいに話しているだけで、少しずつだけどネタが膨らんでいく。僕一人では視野が狭かった。好きなものを適当に詰め込んでいただけで自己満足していた。漫画家や小説家は担当編集と意見を交換しながら物語を作っていくらしいが、それに似ているのかもしれない。

そう考えると、僕の漫画の理解者でもある黒井ユリと一緒に作品作りをしていくことは大きな成長に繋《つな》がるし、なにより――

誰かと同じ話題を共有できる空間は、こんなにも居心地がいい。

無理して友達を作ろうとするやつをバカにしていた。

合わない人間に気を遣ってまで群れたがる集団生活を異様だと嫌悪していたし、いまでもその考えに変わりはないけれど、一緒にいて楽しいと心から思える人とは交流を続けたい気持ちはようやく知れた。

ぼっちを拗《こじ》らせし者としては認めたくないが、認めざるを得ないだろう。

僕は、彼女のことをもっと知っていきたいのだ。僕みたいな人間に悪意なく喋《しゃべ》りかけてくれる物好きなんて、この人の他に出会ったことがないから。

クラスの女子に少し優しくされただけで惚《ほ》れるちょろいオタク男子、みたいな構図とは一緒にしないでくれ。僕はちょろくない。惚れてはないからな、うん。

あれだ、初めての友達になれそうな気がするのだ。きっとそうなのだ。

「おーい、一人でぶつぶつと何を呟《つぶや》いてるの？」

「おわあっ⁉」

ふと気がつけば、黒井《くろい》ユリが僕の顔を覗き込みながら急接近していたので、悲鳴みたいな声が漏れてしまう。顔が、近い。これも認めたくないが、あらためて間近から拝見した黒井ユリの顔はめちゃくちゃ可愛《かわい》かった。

「ちなみに僕、一人で何を喋《しゃべ》ってました？」

「初めて友達になれそう、とかなんとか聞こえたような」

よりにもよってそこを聞かれたのは恥ずかしすぎる……。

「あれです！　銀髪の少女と少年は初めての友達になれそう、みたいな発想が浮かんできたので思わず声に出てしまいました」

「あー、さっきのネタの話かあ。お互いにとって初めての友達ということは、この二人がいままで孤独だった理由が気になるね！　もっと深掘りしていこうかあ！」

なんとか誤魔化《ごまか》せたらしい。

「……誤魔化しかたも可愛いねえ、キミ♪」

黒井ユリによる小声の囁《ささや》きと小悪魔スマイルにより、悟った。わからせられた。

この人には当分敵《かな》う気がしない、と。

「おもしれー女……」

「北斗《ほくと》くん、その台詞《せりふ》を吐いていいのはイケメン限定だから」

「悲しくなるんでやめてください」

「ワタシはきゅんとしたけどね？」

「……えっ!?」

「義務教育キッズ、ちょっろ」

「ぬっ！　キッズをからかって遊ぶような悪趣味は即刻やめてください！」

「すぐ喜んだりイジけたりするキミがワタシは大好きじゃよ〜♪」

上機嫌の黒井ユリに肩をぽんぽんと叩《たた》かれながら励まされると、余計に腹が立つ。

だけど、腹立たしさの種類が違う。嫌いな連中にバカにされたりするときの苛立《いらだ》ちとは明確に異なる、この気持ちは——

「クラスのイケてる女子にからかわれる主人公の気持ち、わかってきたんじゃない？」

「……っ！」

ふいに耳元で囁かれ、心臓と肩がびくりと跳ねた。

「僕がラブコメ主人公の気持ちを知っても意味ないように思えるんですけど、あなたが楽しんでいるだけでは？」

「初心《うぶ》な中学生をからかって楽しんでいるだけの悪趣味な女の子に見えるかい？」

「はい、趣味悪いっす」

「ばっかだなぁ、キミは！　すべては北斗くんのため、そしてワタシがキミの新作を早く読むための善意だと気づいておくれよ！　ワタシは誤解されやすい人間だけれど、キミだけはワタシを信じておくれ！」

僕が食い気味で断言すると、胡散臭《うさんくさ》い口調での熱弁が始まった。

「キミは女子との時間を過ごした経験がほとんどない、そうでしょ？」

「僕を舐《な》めないでください。クラスの陽キャに放課後の掃除を押しつけられたとき、それを哀れに思ったらしい学級委員の真面目な女子が手伝ってくれて、二人で教室を掃除したことがあります。交わした会話は『そっちは掃除終わった？』『それじゃあ帰る、お疲れさま』だけでしたが、女子と二人きりで過ごした経験には変わりありません」

「ごめん、ワタシが悪かった」

黒井《くろい》ユリにしては珍しい憐みの視線が痛い。

「ガチトーンで謝罪されると切なくなるのでせめて笑ってください」

「あっはっは、青春雑魚《ざこ》野郎すぎてわろりん。ぼっちすぎて人生お疲れさん」

「はあ!?　そこまで言う必要はないでしょう！」

「キミ、本当に面倒な性格してるねえ」

乾いた笑みで軽快に罵倒されるのも腹立つが、いままで出会ってきた大半の人間は『絡みづらいやつ』だと判断した瞬間に僕から距離を置いたし、僕もそのほうが楽だった。

空気を読みながら興味のない話題に愛想笑いをするくらいなら、思ったことをそのまま口に出して嫌われたほうが時間の無駄にならないから。

そんな僕を面倒な性格だと正直に言いつつ、離れていかないのは黒井ユリが初めてだ。

「銀髪の少女と少年がありふれた幸せを手に入れる話を、キミは描く気があるの？」

「どういう意味ですか？」

「読者から見れば、この話は『二人が一緒に過ごす繊細な描写』が多くなると思うんだ。キミはそういうのが得意かい？」

「ギスギスした仲の連中に中二っぽい台詞《せりふ》を言わせてバトルに持ち込むのは得意ですが、動きの少ない日常の描写は避けてきましたね……」

「カーストとか宿敵とかライバルみたいな関係を描くのは上手《うま》いけど、友情とか愛情みたいなやり取りはほとんどないよね？」

「友情とか愛情を心の中ではバカにしてきたような人間が作者なので……僕の好きなものを詰め込むとこうなるんですよ」

「あと、とりあえず陽キャとかチャラい連中を作中で酷《ひど》い目にあわせがち」

「そういうやつらは酷い目にあっても困らないので」

「あと、魔法の詠唱とか武器の名前にドイツ語とかラテン語使いがち――」

「僕の作品あるあるを僕の目の前で淡々と言うの勘弁してください。許してください」

この人が僕の作品をめちゃくちゃ読みこんでくれているのは素直に嬉《うれ》しいが目の前で分析されると、むず痒《がゆ》くなってしまう。

「このネタを次回作にするなら友情や愛情は避けては通れない気がするなあ」

「この二人がド派手な異能バトルをする姿は想像できないので、僕もそう思います……」

「北斗《ほくと》くんが乗り気じゃないなら、他のネタにしたほうがいいんじゃないかなあ。作者の気持ちが入ってない作品がおもしろくなるとは思えないし」

他のネタにします、と即決するのは容易《たやす》いが、このまま他のネタに逃げる選択肢は人きく引っかかり、迷いが生まれた。願望丸出しの自己満足な作品だけをだらだらと描き続けていても夢は叶《かな》えられない、と自覚し始めているからだ。

「新しい挑戦をしたい気持ちは強いですけど、描ける自信がないっていうか……友情や愛情の部分は自分のちんけな妄想力では補える気がしない。僕には何もわかりません」

「本当にわかんないの？」

「恥ずかしながら友達も恋人もいたことがないので本当にわかりません」

「本当に？」

黒井《くろい》ユリはそう問いかけつつ、近距離から僕の顔をじっと見据えてくる。


「キミの彼女になってあげよっか？」


……聞き間違い、あるいは幻聴だろうか。なぜだ。なぜ僕の体温は顕著に上昇し、視線が定まらなくなり、心臓の鼓動は速まってしまうのだろうか。

「これだから義務教育キッズはお子様だねえ。なーにを本気にしてるの？」

「へっ？」

「キミの新作を最高のものにするためには、キミ自身が友情や愛情をもっと理解する必要がありそう。ワタシが銀髪の少女になってあげるから、キミは主人公の少年の気分を味わいなさいってことよ」

「その考えはわからなくもないですが、どうしてそこまでしてくれるんですか……？」

「ワタシがいま一番楽しみにしてるのは北斗《ほくと》くんの新作だからさあ。そのためなら一肌脱いであげようじゃないのー」

「一肌脱ぐって……そこまでしてもらうのは僕の覚悟が！」

「頬《ほお》を赤らめて、なーにを想像してるのかなあ？」

「黒井ユリの言いかたが紛《まぎ》らわしいです！」

「恋人っていっても教育実習みたいなものだから、えっちなことは当然なーし」

「……わかってましたけど？」

「いまさらキリっとした紳士面しても遅いんだよ、えちえちキッズめ♪」

えちえちキッズ認定されてしまった。

大変不本意であるが、いまの僕は変な想像が顔面にわかりやすく表れているようで、意地悪な微笑《ほほえ》みの黒井ユリにおでこを指で突かれた。

「今日を含めて二日間、ワタシとキミは疑似的な恋人ってことにしよう」

「二日間、っていう期限に意味はあるんですか？」

「これからバイトが忙しくなりそうだし、家のルールが厳しいんだよねえ。だから期間限定ってことで頼むよん」

「あのスーツ姿のお兄さんが厳しそうでしたけど」

「まあ、そんな感じかなあ。根は優しいんだけど堅物で真面目すぎるからさあ」

「よくわからないけど、わかりました。おもしろい漫画を描くためにはいろいろな経験を積む必要があるので仕方ありませんね」

「そうそう、お互いにメリットがあるからね。かなり短い間だけど協力していこうじゃあないか」

二日間という短い期間だが、僕らは疑似恋人のような関係を結んだ。

たかが二つ程度の年の差だというのに、十代だとかなりの精神的な差があるように感じる。それこそ子供と大人くらいには、余裕の持ちようが異なるのだ。

「今日と明日はバイトが休みだから、ちょっくら二人でどこか行こうかあ」

「どうしてですか？」

「えっ、ワタシおかしなこと言ったかなあ？　友達とか恋人だったらどこかに遊びに行くのって当たり前じゃないの？」

「友達&恋人ゼロの僕に聞かれても困ります」

「聞く相手を間違えたねえ」

へらへらと笑って誤魔化《ごまか》す黒井《くろい》ユリ。

「まあ、お互い似たようなものだし、一緒に学んでいこうよ」

そう言い放った黒井ユリは僕の手を握り、公園の出口に向けて走り出す。

おかしい。この心地良さや未知の緊張は、どういった感情から発生するものなのか。

もしかしたらこの人が、教えてくれるのだろうか。

つられて走り出した僕は手を引かれながら、そんな思考を張り巡らせるも、黒井ユリの行動に身を任せてみようと思った。夕暮れどきの公園の景色が横目に流れ、黒井ユリの背中を追いかけるのも悪い気分じゃなかったから。

「恋人同士ということだから、それらしく『ユリ』って呼んで！」

「い、いきなりはちょっと……フルネーム呼びのほうがカッコいいし……」

「呼んで」

「……ゆ、ユリ」

「それでよろしい！」

女の子を下の名前で呼ぶ。自分にそんな経験ができるなんて思わないだろう。

友達をいきなり超えた恋人同士……たとえ偽りだとしても、二度と味わえないかもしれない貴重な経験だから。

「それでさ、北斗《ほくと》くんの家ってどっち？」

「右です」

「おっけーっ！　道案内よろしくう！」

僕らは歩道を走りながら、そんな会話を交わしたのだが——冷静になってみる。

「……はいっ？」

黒井《くろい》ユリ……いや、ユリが目論《もくろ》んでいた行き先は、僕の家だった。

＊＊＊＊＊

なぜこうなったのだろう。

僕の部屋に他人を招いた経験など一切ないし、ましてや女子が来るなんて未来が訪れるとも思っていなかった。孤独を極めた僕の人生には『家で誰かと遊ぶ』など無縁のイベントだと断言できたはずなのに、その約束された道を大きく外れてしまったらしい。

「これが北斗《ほくと》くんの部屋かぁ〜」

学習机、漫画本が並んだ本棚、使い古した木製ベッドくらいしか置かれていない殺風景な子供部屋に、いる。いるのだ。二つ年上のカジュアルな女の子が！

どうしてこうなった、どうして。

僕の部屋から僕以外の声がする。僕以外の存在感がある。僕以外の香りがする。

僕以外の——

「北斗くん、なにを律儀に正座しながら黙ってるの？　自分の部屋なんだからリラックスすればいいのに」

「……ふう、心の波を落ち着かせているのです」

「ワタシもよくわからないけど、恋人が部屋に来たらそうやって深呼吸しながら精神統一するのが普通なんじゃろうか？」

「……恋愛系のウェブ漫画を読んだことはありますが、こんなやつはいませんでした」

「だよねえ。キミ、ちょっと変わってるよね。ちょっとじゃないか、結構な変わり者か」

「特別な存在は普通とは異なる者……つまり、変わり者は褒《ほ》め言葉なんです」

「そうだった、北斗くんはこういう子だったんだ」

ユリに呆《あき》れ笑いをされてしまったが、くだらない雑談を挟んだおかげで普段の調子が少し戻ってきた……気がする。

「黒井ユリは……」

「フルネーム呼び禁止。ユリでおなしゃす」

「ゆ、ユリはずいぶんと落ち着いてますよね。男の部屋に行くの慣れてるんですか？」

「失礼な！　人を尻軽みたいに言わないでもらえます～？」

ユリは眉をひそめながら不本意そうに嘆き、正座している僕のもとへ近づいてきた。

「……ワタシもドキドキしてるよ？」

「ふぁ!?」

「……触って確かめてみる？」

意味深に囁《ささや》いたユリが、自らの胸元を押さえている。

パーカーを羽織っているので気づきにくかったが、あらためて近くで見ると、ユリの胸は意外に大きく感じる。十七歳としてなら平均よりも大きいのではないだろうか。それが彼女の息遣いで上下に動いている。生々しい。

触っていいのか、触って……いいのか？

静かな部屋。彼女の呼吸の音が耳を通り抜け、やけに緊張した僕は喉が干上がり、生唾をごくりと飲み込んだ。心音を確認するため、それ以外のやましい気持ちなんてない。

震えた指先を伸ばそうとしている自分が、そこにはいた。

「ぷっ……ぷあっはっはっは～っ！　目が怖いんですけど～っ！」

腹を抱えながら笑いを噴き出すユリ。我に返った僕は悔しさを滲《にじ》ませながら、火照った全身をいったん冷ますべく天井を見上げ、大きな息を吐いた。

「んっ、ぬあああぁぁああああああああ……」

「ごめんごめん、北斗《ほくと》くん何やって……あははっ！　なにそのキモい動き～やめて～！」

絨毯《じゅうたん》の上で身を捩《よじ》り、ごろごろと転がる。上昇しすぎた期待と興奮が行方不明になったゆえのキモい行動だが、ユリは僕の身体《からだ》を両手で転がしながら大笑いしてくれた。

まだ胸の高鳴りは収まらない。吐きだす息が蒸気のように熱い。

「男女が同じ部屋にいたら、いったい何をして過ごすんだろうねえ。ワタシにはまるでわからないや」

「それはあれですよ、まずは異能力者のヒロインがこの世界に来た理由を主人公に説明しながら、追手に見つからないよう主人公の部屋にヒロインを匿《かくま》って——」

「それは異能バトルに巻き込まれた系の流れでしょーが。世間一般の若者たちはこういうとき何して遊んでるんだろ」

「公園で毎日遊んでいるのとあまり変わらないのでは？」

「小学生と大人数で走り回るのは簡単だけど、えちえちキッズと密室で遊ぶのはだいぶ違うでしょ～」

「えちえちキッズ呼び、マジで勘弁してください」

本気でわからないような素振りを見せるユリは意外だった。遊び慣れていそうな第一印象とは裏腹、こういった状況の経験値は僕と大差ないように思える。

「公園のキッズたちに聞いてみよー」

そう言いながらスマホを取り出したユリは、どこかに電話をかけた。

彼女の口ぶりからして、公園で仲良くしている小学生の誰かだろう。

「ねえ、仲良しの男女が同じ部屋にいたら何して遊ぶの？　うん……はあ？　そんなウソに騙《だま》されるかあ！　……マジ？　いやいや、小学生の分際で……早すぎるでしょ！　お前に聞いたワタシがバカだったなあ。黙れ。それ、セクハラぁ！」

小学生からアドバイスを受けているであろうユリの表情が、ころころと変わっている。

訝《いぶか》しんだり、やや恥じらったり、ジト目みたいになったり。

僕にはユリの声しか届かないので、何を話しているのかめちゃくちゃ気になる！

一分もかからずに電話を切ったユリは呆《あき》れ顔で首を横に振った。

「いまどきの小学生は何をしているんですか？」

「……義務教育のキミにはまだ早いこと、かな」

目を逸《そ》らされた。気になりすぎる。教えてくれよ。

「この部屋、対戦ゲームとかないの？」

部屋の左右を見渡しながら、ユリが問いかけてきた。

「当然ながらありません」

「どしてー？　ラブコメの日常シーンでは友達や恋人が家に来たらゲームとかして盛り上がってたよ？」

「僕が友達とか恋人とゲームで遊んでいる姿を想像できますか？」

「なんかごめんね」

「いいんですよ」

なに、このノリ。地味に楽しいけどさ。

「ねえねえ、キミのお母さんかお姉《ねえ》さんあたりが、そろそろお菓子を持って部屋を覗きに来るころじゃない？」

「なんですか、その未来予知みたいなのは」

「家に好きな人とかを連れてくると、美人ママンとかブラコンの姉が興味津々で様子を見に来るイベントが発生するのがお決まりじゃん」

「あなたの情報源はラブコメ以外ないんですか？」

「ない！　こんな状況、ワタシだって初めましてだもん！　大人ぶってリードしたいけど経験値がまったくないからわからないんだもん！」

　開き直りやがった！

　薄々感じてはいたが、やはり現実のラブコメ経験値は僕と似たようなものらしい。

「僕が生まれてすぐに両親は離婚して、五年前に父親は亡くなりました。それからは姉ちゃんと二人で暮らしています。姉ちゃんは仕事なので何時に帰るのかはわかりません」

「キミの親、いないんだ。そういうところまでワタシと似なくてもいいのにね」

「ユリの両親も……？」

「どこかに消えちゃったんだあ。でも、一人ではないよ。宮本《みやもと》さんがいるからね」

「宮本さん？」

「あー、ワタシのお兄ちゃん。スーツ姿の眼鏡男、北斗《ほくと》くんも見たことあるでしょ？」

　直近の記憶が脳内再生される。ユリと公園で出会った初日、わざわざ彼女を迎えに来ていたスーツ姿の男と特徴が一致した。

　兄妹にしては苗字《みょうじ》が異なるのが若干気になったものの、彼女の両親がいない件も含めて複雑な家庭事情があるかもしれないので、いったん様子見しておいた。

　どこかに消えたという表現から察するに、まだご存命だけど家を出て行ってしまったとか、何かしらの理由で彼女の世話を兄に任せたとか、そのあたりだろうか。

　僕にとって現在の家族は姉のみ、ユリは兄のみ。

　共通の趣味だけではなく、境遇まで親近感を覚えるのはやや複雑な心境だ。

「ユリって顔はまあまあ、そこそこ、角度によっては可愛《かわい》く見える時間帯もあるし、陽気で誰からも好かれそうなのに、こういう経験がほとんどないんですね。意外です」

「どの角度からどの時間帯で見ても顔はめちゃくちゃ可愛いワタシだけど、学校にはほとんど行ってないから親しい人はあまりいなーい。公園の小学生と遊んでいるうちに陽気に振る舞うのは慣れちゃったって感じかなあ」

学校にほとんど行っていない。

事情を深掘りしたくなるけれど、その欲求はかろうじて抑えた自分を褒《ほ》めたい。

誰にでも触れられたくない部分はあるし、ユリが自ら話さない限り、こちらから積極的に触れることはないだろう。

自分自身に驚きなのだが、どうやら僕は意外と空気を読めるタイプだったようだ。

「あー、暗い話はやめやめーい。せっかくのおうちデートなんだから楽しいことしよう」

それは同意である。

でも、僕らの貧相な恋愛経験値では二人でやることが思いつかない。

「あー、これ北斗《ほくと》くんの卒アルかなあ?」

「ちょっ……! 何してるんですか!」

本棚の目立たないところに棚差ししておいた小学校の卒業アルバムを見つけられてしまい、興味津々のユリが手に取った。

「黒歴史の塊なんで見ないでくだ……うなぁあああああああああああ!?」

奪い返すために僕が立ち上がろうとした瞬間、電撃をくらったような痺《しび》れが足先を這《は》い、か細い悲鳴を漏らしながら床に崩れ落ちてしまう。

「えっ、なに？　あっはっはぁ！　あー、正座してたから痺れちゃったのかあ～！」

腹を抱えて大笑いするユリと、青ざめた顔で芋虫のごとく床に蹲《うずくま》る僕。

ユリは好機と言わんばかりに、卒アルを開いた。

「どれどれ……あっ、北斗くん発見！　極端に不揃《ふぞろ》いな前髪で片目が隠れている⁉」

ああ、もう観念せざるを得ない。

「……瞳に特別な力を持っている強キャラっぽさを出そうと思ってました！」

「もしかして、片目に赤とか青のカラコンとか入れてオッドアイにしてたのかあ⁉」

「……姉《ねえ》ちゃんに頼んだけど『ガキの分際でカラコンとかふざけんじゃねーぞ』って怒られて買ってもらえませんでした！」

「北斗くんが写ってる写真、目を瞑《つぶ》ってるような顔が多いのはなぜだあ？」

「……異能バトル系には糸目キャラが強い法則があるので憧れてました！」

「クラスメイトへの一言メッセージみたいなコーナーに『北斗くんのエセ関西弁がウザすぎる』って書いてあるぞぉ⁉」

「……糸目キャラといえば関西弁のイケボがテンプレだと本気で思ってたので！」

「将来の夢のコーナー、『氷雪系最強』だってさあ！」

「……それ、ただの雑魚《ざこ》フラグなので複雑です」

「小学校生活の最後になんでもいいから一言……全世界を敵に回してもお前を守る！」

「もうやめてください何でもしますから！」

耐えられなくなった僕の懇願にご満悦っぽいユリが、卒アルをぱたりと閉じた。

まさか自分の部屋に他人が入るなんて思いもしていなかったから、つい無防備な場所に保管してしまっていた卒アル。僕にとって黒歴史の宝庫……誰にも見せられない禁書だったのに、こうもあっさり封印が解かれてしまうとは想定外すぎて動揺が止まらない。

もう涙目だ。中三にもなって泣かされた。もう終わりだ。

「北斗《ほくと》くん、機嫌直してよお」

「許しません」

「すぐイジけるところ、ほんとに子供だよねえ」

初心《うぶ》な心を弄ばれた僕がイジけながら仰向《あおむ》けで横たわっていると、床に両膝をついたユリは僕の後頭部を支えるように持ち上げ……どこかに置いた。

柔らかい感触。そして、後頭部に伝わる心地良い温《ぬく》もり。すぐそばにユリの顔。

人生初めての膝枕は、唐突に訪れた。

「黒歴史が記された禁書を読んでしまった人はここから生かして帰せません」

こそばゆさを誤魔化《ごまか》すため、適当な台詞《せりふ》を吐いてみる。

「お泊まりのお誘い？　まーたえちえちキッズかあ？」

「なんでもえちえちに繋《つな》げるの勘弁してください」

「キミよりも大人だからねえ。えちえちな話も平気なのだよ」

「えちえちしたことないくせに」

「ないと思ってるの？」

「あるんですか!?」

「声でかっ！　なんでキミが焦るのかなあ」

「ヒロインはそういう経験がないほうが我々は嬉《うれ》しいんです。これ、陰キャの常識」

「きしょいなあ」

　ぷにぷにと頬《ほお》を突かれる。僕は嫌そうな顔をするが、嫌じゃない。

「こうやって女の子と二人きりで過ごす日常、北斗くんにとってありふれた人生かな？」

「自分にとっては初めての体験で、未知数で……ありふれてなんかいません」

「それならワタシと過ごす時間は、北斗くんにとっての〝特別〟になってるってことだ」

　可愛《かわい》らしい声音と、もっともらしい言い分で僕の心を揺さぶってくるから、どう反応していいのか困ってしまう。

　僕は特別な人生に憧れていたが、異能や魔法が使えたり異世界に召喚されるみたいな非現実のものばかりに目が捉われていた。

　ユリと出会ってからの日々もよく考えれば特別……僕の人生においての非日常であり、未体験の光景や未知の感情がまだまだ広がっていたのだ。

「……ちゃっかり何を見てるんですか？」

僕が大人しくなったのをいいことに、黒井《くろい》ユリは別のアルバムを読み始めた。

「えへ」

「えへ、じゃないですが？」

「幼いころの北斗《ほくと》くんをもっと見たくなってさあ」

ユリがこっそり手に取っていたのは、先ほどまで本棚に棚差しされていたはずの写真アルバム。親がカメラで撮っていた家族写真や僕だけが被写体の写真をプリントしたものが数十枚ほど挟まれている。

「見ないでください」

「見せて～」

膝枕されたまま手を伸ばすも、ユリがアルバムを頭上に持ち上げたので届かない。

ユリの太ももから頭を離せばアルバムは軽々と奪取できるのだろうが、この心地良さをもう少しだけ堪能していたいという欲求が働き、手だけしか動かせない。

「見ないでください」

「見るよ～」

「ダメです」

「ダメじゃない～」

膝枕する男女が両手だけをゆらゆら動かし、アルバムの主有権をゆるりと争う。

これひょっとして――バカップルみたいなのでは？

彼氏のアルバムをどうしても見たいワガママ彼女的な幸せ空間なのでは？

あくまで新作のため、愛情を学ぶため、二日だけの偽りの恋人！

そう自分に言い聞かせてみたものの、ふわふわと浮かれた気持ちが脳内に充満した。

結局アルバムを奪い返せず（僕も本気で奪い返す気が失《う》せた）、ユリは気に入った写真にウザいコメントを呟《つぶや》きながらページをめくっていった。

「この写真、北斗くんの家族？」

ユリが見せてきたのは、小学校の入学式のときに校門前で撮った家族写真だった。ランドセルを背負った僕が真顔で立っており、その右端に父さん、左端に姉《ねえ》ちゃんもいた。

「そうですね。特に面白みもない普通の家族写真ですよ」

「このときの北斗くん、幸せそうに見えるね」

「真顔ですけど」

「ワタシにはそう見えるだけ。ありふれた普通の幸せがいちばんなんだよ、やっぱりさ」

気のせいだろうか。ユリの目線が下がり、先ほどまでは元気だった声音もやや低くなったような。このときばかりはユリの表情があまり読めなかった。

すぐに軽快なノリに戻ったユリ。僕らはアルバムの写真についてしばらく談笑をしていたのだが、暖房により部屋がようやく暖まってきたとき、

「ふあぁ……」

口元に手を当てたユリが口を開け、眠そうにあくびをした。

「眠いんですか？」

「ちょっとだけ。最近ちょっと寝不足気味でねえ」

「バイトとかで夜遅いんですか？　それなら少しでも寝たほうがいいですよ」

「うん、そうしよう」

女子が部屋に来るという初体験もそろそろ終わりか。緊張から解放されて安堵《あんど》したような、おうちデート気分をもっと味わっておきたかったような。

どっちつかずの感情に戸惑っていると、ユリは立ち上がり、帰宅するために部屋の出口へ……は行かず、なぜか靴下を脱ぎ、パーカーを脱ぎ、薄手のインナーTシャツ姿になってベッドの方向へ歩を進める。

僕が声を発するより先に、ユリは倒れ込むようにベッドへ横たわった。

「何をしているんでしょうか……？」

「キミが『寝たほうがいい』って言うから、お言葉に甘えてそうしようとしている」

「自分の家に帰って寝たほうがいい、と丁寧に説明すべきでした」

「キミはそう説明すべきだったねえ」

起き上がる素振りもなく、あろうことか毛布の中に滑り込んだユリ。

この女は年下をからかうのが三度の飯よりも大好きな人間。焦った反応を楽しむつもりに違いない、と勘繰った僕はあえて制止はせず、少しだけ様子を窺《うかが》うことにした。

三分、五分、十分……ただひたすら静寂が流れる。

向こうからは仕掛けてくる気配がない。僕の動きを待ってるのか？

「罠《わな》だとわかっていても、あえて敵の策にのる……それが作中最強キャラの魅力だろ」

やられっぱなしはプライドが許さない。

初めてのおうちデート体験でテンションが異常になりつつあった僕は、普段なら絶対にしないような行動も選択肢に入ってしまうのだ。

セミダブルのベッドなので、二人くらいは寝られそうなスペースがある。

からかうのが得意な女の子ほど防御力が弱い……ラブコメ作品で得た恋愛知識をここで実践してみようと思う。

足音を立てないように忍び寄り、ユリの隣に潜り込んでみた。

寝たふりだろうか、未《いま》だに目を瞑《つぶ》っているユリ。

そろそろ仕掛けてくるのでは、と警戒しつつ、さすがに彼女の様子が気になってきた僕は、毛布から顔をちょこんと出したユリをじっくり観察してみた。

「マジで寝てるのか……？」

安心したような寝顔と、健やかな寝息。

演技とは思えない寝姿が間近にある。もはや触れられる寸前のところにある。

僕はいま、女の子と同じベッドで寝ている。

毛布の中に充満する二人分の体温が背徳感を増幅させて、心臓の鼓動が顕著に大きくなってきた。指先が震える。柔らかそうな桃色の唇に視線が奪われてしまう。

彼女の良い匂いが鼻先を撫《な》でたとき、恥ずかしながら興奮してしまった。

年頃の男女が同じベッドに入ったら何をするのか……恋愛経験がない僕でもわかる。昼寝だ。お昼寝はおうちデートの定番だな、たぶん。

そう自分自身に強く言い聞かせることで、やましい気持ちが芽生えそうなのをどうにか抑え続けた。

そもそも僕がベッドから出ていけば済む話なのだが、これも貴重な疑似恋人のイベントだと心が叫んでいるので身体《からだ》が動かない。

ユリの寝顔を眺めながら寝転んでいるという、とても奇妙な状況をどうすべきか。

ここまで気持ち良さそうに寝ている彼女を無理やり起こすのも躊躇《ため》われる。

「他人の家のベッドでガチ寝するなよ……」

非常に困った。無防備すぎる。

もし僕が肉食系のイケメンだったら、いまごろ襲っていてもおかしくないぞ。

いちおう信用されているのか、もしくは『僕みたいな恋愛弱者は女の子に手を出す度胸もない』と舐《な》められているのか。

ちょっとだけ腹立たしいので毛布をめくり、緊張しながら手を伸ばしてみた。

薄手のインナーTシャツ姿だから、いつもよりも胸の起伏がわかりやすい。

下着のラインが透けるか透けないかの絶妙なバランスに心が煽《あお》られ、僕の理性をぶち壊そうとしてくる。

彼女の胸やお腹《なか》、太もものあたりに狙いを定めるも、僕の両手は空中で右往左往するばかり。そんな度胸などあるはずもなく、せめてもの成果として――ユリの美しい黒髪にゆっくり触れた。

「サラッサラだ……！」

手の温度で溶けてしまいそうなしなやかさ。

特にこだわりもなく安いシャンプーを使っている僕とは比べものにならない光沢と瑞々《みずみず》しさに感動すら覚え、胸の奥にこもった熱さがさらに膨らんでいく。

「とても彼氏っぽい行動をしている気がする……！」

ヒロインの頭をイケメンが撫でる……恋愛作品でよく見かけそうな絵面《えづら》を再現し、恋愛経験値がまた一つ増えた。イケメンではないけど許してほしい。

だが、それが僕の限界だった。

毛布を掛け直し、やましい気持ちを紛《まぎ》らわすべく僕も天井を見た。

同じベッドで仲良く寝る。たったそれだけなのに、この充実感はなんだろう。

黒井《くろい》ユリがガチ寝してしまったため、これ以上やることがない。

なるべく彼女を起こさないように身動きをやめた僕にも次第に睡魔が襲い掛かり、目の前の景色が霞《かす》んでいった。

重くなった瞼《まぶた》に逆らうことができず、やがて視界は黒に包まれた。

「んあ……」

真っ黒の世界におぼろげな光が差し込み、意識が戻っていく。

いつの間にか眠気に屈していたようだが、二日間だけ疑似恋人になったユリが僕の部屋を訪れ、あろうことかベッドで無防備に寝始めた夢を見るなんてどうかしている。

あまりにも非モテな人生すぎて、恋愛願望まで拗《こじ》らせてしまった。終わってる。

心の中で自虐的に嘆きながら、瞼《まぶた》を完全に開いた瞬間——

「おはよう、義務教育キッズ♪」

……にゃあ。

咄嗟《とっさ》に猫の鳴き声しか思いつかないくらいには動揺し、困惑し、我が目を疑う。

となりに寄り添うユリが、僕の頭を撫《な》でながら微笑《ほほえ》んでいたからだ。

「闇の世界に封じられた僕は、まだ永遠の夢に囚《とら》われたままだったらしいな……」

「無駄にカッコいい言い回しを決めたところ悪いけど、もう寝起きだから現実だよ？」

「ずいぶんとリアルな夢だ……」

「北斗《ほくと》くんの部屋に初めて女の子が来て、良い雰囲気になったその女の子と『寝た』のは夢じゃなくて現実だよ？」

「いろいろ誤解を生みそうな言い回しをやめてください……」

今日の〝特別な出来事〟は夢ではなく、紛《まぎ》れもない事実だったようだ。

甘い香りも、毛布に充満した二人分の体温も、いままさに僕の頭を撫でる彼女の手のひらの感触も、夢では絶対に味わえないから。

「ちなみに、なぜ頭を撫でているんでしょうか?」

「ワタシが寝てるときに誰かさんがイケメンムーヴをかましたから、そのお返し♪」

「やっぱり寝たふりだったんですね……」

「寝ているワタシに北斗くんが何をしてくるかなーと思ってさあ」

悔しいけど自分はまだまだガキだと思い知らされるくらい、この女は僕より一枚も二枚もすべてが上手だった。

「そしたら北斗くんのほうがガチ寝しちゃってさあ～、しばらくは北斗くんの寝顔を見てたんだけど、ワタシもいつの間にか本気で寝ちゃってたなあ」

「そんな……」

「ワタシのほうがキミよりも少し早く起きてよかった。北斗くんに本気の寝顔を見られずに済んだからねえ」

得意げな顔を晒《さら》すユリに敗北感を植えつけられる。

「キミの寝顔、子供っぽくて可愛《かわい》かったぞ♪」

たいへん可愛らしい声音での決め台詞《ぜりふ》を叩《たた》きつけられ、打ちのめされた僕は真っ白な灰になった。いつかやり返してやる。覚えておけよ、黒井《くろい》ユリ。

「それより、もう外が真っ暗だねえ」

ユリの言葉を受け、上半身を起こした僕は窓の外に視線をやる。

僕が眠りに落ちたのはおそらく夕方あたりだが、帰宅時は鮮やかな夕焼け色だった風景が瑠璃色に覆われているということは、最低でも一時間以上は寝ていたらしい。

「マズったなあ〜、家の門限を過ぎることがほぼ確定したわあ」

枕元に置いていた目覚まし時計の時刻は十八時近くを指している。

眉をひそめたユリがわかりやすく頭を抱えた。

「門限って何時ですか？」

「バイトがない日は十八時……これを過ぎるとインテリ眼鏡ニキにめちゃくちゃ怒られるんだよ！」

「インテリ眼鏡ニキ？」

「ああ、宮本《みやもと》さん。無駄に良い大学でてる眼鏡だから勝手にそう呼んでる」

ユリの兄だというインテリ眼鏡ニキ、じゃなくて宮本という男……僕は外見の雰囲気しか知らないけど、たしかに真面目で頑固そうな第一印象だった。

十七歳の門限が十八時っていうのもやや厳しい気がするし、バイトごときでわざわざ迎えに来るのも過保護っぽさを感じる。

「ちなみにワタシが門限を破ると……」

「破ると？」

「ちゃんと探しに来るのよね」

「誰を？」

「ワタシを」

ヤバい。めちゃくちゃ過保護だ。というか、シスコンだ。シスコンが眼鏡とスーツを身に纏《まと》って歩いているんだ。

「ちなみにスマホのGPSで、ワタシがこの場所にいるのはもうバレてると思う」

……それはさらにヤバくないか？

「ふへへ～」

この状況を笑って誤魔化《ごまか》されても僕はただただ困るんだよな。

「この状況、どうすればいいかなあ？」

「さっさとベッドから出て家に帰るべきだと思います。そうすべきです」

「まだ少し眠いなあ。二度寝したーい」

「さっさと帰りましょうね」

「はいはーい」

再び横になろうとしていたユリから毛布を剥《は》ぎ取ってやった。

僕だってもう少し一緒に話していたかったけど、このままでは面倒な事態になりそうな予感がしたため、名残惜しさを隠しながら帰宅を促す。

残念そうに唇を尖《とが》らせたユリはベッドから出ようとしたが――

ピンポーン

玄関からインターホンの音が響いた瞬間、大量の汗が噴き出る。

僕の家は普段から来客が少なく、夜間にアポなしの訪問といえば飛び込みの営業や怪しい団体の勧誘くらいしか思い当たらない。

ひとまず僕らは無言のまま様子を窺《うかが》っていると……

「突然の訪問、恐れ入ります。こちらに黒井《くろい》ユリは来ていませんでしょうか？」

おそらく玄関ドア越しから、若そうな男性の丁寧な声。

黒井ユリ、とはっきり名指ししている。彼女の知人だろう。先ほどの会話を考えれば、玄関ドアの向かいにいる男性の顔で思い浮かぶのは一人だけだ。

「宮本《みやもと》さんだ、間違いない」

声量を抑えた黒井ユリが口走った人物名は、僕の推測と完全一致した。

僕らはいま、大きな危機を迎えている。

一つのベッドに年頃の男女二人が並んでいるこの状況を『昼寝』だと説明したところで第三者に信じてもらえるとは思えないし、黒井ユリの兄が想像以上の過保護だとしたら彼女を部屋に連れ込んだ時点で言い逃れできそうにない。それだけで大きな罪。

さらにさらに、ユリは靴下とパーカーを脱いでいる……先ほどまで裸だったけど来客が来たから慌てて服を着た直後の彼女、のように見えなくもない。

もし僕が来客だったら『こいつら、さっきまでヤッてただろ』と絶対に誤解する。

居留守を使おうにも、部屋の照明の光が窓から漏れている時点で在宅の気配がするはずだから、怪しさが余計に漂ってしまいかねない。

「僕が対応します。ユリはさっさと服を着て、部屋の窓から逃げてください」

「おっけー。なんかこういう状況が初めてだから……非日常みたいでワクワクするねえ」

「お願いだからハラハラしてください」

僕の気も知らないでおもしろがるユリはなんとも能天気なことか。僕は呆《あき》れながらも玄関からユリの靴を持ってきて、窓から帰宅するように促した。

二度目のインターホンが鳴る。

ユリを部屋に残し、僕は玄関のほうへ素早く移動した。

玄関のドアを開ける。やはりそこには黒スーツ姿の眼鏡男が立っていた。

「御免ください。突然の訪問、たいへん恐れ入る」

「は、はあ……」

「こちらに黒井ユリという少女はお邪魔していないだろうか？　俺の妹なんだが、門限までに帰宅していないので探している」

「さあ、わかりません。そもそも彼女とは公園で少し話しただけなので、部屋に連れ込む……い、いや、遊びに来るような友達ではないですから」

「部屋に連れ込む？　遊び慣れた男が言いそうな生々しい言葉遣いだ」

「こう見えて僕は童貞です」

「どう見ても童貞なのはわかる」

ひどい。雰囲気で断言されてしまった。

それよりもこのシスコン眼鏡、先ほどから僕の顔色や家の中の様子を探っているような目遣いをしている。隙を見せた瞬間、一発で見抜かれてしまいかねない圧力を眼鏡の奥に秘めているから、僕の頬《ほお》が早くも引きつりそうになっていた。

「とにかく、ここにユリはいません。もう家に帰ってるんじゃないですか？」

「……ふむ」

納得いかない様子のシスコン眼鏡、もとい宮本《みやもと》さんがスマホを取り出したかと思いきや人差し指で液晶画面に触れた。

数秒間の気まずい沈黙を打ち破ったのは、軽快な音楽。

僕の部屋のほうから奏でられる電子音……おそらくスマホの着信音だ。

「なぜユリの着信音が君の家から聞こえるのか、理由を教えてもらえないだろうか」

「ぼ、僕のスマホも同じ着信音に設定してるから……ですかね」

「この着信音は俺の自作だ。俺からの着信にしか鳴らないように設定している」

あの女！　マナーモードにしとけよ！　と心の中で絶叫した。

「家の中を確認させてもらってもいいだろうか？　長居はしない」

「夕飯は家族だけの楽しい時間なのでお引き取りを……」

「いいだろうか？」

「怪しい大人は家に入れるなって小学校のときに習ったので……」

「貴様、そこをどけ」

「好きなご飯のお供はなんですか……？」

「なめ茸《たけ》」

「僕もなめ茸好きです！　高菜明太《めんたい》も好きです！」

「どけ」

「はい……」

シスコンセンサーが作動したのか、丁寧な君呼びから貴様呼びに変わった瞬間、宮本さんの声に明らかな怒気がこもる。

せめてもの時間稼ぎを試みたものの弾《はじ》き返されてしまったばかりか、怪しく光った眼鏡の圧に屈し、半ば強引に前進してきた宮本さんを止めることができない。

ユリはすでに部屋から脱出し、スマホだけ置き忘れていった可能性もある。

それなら『ユリが公園に忘れてしまったスマホを一時的に保管しているだけ』などと言い逃れができそうだ。それに賭ける。窓から逃げていてくれよ、ユリ。

問答無用で敷居を跨《また》ぎ、着信音が聞こえてきた僕の部屋へ直行した宮本さんは、強行突入する勢いでドアを開けた。

慌ててあとを追いかけた僕も部屋を覗き込むと――

「ふんふんふーん♪」

未《いま》だにインナーTシャツ姿のユリが鼻歌を歌いながらベッドサイドに腰掛け、呑気《のんき》に靴下を履《は》いている途中ではないか。

宮本《みやもと》さんのこめかみに血管が浮き出たことで、僕は悟った。

阿修羅《あしゅら》のごとき形相。これはブチ切れた顔だと。

「これはどういうことだァ……小僧ォおおおお」

「いや、そのぉ……これはですね……」

怒れるシスコン阿修羅に詰め寄られた小僧は苦笑いで受け流そうとしたが、冷や汗が額を流れ落ちる。

宮本さんが勘違いしてブチ切れるのも無理はない。

年頃の男女が二人きりで部屋にいるだけでも怪しいのに、上半身はインナー代わりのTシャツ姿、靴下は履きかけ……直前までは裸だった女が急いで衣服を着た感じに見えなくもないからだ。

「これは困ったことになったのう～」

「呑気なこと言ってないでユリも弁解してください！　僕が殺される前に！」

やましい誤解をしまくっている宮本さんの右手が拳の形になり、そろそろぶん殴られそうな気配になってきた。ユリにも手助けしてほしい。

パーカーをようやく着たユリが、なぜかわざとらしい乙女の顔になる。

「初めてだったけど……北斗《ほくと》くんは優しかったよ」

この女、火に油を注いだ⁉　この修羅場をおもしろがってやがる‼

「小僧ォ……さっきの玄関での会話ァ……ついさっきまで童貞だった、という過去形だったようだなァ」

「……現在進行形の童貞です」

「ウソつきはこの場で殺してやるゥ」

「待って待って！　人間には言葉があります！　じっくり話せばわかります！」

「話してわかり合えるなら人類に戦争なんて起きないだろォ」

そりゃあそうか。

じゃなくて！　眼鏡をかけた阿修羅がすでに拳を振り上げている！

十五年の人生はとても短く、何者にもなれなかったな。未練がありすぎる。

弁解を諦めた僕が儚《はかな》い笑顔になりかけたとき、目の前の阿修羅が一瞬で消えた。

いや、消えたんじゃない。僕の視界から外れただけ。

宮本さんは部屋の隅に勢いよく吹き飛んでおり、床に突っ伏していた。

「ウチの弟になにしてんだ、この不法侵入野郎」

気がつくと、部屋の入り口には姉《ねえ》ちゃんが片足を上げた姿勢で君臨していた。

仕事から帰宅した姉ちゃんが状況もあまりわからないまま、宮本さんを不法侵入者だと思って容赦なく蹴り飛ばした。そんなところだろう。

「姉ちゃん！　ありがとう！」

恐怖から解放された僕は、思わず姉《ねえ》ちゃんに抱き着く。

「どういう状況なのかいまいちわからねーが、不審者を蹴飛ばす直前に聞こえた会話から察するに……北斗《ほくと》が他人の女に手を出して、そこに彼氏のインテリヤクザが殴り込んできたって推理で合ってんのか？」

「まったく違う……とも言い切れないけど！」

「北斗、てめー……現実の女にいっさい興味がなさそうな顔してたくせに、かなりの肉食系だったのな。姉ちゃん、安心したっつーか……まさか他人から奪い取りやがったか」

「安心しないで！　僕の口からちゃんと説明させて！」

衝動的に不法侵入者を撃退した姉ちゃんだったが、この特殊な状況を誤解していないので、僕は先ほどまでの経緯を簡単に説明した。

「……なるほど、なんとなく状況は理解した。そんで、そこになんか倒れてるやつは北斗が連れ込んだ女の兄貴ってことか」

「なんか倒れてるっていうか、姉ちゃんが蹴り飛ばしたんだよ」

「あたりめーだろ。大切な家族がやべえシスコンに襲われてたんだから、そりゃあもう無我夢中でぶち殺したったわ」

「あの人、別に死んでないからね。姉ちゃんの蹴りが痛すぎて床に蹲《うずくま》ってるだけ」

「ほんとだ。呻《うめ》き声《ごえ》が聞こえてくるな」

痛あ……みたいな低い声を漏らしながら蹲るシスコン不審者こと宮本《みやもと》さんに歩み寄って

いく姉ちゃん。

「こいつ、どっかで見たことあるような……」

ヤンキー座りをした姉ちゃんが宮本さんの顔をはっきりと確認した瞬間、視線を合わせたお互いが瞳を大きく見開いた。

「塔谷《とうや》……希望《のぞみ》……」

「宮本善《ぜん》……センパイ……」

反射的だろうか、名前を同時に呼び合う二人。

「はあ、まさかセンパイとこんな形で再会するとは思わなかったっすわ」

「……だからここに長居したくなかったんだ」

バツが悪そうに視線を逸《そ》らす両者だけど、どちらかというと宮本さんの表情のほうがやや渋い。僕も初めて知ったのだが、どうやらこの二人は知り合いのようだ。

「お二人はどのようなご関係で？」

強い興味本位が働き、僕はそう問いかける。姉ちゃんと宮本さんは気まずそうに視線を合わせたり逸らしたりしながら、姉ちゃんが口を開かざるを得ない空気感になった。

「善センパイは私の大学時代の先輩だ」

大学の後輩かあ。世間は狭いなあ。

「……って、えええええええええええええええええええええええっ!?」

子供部屋に僕の驚愕《きょうがく》の声が響き渡った。

僕とユリと宮本《みやもと》さんは三人揃《そろ》って廊下に正座させられ、無駄な騒ぎを起こした罪を姉《ねえ》ちゃんに懺悔《ざんげ》した。その後、ユリと宮本さんは帰宅……するかと思いきや、僕ら四人はなぜかリビングのこたつを囲み、すき焼き用の卵をといでいた。

「姉ちゃん」

「ん？　なんだよ？」

「この状況、なに？」

「どう見ても仲良し夕飯タイムだろーが」

実家感が漂うこたつテーブルの上には、すき焼きの具材や取り皿、飲み物などが所狭しと並べられている。

ちなみに具材の下処理と簡単な調理は姉ちゃん主導。その他三人は雑用を手伝った。

上座に胡坐《あぐら》をかく姉ちゃんはカセットコンロに置かれた鍋へ、醤油《しょうゆ》、砂糖、みりんなどを目分量で注ぎ入れ、オーソドックスな割り下を作る。

「まずは肉から焼いていかないとすき焼きにならないだろう。割り下の量も多すぎる。牛肉をぐつぐつ煮たら、もはやすき焼きではなくて牛鍋ではないだろうか」

「善《ぜん》センパイは相変わらずごちゃごちゃうっせえんすよ。家のすき焼きなんだから美味《うま》けりゃなんでもいいんす」

「君が大雑把《おおざつぱ》すぎるんだ。だいたい希望《のぞみ》は以前から～」

「細けえこと気にしないでください。黙ってポテサラでも食っとけっすわ」

無駄に真面目な宮本さんの苦言を遮った姉ちゃんは、お手製のポテトサラダを小皿に盛り、宮本さんの前に置く。

そんな子供騙《だま》しで、あの頑固そうな宮本さんが大人しくなるはずが……

「………………」

大人しくポテサラ食べてる！　すごい！　宮本さんの取り扱いを熟知している芸当だ！

「北斗《ほくと》、テキトーに野菜入れろ」

「もう入れ始めてます」

「ご苦労。さすが我が弟よ」

ネギ、白菜、エノキ、椎茸《しいたけ》、春菊、焼き豆腐などを割り下の中へ綺麗《きれい》に並べた。

これが姉弟《きょうだい》の連携。子供のころから姉ちゃんとは何度も鍋をしているため、肉や野菜の理想的な配置や投入のタイミングは身体《からだ》に染みついている。

「だいたい、俺はユリを迎えに来ただけで夕飯など食べるつもりはなかった。それなのに希望が強引に引き留めるから、俺は仕方なくだな」

ポテサラを綺麗に平らげた宮本さんの苦言がまた始まった。

「うるせえ、黙ってくださいシスコン。いいからまずは野菜から食ってくだせえよ」

「ちょ！　春菊が多い！　俺が春菊苦手なの知ってるだろう!?」

「春菊農家さんに感謝して好き嫌いしないでくださいっすわ」

「やはり希望《のぞみ》には付き合っていられない」

「私くらいにしか構ってもらえなかったくせに偉そうっすね」

姉《ねえ》ちゃん、後輩のくせに強い。

取り皿に春菊を盛られた宮本《みやもと》さんが、渋い顔をしながら春菊を咀嚼《そしやく》していた。このやり取りを見ているだけでも、当時の上下関係がなんとなくわかってくる。

「善《ぜん》センパイ、米がさっき炊きあがったのでたくさん食ってください」

「野菜で腹いっぱいになってきたので、ほんの少し、サラッとで大丈夫だぞ！」

「おーけーっす、センパイ」

キッチンの炊飯器から茶碗《ちやわん》にご飯をよそい、姉ちゃんがこちらへ戻ってくる。そして宮本さんの目の前には、山盛りのご飯がどかんと置かれた。

「やっぱりこうなった！　サラッとでいいって言っただろう！　大学時代も俺のご飯だけ山盛りにしていたな！」

「いいからもりもり食べてくださいや。フィジカル育てねえとレギュラー取れねっすよ」

「俺のこと部活帰りの息子だとでも思っていないか……？」

「そのつもりだが、なんすか？」

「僕のほうが年上だが！」

「さーせん。センパイは友達いないんで、私くらいは馴《な》れ馴《な》れしくしてやろうかと」

「余計なお世話すぎる！　俺に友達などいないし、友達などいらん！」

「素直じゃないっすねえ。私が唯一の友達みたいなもんでしょーが」

大人組はなんだかんだで仲睦《なかむつ》まじい会話をしている。というより、姉ちゃんに翻弄される宮本さんといった構図だったものの、なんだか楽しそうでもあった。

この二人、じれったいな。早く付き合っちゃえよ！　と叫んでやりたい。

「ねえねえ北斗《ほくと》くん、あの二人、なんかお互いのこと知り尽くしてる感じだよねえ」

他人の恋愛事情に興味津々らしいユリが、小声での耳打ちをしてくる。

「大学の友達同士みたいですからね」

「いいなあ、学生のときの関係性が続くの。そういう甘酸っぱい青春に憧れちゃうなあ」

意外と恋愛が好きなのだろうか、ユリは楽しそうにはしゃいでいた。

「ユリも高校生くらいの年代なんだから青春の真っ最中だと思います。これからいくらでもチャンスはあるでしょ」

「ワタシはもう諦めムードだからさあ。遠くから青春を見守ることにするよ」

「ふーん、意外とモテないんですね」

「モテないから諦めてるんじゃないの、そこが大事ね。恋愛向きな人生じゃないの、ここが重要ね」

モテないのは断固として否定されたが、恋愛向きな人生じゃないとはどういうことだろうか。

「学校に行かずにバイト生活だから出会いが少ない、とか？」

「まあ、そんなところかなあ。今回の疑似恋人もキミの新作のためとは言いつつ、半分は興味本位というか、ラブコメみたいな体験をワタシもしてみたかったから」

「ぼっちでヒマそうな中学生は丁度いいお試し相手ってことですよね。僕もそこまで馬鹿ではないので理解しています」

「北斗《ほくと》くん、なんだかんだ付き合ってくれるから甘えちゃった。ごめんねえ」

僕は都合のいい存在。わかっている。お互いにメリットがあるからこそ、二日間限定の恋人関係は成り立っているのだ。

「でも……お遊びの恋が本気になる可能性もあるよね？」

「……!?」

艶《つや》のある吐息が混ざった台詞《せりふ》を耳打ちされ、瞬時に耳が熱くなる。

「えへへ～、お姉《ねえ》さんの囁《ささや》きはキッズくんには刺激が強すぎたかなあ？」

僕の反応をおもしろがったユリが、けらけらと笑う。

義務教育キッズを卒業したら見返してやる。覚えておけよ、黒井《くろい》ユリ。

「ユリちゃん……だっけか？　ぼっちで偏屈なウチの弟と仲良く喋《しゃべ》っているだけでも奇跡レベルだからめちゃくちゃ驚いてるけどよ、どういう関係なのかはっきりさせてもらおうじゃねーか」

「ワタシと北斗くんの関係ですか？　そうですねえ……」

姉ちゃんに関係性を問われたユリが、やや考え込んでいた。

新作のネタを膨らませるために恋愛を経験してみる関係、と説明してもあまり理解してもらえそうにないので、彼女が返答に困るのも頷《うなず》ける。

ここは無難に『趣味があう友達』でいい。

「二日間限定の割り切った関係……ですかねえ。ワンナイト、いやツーデイズラブ？」

「あなたはもう喋らないほうがいいです」

まーたこの女、誤解をされそうな言い回しをしやがった！

「北斗くん、仕方ないよ。さっき一緒に『寝た』のはもう言い逃れできないじゃん」

「寝た、の言いかたに大きな意味を持たせるのやめてください。昼寝です。仲良く昼寝」

「年頃の男女が一緒にベッドインして、なにも起きないはずがなく……だよねえ」

「だよねえ、じゃないです。なにも起きませんでした。寝起きに少し話しただけでした」

「ピロートークも大切だっていうよねえ」

「自分、ぼっち一筋なので知らないですけど」

「一夜の過ちをなかったことにする自分勝手な男、マジで最悪じゃん。クズめえ」

もう勘弁してくれー！

真正面に座っていた宮本《みやもと》さんの眼鏡が怪しく光り、『大切な妹をお遊び感覚で傷物にしやがって……』みたいな殺意をひしひしと感じる。怖すぎる。

「北斗……姉ちゃんは弟の育てかたをどこで間違ったんだろーな。お前が小さいころは私にすぐ甘えてきて、『大きくなったら姉ちゃんと結婚する～』とか言ってたのによー」

「いまでも姉《ねえ》ちゃんが一番好きだよ」

「えっ？　やべえな、お前。引くわ」

姉が酔っぱらうといつも仕掛けてくる『お前は姉ちゃん大好きっ子だっただろ』系のノリにあえて付き合ってあげたのに、その素っ気ない対応は僕が可哀《かわい》そうすぎる。

「ふふっ、あははっ！」

突然、ユリが堪《こら》えきれなかったような笑い声を豪快に噴き出した。

「ど、どうしたんですか？」

「あー、ごめんごめん。こういう賑《にぎ》やかな夕飯は超久しぶりだったから、つい笑っちゃうほど楽しくなっちゃってさ。なんだか懐かしさすら感じちゃったなあ」

目に涙を浮かべるほど笑うユリの本音が垣間見《かいまみ》えた気がした。

家族での団らんはありふれた日常のイメージがあるけど、そうじゃない人もいる。

くだらない話で笑い、美味《おい》しいご飯を食べるだけの空間が〝特別〟だと感じる人生も中にはあるのだと、純粋に笑うユリを横目で見ていて思ったりもした。

「生意気な弟だけどよろしく頼むわ。いずれ義理の妹になる前祝いということで、ユリちゃんは肉をたくさん食べろー」

「前祝い？　姉ちゃんに義理の妹なんて誕生しませんが？」

「わーっ！　美味しそうなお肉だ！　ありがとうございます！　家族が増える前祝い！」

「増えませんよ、家族？」

僕の弱々しいツッコミなど誰も聞いてない。

割り下で煮込まれた牛肉を卵に浸したユリは、黄身と脂で黄金色に輝くそれを頬張《ほおば》り、とても幸せそうに瞳を蕩《とろ》けさせていた。


すき焼きをほぼ食べ尽くしたころ。

裏で一服してくるわ、と姉ちゃんが席を立ち、家の裏庭へ。

夕飯のあとに姉ちゃんが煙草《たばこ》で一服するのはいつものことなので、僕とユリは夕飯の片づけや皿洗いを一緒にしていた。

この場に宮本《みやもと》さんがいないのは、姉ちゃんの一服に付き合わされているからである。

あの二人、大学時代もこうして仲良く一服していたらしい。

先ほどまでは僕らもいたので無難なやり取りが多めの印象だったが、大人になった先輩後輩同士が二人きりだとどんな会話をしているのだろう。気になる。

「ねえ、あの二人の様子をこっそり見にいかない？」

すぐとなりで皿を洗っていたユリのお誘い。僕と同じく興味があるらしい。

「姉ちゃんに見つかったら怒られそう……」

「大人の一服……一度でいいから見てみたかったんだよねえ」

「宮本さんは家で煙草を吸わないいんですか？」

「仕事中はわからないけど、家ではワタシに気を遣ってほとんど吸ってないと思うなあ」

ユリが蛇口を締めると、やかましい水の音が止まった。

「もちろん北斗《ほくと》くんも来てくれるよね？」

「もちろんいきません」

「よし！　大人組の様子を見にいこう！」

この女、初めての体験をするときはノリノリである。

僕は軽く拒否したが聞こえないふりをされ、逃げられないように手をがっちり握られてしまう。もはや仕方ない。僕は優しいので付き添ってあげよう。

足音を立てないように移動した僕らは、裏庭付近の物陰に身を潜めた。

歩道の外灯や近隣の家から漏れる照明の光が、こぢんまりした裏庭の姿をぼんやりと浮かび上がらせている。

薄暗いからこそ目立つ煙草《たばこ》の火。先端が真っ赤な蛍のように小さく発光し、たまに灰を落とす動作に合わせて動く。庭の隅には色褪《いろあ》せたビールケースが置いてあり、大人の二人が肩を並べる格好でケースに腰掛けているのはわかった。

「善《ぜん》センパイ、煙草くださーい」

「なぜ？　自分のを吸えばいいだろう」

「友達からもらう煙草だからうめえんじゃないですかー」

「誰の煙草でも味は同じだ。まるで変わっていないな、君は」

弟の前では姉貴肌の姉《ねえ》ちゃんが……宮本《みやもと》さんの前だと甘えてるような声音になってる気

がする！　やばい、こんな姉ちゃんは初めて見た。ギャップが凄《すご》い。

宮本さんから煙草を一本もらった姉ちゃんはそれを咥《くわ》え、ライターで火をつける。

宮本さんも煙草を咥え、姉ちゃんからライターを借りようとしたが、

「善センパイ、こっち近づいてくださいよ」

煙草を咥えたままの姉ちゃんが宮本さんに顔を近づけた。

これはまさか……き、き、キスするのでは？

「これはまさか……き、き、キスするのでは？」

僕の心の声とそっくり同じ言葉をユリが呟《つぶや》き、僕のほうが恥ずかしくなった。

静寂が流れる。姉ちゃんが咥えている煙草の先端は赤く光り、宮本さんが咥えた煙草の先端に赤い光が触れた。

煙草同士を触れさせて火をつけているのか。

「シガー……キスだよ！」

興奮気味のユリ、声がでかい。煙草を介した間接キス。これが大人の時間か……僕らが部屋でしていた恋人遊びが幼稚に思えてしまう。

「善センパイはいま、なんの仕事してんすか？」

「広告代理店の営業だ」

「へえ、外務省はやめたんすか？」

「いろいろあってな」

「いまどこに住んでんすか？」

「なぜ君に教えなければならない……？」

「ヒマなときとか終電逃したときにお邪魔するんで」

「大学時代の君じゃないか！　いつも俺の部屋に入り浸ってはゲームしたりすき焼きしたり酒飲んだり！」

「でも、善《ぜん》センパイはなんだかんだ、私の相手をしてくれてたじゃないっすか」

「君の私生活がダメすぎて放っておけなかっただけだ。そういえば君がパチンコで負けたときに生活費として貸した二万三千八百二十七円、まだ返してもらってないだろう⁉」

「うっざ、大昔の話なんで憶《おぼ》えてねぇっすわ」

「たった六年と十一ヵ月前の話だ！」

「こまけえ。そんなんだから善センパイはワタシくらいしか構ってくれなかったんすよ」

「余計なお世話だ！　だいたい君はいつもいつも～」

お互いに煙草《たばこ》を吸い、煙を吐きながら、軽快な会話が途切れない。

宮本《みやもと》さんの愚痴と姉《ねえ》ちゃんの馴《な》れ馴《な》れしさが良い具合に混ざり合っている。

仲良しだ。僕は姉ちゃんの大学生活をまったく知らなかったけれど、二人のやり取りを聞いているだけでも、なんとなく想像できる。

理想の先輩後輩というか……二十歳前後だった二人が大学生活を満喫し、二人で多くの時間を過ごした。微笑《ほほえ》ましいじゃないか。

しかし、話の風向きは変わる。一本目の煙草を吸い終わるころ、

「君の父親が亡くなった火事の件、まだ調べているようだな」

息を整えた宮本さんが切り出した言葉により、雑談の雰囲気が一変した。

短くなった煙草の先端を灰皿に押しつけた姉さんは、新しい煙草に火をつけ、白い煙を大きく吐く。

「もう少しで核心が掴《つか》めるかもしれねーんで。親父《おやじ》は犯罪者でも一家心中を図ったわけでもねえってことを証明してやらねーと、親父の名誉は回復しないっすから」

「大学卒業後に新聞社に就職したのもそれが目的か」

「新聞社の人脈や情報網を利用するためっす。五年前に親父が擦《なす》りつけられた罪を消し、真実を晒《さら》す。それだけっすね」

驚きを隠せない。姉ちゃんは大学卒業と同時に大手新聞社に就職し、その後は独立してフリーのジャーナリストとなった。それは知っているけど、目的に関しては初耳だ。

取材内容などは一切教えてくれなかったが、文科副大臣の秘書だった父さんが五年前に起こしたとされる経費水増し請求の疑惑を現在も追っているということらしい。

当時小学生だった僕はよく理解できていなかったものの、悪いことをして世間から叩《たた》かれているのは薄々わかっていた。

小学校でも噂《うわさ》が広まり、同級生や保護者から白い目で見られた。姉ちゃんが守ろうとしてくれたけれど、周囲からの陰口はしばらく止《や》む気配はなかった。余分に請求した経費を

着服した詐欺師の娘と息子は、騙《だま》しとった金で贅沢《ぜいたく》な暮らしができていた……と。

辛《つら》かった。苦しかった。

そのあたりから僕の孤立は始まり、自らの人生を悲観し、このつまらない現実を消し去りたいとさえ思い、おぼろげな〝特別〟を追い求めるようになった。

水増し請求の責任をとって辞職に追い込まれた父親は僕らに事情を語らず、一ヵ月後に自宅の火事で亡くなった。

僕と姉《ねえ》ちゃんは学校に行っていたので無事だったが、僕が帰宅したときには悍《おぞ》ましい黒煙と炎に家全体が巻かれていたのは微《かす》かに覚えている。

小学生にとってその光景はあまりにも絶望的すぎたからか、燃えている家を目視した直後の記憶はかなり曖昧になった。

それが不幸中の幸い。後を引くトラウマになったりせずに済んだともいえる。

「親父《おやじ》はそんな小汚い不正をする人間じゃない。あの事件に隠された真実と、親父が亡くなった火事は繋《つな》がってる。そんな予感がしてたまらねーんだよ」

周囲から白い目で見られたのは姉ちゃんも同じだろう。

でも、姉ちゃんは父さんを信じ続けている。そうじゃなかったら大学卒業後の進路を捻《ね》じ曲げてまで、五年前の真実を追うという選択などできないから。

「希望《のぞみ》……あの件から五年も経《た》ち、たかが秘書の詐欺疑惑なんて世間の記憶からは薄れてきている。もういいだろう」

「……あんたはいちいち回りくどいんすよ。はっきり言ってくださいや」

宮本《みやもと》さんは奥歯を噛み締めながら数秒の沈黙を挟み――

「過ぎ去った過去を掘り起こすのは無意味だ！　これから先の君が、弟と幸せに暮らしていくだけでじゅうぶんだろう！」

感情的になった宮本さんの叫びが、物静かな裏庭に響き渡った。

「部外者の営業マンに心配される義理はねーよ」

冷静に言い返した姉ちゃんはゆっくり煙草《たばこ》を吸い込み、煙たい吐息を吐く。

「大学の元先輩……いや、友達としての頼みだ」

「卒業後は一方的に連絡も取れなくなったくせに、いまさら友達面っすか。いきなり現れて勝手なことばかり……言わないでください」

「俺がお前から離れなかったら……俺の言うことを素直に聞いてくれたか……？」

やや考え込んだ姉さんは、わかりやすい溜《た》め息《いき》を吐《つ》き、

「……いまも友達だったら、大人しく言うこと聞いてたかもっすね」

穏やかな声で、そう呟《つぶや》いた。

「私はバカだから、わからねーっす。どうしてあんたが苦しそうな顔をしているのか、なにもかもがわからねーんすよ、宮本善《ぜん》」

いまの宮本さんは苦しそうな顔をしているらしい。父親の件について部外者であるはずの人が、なぜそのような感情の晒《さら》しかたをするのか……僕にも理解しがたかった。

「あんたがなにかを知っているなら最後まで隠し通せ！　なにも言えねーなら黙ってろ！　神視点気取りで中途半端に心配面されるのがいちばん迷惑なんすよ！」

それまで冷静だった姉《ねえ》ちゃんの衝動が高まり、強い言葉で殴りつけた。

姉ちゃんに胸ぐらを掴《つか》まれた宮本《みやもと》さんは視線を下げたまま、それ以上の反論をする気配を失ってしまった。

両者の会話が途切れ、無言で煙草《たばこ》を吸うだけの時間が流れる。

「雪が降ってきた……そろそろ戻るっすか」

「……そうだな」

雪の欠片《かけら》が夜空からゆっくりと舞い降りる。

声音を低くした姉ちゃんは立ち上がり、短くなった煙草の火を灰皿に押しつける。

二人の一服を盗み見ていただけなのに、心の奥に薄《うつす》らと靄《もや》がかかったような感覚にさせられた。僕らはもっと甘酸っぱいやり取りを見たかっただけで、こんなに困惑した気持ちを抱く覚悟はしていなかったから。

これは聞かなかったことにしよう。小さな罪悪感が胸を刺し、そう思った。

「……片づけに戻ろっか」

それは瞳を不安定に揺らすユリも同じ心境だったようだ。小さな笑顔を取り繕った彼女に服の袖を軽く引かれ、僕らはこっそりキッチンに戻った。

第三章　キミは戻ろう。ありふれた人生に

翌日。

深夜から早朝にかけてまとまった雪が降り、数センチの積雪が観測された。

銀の結晶に覆われた都会。数センチの雪でさえ大騒ぎになり、電車の遅延に加えて車がスリップ事故を起こした映像がテレビで流れていた。

相変わらず不祥事のニュースも多い。

与党の大物議員が地方の選挙区で市議らに現金を渡し、買収していた疑惑が少し前に大きく報じられていたが、市議らの供述が二転三転したり記憶が曖昧だったりと、捜査に進展があまりないらしい。

職業柄、姉《ねえ》ちゃんは独自に調べているようだったが、僕はあまり興味なかった。

中学生の生活は大きく変わらない。冷え込みによって耳や鼻が赤くなったり、ときおり足を滑らせて転びそうになったり、風が吹くたびに背筋が少し丸まる程度だ。

本日も学校でのぼっち生活を貫き、優越感に浸るためだけのおもちゃを探す陽キャたちの視線も潜《くぐ》り抜《ぬ》け、放課後の公園へとやってきた。

身が凍える寒さでも子供たちは元気に騒いでいる。いつもなら土と枯草の寂しい地面がいまは真っ白に覆われ、子供たちの小さな足跡がところどころに残されていた。

「やあ、義務教育キッズ。今日も早かったねえ」

滑り台に座っていた黒井《くろい》ユリがこちらへ右手を振ってくれる。

さすがの彼女でも今日は特別に寒いのだろう。

パーカーの上から厚手のダウンを着込んでいた。

「当然です。放課後にだらだらと駄弁《だべ》って貴重な時間を無駄遣いするようなバカどもを華麗に置き去りにしてきましたわ」

「さすが熟練のイキりぼっち。あ、いちおう褒《ほ》め言葉ね？」

「褒め言葉？　どこがですか？」

「ちなみに放課後にだらだらと駄弁って時間を無駄遣いしてるのはワタシたちも同じじゃない？」

「無駄遣いじゃないので。僕が将来、大漫画家になるために必要な過程なので」

「学校ではいっさい喋《しゃべ》らなかったくせに、ここではえらく饒舌《じょうぜつ》ですねえ」

「それは言わないお約束ですよ」

「そんなお約束してないけどなあ」

いつもの掛け合い。なんだか安心した。昨日、大人組のやり取りを目の当たりにしてから僕の家を去るまで、やや元気がないように感じたから。

もしかしたら公園にも来ないのではないか、と少し心配したけれど、普段通りの軽快さを惜しげもなく披露しているのはこちらとしても嬉《うれ》しい。

自分の気持ちは誤魔化《ごまか》せない。以前までなら『こんな世界は消えてしまえ』くらい平然と思っていたのに、いまではこの日常が長く続いてほしいと密《ひそ》かに願ってしまっている。

自分にとってユリがいる特別な光景が、いつかありふれた瞬間になってほしいという欲が出始めている。

「疑似恋人期間、二日目は……雪遊びをしよう！」

「もしかしなくてもその場のノリで決めてますよね？」

「まあ、東京で積もるほど雪が降るのも珍しいからねえ。やるしかないでしょ！」

僕らの会話を聞いていた周りの小学生たちが、わらわらと集まってきた。

「雪合戦やろうぜ！」

わんぱくな小学生の一人がそう提案してくる。

「やりたい！　このへんでは雪遊びなんてあまりできないからなーっ！」

「ユリ姉《ねえ》ちゃん、ホクト、みんなで一緒にやろうよ！」

盛り上がるのは構わないのだが、僕だけ呼び捨て。舐《な》められている。

「雪合戦なんて僕にとっては嫌な思い出しかない……雪が降ってテンション上がった陽キャどもに雪玉を投げ当てられて『ごめん、間違った』とかあからさまにとぼけられてゲラゲラ笑われた経験がお前らにあるのか!?　僕は雪を見てもまったくテンションが上がらないんだよ！　忌まわしい記憶が蘇《よみがえ》るわ！　くそが！」

「ホクトの怨念がすごい……！」

「僕はやらないぞ」

「ホクト、なんかごめんな……お前にもいつかいいことあるよ」

子供たちに気を遣わせてしまった！

肩に手を置かれて小学生に慰められる中学生、地球上で僕だけなのでは？

「だいたい、雪合戦なんて子供騙《だま》しのお遊び……ひゃっ!?」

台詞《せりふ》の途中でお腹《なか》に当たった白い塊が弾《はじ》け飛び、変な悲鳴を漏らしてしまう。

もしかしなくても、大きな雪玉。

「えへへ～、戦いはすでに始まっているのだよ」

投げてきた犯人は目の前で悪戯《いたずら》に微笑《ほほえ》んでいる女、黒井《くろい》ユリしかいない。

「ひゃっ!?　だってさあ。声変わりする前みたいな可愛《かわい》い声出すじゃーん♪」

「へらへらしやがって……僕の怖さをわからせてやろう」

小悪魔ボイスで煽《あお》られた僕はムキになり、両手でかき集めた雪を全力で握った。

ユリに向けて駆け出した僕は雪玉を握った右手を振り上げながら——高く跳ねる。

「くらえっ！　メテオストーム！」

カッコいい必殺技を叫び、雪玉という名の隕石《いんせき》を投げおろした。これが直撃したユリは恐怖し、許しを請い、戦意喪失に陥る……そんな僕の想像とは異なる結果になった。

「よっわ」

そう呟《つぶや》いたユリが雪玉を軽々と避《よ》けたからだ。

長年のインドア生活により軟弱な僕は着地の際に足がもつれ、勢いそのまま前のめりになってしまい、派手に転んでしまう。雪の絨毯《じゅうたん》が衝撃を緩和したおかげで怪我《けが》はなかったものの、顔面が雪に埋もれてしまった。

「北斗《ほくと》くん、大丈夫かい？」

「顔が冷たいです……」

雪から顔を出した僕は全身が雪の粉まみれ。

体温で溶け始めた雪の水分が肌に触れ、身震いする。

「ぷはは っ、メテオストーム……雪玉なのにメテオって……一つしかないのにストームって！　ぷっ……ははっ」

ツボに入ったらしく、腹を抱えて笑うユリ。

隙だらけの彼女にメテオストームの不意打ちを見舞ってやりたいが、右手を動かした瞬間、筋肉痛に似た痛みが腕を通り抜ける。

「肘を痛めた……」

「たった一度、雪玉を投げた程度で？」

「封じられた異能を使った代償……ってところですかね。腕一本の犠牲で済んだのは奇跡かもしれません」

「なんか無駄にカッコつけてるところ悪いけど、ただの運動不足だよねえ」

「なるほど。魔力がない人間にはそう見えても不思議じゃない……か」

「まだカッコつけてるの逆に尊敬できるよ。キミに運動の才能は一ミリも期待してなかったけど、さすがに貧弱すぎない？」

「ぐう……」

「ぐうの音をほんとうに出す人、初めて見た」

よりにもよってユリの前で恥ずかしい姿を晒《さら》してしまい、言われたい放題だった。

「ぬああ……だから雪合戦なんてやりたくなかったんだ……」

情けなさが頂点に達し、僕は子供っぽくイジける。

「まったく世話の焼けるキッズなんだからあ、もお」

呆《あき》れ笑いを浮かべたユリが僕の頭に手を添え、付着していた雪の粉を優しく払い落としてくれた。

「もう機嫌直った？」

「まだ……」

「よしよし、キミはダサくない。カッコよかったぞ」

「どこがカッコよかったですか……？」

「実を言うとワタシだけは気づいてた。転びそうになった瞬間、ワタシや子供たちを巻き込まないように身体《からだ》を動かして衝突を避《よ》けたところ、とか」

「そんな危機回避を試みた覚えがないんですけど……」

「それじゃあ無自覚の動きだったってことだ。凄《すさ》まじい才能だねえ、えらいえらい」

子供をあやすかのように甘やかしてくれる。

僕が勝手に一人で転んだだけなのに、カッコいいところを無理やりにでも捻《ひね》りだしてくれるユリなりの思いやり。ズルい。ぼっち生活で鍛えられた僕だからまだ平静を保っていられるが、並のちょろい中学生ならもう惚《ほ》れているだろう。

鉄壁の心を誇る捻《ひね》くれた僕を攻略するのはハードルが高いけどね。

「やらない……もう……雪合戦なんて……」

「はいはい、それじゃあかまくらでも作ろうかあ」

「かまくら……作る……」

「ワタシと一緒に大きいかまくら作ろうねえ」

「作る……大きいかまくら……」

これはダメだ。マズい。ユリに甘やかされると童心に帰ってしまう。

執拗《しつよう》に撫《な》でてくるユリの手を振り払えない。甘やかす声を拒絶できない。まだ幼稚な子供なのだと自覚させられたのと同時に、それを受け入れている正直な自分もいた。

「ホクトはダサいねー」

「俺らよりも遥《はる》かに子供だもんなぁ」

「ユリ姉《ねえ》ちゃん、もはやママじゃん」

小学生たちに白い目で見られていた……。

こいつらより年上の中学生としての威厳はもう、どこにもなくなってしまったらしい。

「みんなで、でっかいかまくら作ろう！」

瞳を輝かせたユリがそう宣言しながら手を上げると、小学生たちも「おーっ！」と元気よく賛同した。

これが優しい世界。みんなが僕に合わせてかまくらを作る流れになり、自宅が近所だという小学生数人が雪かき用のスコップを持ち寄って、雪を片っ端から集め始めた。

子供の体力は無限。雪を集めては踏み固める作業を繰り返していたのが、腰を曲げて息を切らす僕に対し、小学生たちは雪山の上で元気に跳ねたり足踏みしていた。

「はい、温かいコーヒー」

ベンチで休憩していたら、ユリが自販機で購入してきた缶コーヒーを差し出し、僕はそれを反射的に受け取った。

悴《かじか》んだ手にじんわりと染み渡る缶の熱に癒《いや》され、心が安らぐ。

「あっ、お金払います」

「いらんいらん。ワタシの奢《おご》りだから気にすんなあ」

「ありがとうございます！　お言葉に甘えて……」

財布を出そうとした僕を制止し、ユリはとなりに座る。これが未成年の一服。ペットボトルのホットレモンを一口飲んだ彼女は、ほっと一息吐いた。

「それにしても、どうしてかまくらなんですか？」

「こうやって誰かとかまくら作るの、一度でいいからやってみたかったんだよねえ」

「今日が初めてなんですか？」

「うん。だから、初めて記念に大きいかまくら作りたいんだあ」

「初めての出来事が多いんですね」

「北斗《ほくと》くんと出会ってからいろんな初めてを知った。感謝だねえ」

「大げさな。ただ遊びに付き合ってるだけですよ」

「ただの遊びが〝特別〟に感じる人もいるってことさあ」

ユリの穏やかな口調の中に、僅かな重みが見え隠れしている気がした。

しかし、彼女のこれまでの人生に触れてもいいのか迷い、臆した。

もどかしい。僕にもっと人生経験があれば、いや……もっと頼りがいのある人間だったら、自分自身にもっと自信があれば、彼女の内側に踏み込んでいけるかもしれないのに。

笑顔の裏に隠す本当の顔を、晒《さら》してくれるかもしれないのに。

「ねえ、ちょっとずつかまくらみたいな形になってない⁉」

「まだ小さい雪山ができただけです」

「穴を掘ろう、早く！」

「しっかり固めないと崩れるってネットに書いてありました」

「ま、待ちきれないねえ！」

たかが雪の塊を眺めて興奮するユリは、いつも通りの明るい表情に思えた。

考えすぎか。つい深読みしたり、後ろ向きな思考になってしまうのは僕の悪い癖だ。

「ユリ姉《ねえ》ちゃーん、雪山の固さはこんなもんでいいかー？」

「それくらいでいいでしょ～っ！　知らんけど！　いま行くぜえ！」

かまくら建設予定地のほうから小学生の声が聞こえ、ベンチから立ち上がったユリが勢いよく駆け出し、僕もあとを追いかける。彼女に元気を分け与えてもらったのか、疲労困憊《ひろうこんぱい》だった身体《からだ》が少し軽くなった気がした。

冬は日暮れが早い。夕方の時間帯だというのに、僕らを見守る大きな空はオレンジ色と紫色が混ざり合っている。

ようやく完成したかまくらの内部は、大人が二人分くらいの狭い空間。

小学生が家から持ってきたキャンプ用のランタンに明かりが灯《とも》り、かまくら内部は暖かい光に包まれている。完成直後は小学生たちも中に入って遊んでいたものの、すぐに飽きてしまったらしく、小学生同士の雪合戦に戻っていた。

「やっぱり冬はかまくらでミカンだよねえ。落ち着きますなあ」

「かまくら初体験のくせにベテランぶらないでください」

僕ら大人組（未成年だけど）はかまくらの中に残り、小学生にもらったミカンを剥《む》いてまったりと食べていた。

「ねえ、せっかくだから焚《た》き火《び》もしてみたい！　そして焼き芋を作りたいなあ！」

「いまの時代、公園で焼き芋できるわけないでしょう。出禁になりますよ」

「なんでえ？　焚き火で焼いた焼き芋が食べたいなあ……」

不満そうに唇を尖《とが》らせるユリ。

薄々感じていたが、この人は世間知らずな一面がある。僕の知らないことは知っていそうな顔をしているくせに、僕が知っていることは知らない。不思議とそんな印象だ。

「今日はずっとテンション高いように見えるんですけど、そんなに楽しいですか？」

「めちゃくちゃ楽しい。バイトと漫画を読むくらいしかやることなかったから、こういう毎日に憧れてたんだあ」

「宮本《みやもと》さんとは遊んだりしてないんですか？」

「あの人とはそういう仲じゃないっていうか、真面目すぎるからさあ。いつも仕事が忙しいから家にあまりいないし、ワタシも仕事の邪魔はしたくないからねえ」

なんとなく想像はできる。

宮本さんが公園で遊んでいる姿を思い浮かべるのは難しい。

「ユリ姉《ねえ》ちゃんが大好きな焼きプリンも持ってきたよ！　お母さんが『いつも遊んでくれる公園のお姉さんにもどうぞ』って持たせてくれた！」

「うわーっ！　いつもありがとう！　持つべきものは仲良しの小学生たちですなあ」

小学生に焼きプリンの差し入れをもらったユリは表面の焦げた部分を一口含み、幸せそうに瞳を蕩《とろ》けさせていた。

「ユリは焼きプリンが好物だったんですか？」

「子供のころ、お父さんが誕生日のケーキを買い忘れてさ、大泣きしたワタシをどうにか泣き止《や》ませるためにお父さんが慌てて買ってきたのが焼きプリンだったんだ。焼きプリンを食べるたびに家族と仲良しだった時間を思い出しそうになるんだよねえ」

「たぶん、思い出補正ってやつですね」

「あはは、そうかも。だからコンビニの焼きプリンでも最高の味になるってねえ」

有名スイーツ店の焼きプリンではなく、大量生産された焼きプリンを好むユリは思い出の味を堪能しながら昔の記憶も懐かしんでいるようだった。

姉ちゃんの料理を食べるたびに『両親が離婚してからの僕は姉ちゃんにずっと育てられたんだなあ』と感慨に浸る気持ちと似ているのかもしれない。

「むふふ～」

一口食べるたびにニコニコしている。本当に幸せそうな……いや、幸せな顔だった。

となりにいるだけで幸せをお裾分けされた気分になる。

「北斗《ほくと》くんも一口食べる？　はい、あーん」

紙スプーンに載せた一欠片《かけら》のプリンを、ユリは差し出してきた。

「い、いや……それ……か、間接……キスなのでは？」

「この二日間はいちおう恋人同士っていう設定じゃん？　これぐらい普通でしょ～？」

「で、でも……心の準備が……」

「間接キスごときで動揺するなんて、キミは中学生か」

「現役中学生です」

「いいから食べなさーい」

ユリの爽やかな圧に根負けして、仕方なく一口食べてみた。

「……うまっ！　焼きプリンって初めて食べたんですけど、美味《うま》いです！」

「でしょ～？　自分の好物を他の人にも『美味い』って言ってもらえるのは初めて！　結構嬉《うれ》しいものだねえ」

ユリも初めての経験をしたらしく、にっこりと嬉しそうな笑顔を見せてくれた。

つられた僕も頬《ほお》が緩み、自然に微笑《ほほえ》んでしまう。一人で孤独に食べても同じ味だが、一つの焼きプリンをユリとシェアしただけでなおさら美味《お い》しく感じた。

「昨日のすき焼きパーティは宮本《みやもと》さんの意外な一面が見られてよかったなあ。キミのお姉《ねえ》さんに押されっぱなしの様子とか煙草《たばこ》を吸う姿なんか、ワタシの前では晒《さら》さないよ」

「ユリの兄である宮本さんと、姉ちゃんの先輩である宮本さん……どっちが素の顔なんですかね」

「それは本人にしかわからないだろうけど、たぶんワタシのせいで変わったんだよ」

「ユリのせい……ですか？」

「あの人は本当の兄じゃないから。両親がいなくなったワタシの面倒を見てくれる保護者みたいな立場なんだ。初対面の相手に事情を説明するのが面倒だから、とりあえず兄って紹介してるだけなんだよねえ」

どうりで顔が似ていないし『宮本さん』と苗字《みょうじ》呼びしているのも最初から疑問に思っていたけれど、保護者だったからか。

「仕事で忙しい割には過保護というか、わざわざ迎えに来る日もあったり……ユリをめちやくちゃ心配してますよね」

「ミカンの白いスジって残す？　取る？」

「人の話、聞いてます？」

話の途中でも食べ物に心を奪われているユリ、自由な女だ。

「宮本さんは保護者としては誠実で頼れるけど、ワタシの遊び相手はやっぱり北斗《ほくと》くん。キミはどんな遊びにも付き合ってくれるから大好き〜♪」

油断していたところに……突然のハグ！

軽く抱き寄せられた僕は視線が泳ぎまくり、体温も服越しに伝わってきて、興奮したゆえの血液が全身を駆け巡った。

女慣れしているやつだったら抱き締め返しているのだろうか。わからない。僕は腕を下げたまま、かまくらの天井を見つめることで煩悩を封じた。

「常に冷静沈着な僕じゃなかったら勘違いされるかもしれないですよ」

「どういう勘違い？」

「この子は僕のこと間違いなく好きだろ、みたいな。特に男子中高生あたりは可愛《かわい》い女子から積極的に触られると勘違いするので」

「ワタシからの気持ちは、勘違いじゃないよ？」

「ふえっ？」

「うははっ！　ふえっ、だってさあ！　北斗くんはほんとうに可愛いなあ♪」

　ま－た、からかわれた！

「初々しさを失った宮本《みやもと》さんにこういうことしても塩対応されるからさあ、やっぱり初心《うぶ》な北斗《ほくと》くんが最高なんですわあ」

　好き勝手に言いやがって……。

　ぐぬぬと悔しがる僕を嘲笑《あざわら》うユリの構図はしばらく逆転できそうにない。

「いつかあなたを本気で照れさせてやります。覚悟していてください」

「口だけは一丁前なキッズだねえ、がんばれがんばれ」

「頭を撫《な》でないでください」

　ハグの状態で後頭部を撫でられるのは反則級の行為なのだ。

　この小悪魔、男子が喜ぶツボ（僕が喜ぶだけかもしれないが）を知り尽くしている！

「はいはい、せいぜいヒマ潰しの相手を務めさせていただきます。僕の家の裏庭でよければ焼き芋ができるかもしれません」

　このままでは彼女の思うつぼだ。

　冷静さを必死に取り繕い、ユリから身体《からだ》を離す。

「えへへ～、それじゃあ今度……」

　そう言いかけたユリだったが、

「ああ、そうだった。これからバイトが忙しくなりそうなんだった。ダメだー」

　ふと思い出したかのように、嘆く。

そのときの苦笑いする彼女の横顔が瞳に焼きつき、なんだか儚《はかな》く映った。

「ヒマではなくなりそうなんですか？」

「ヒマではなくなるかもしれないねえ」

ヒマではなくなる。

彼女の何気ない一言に一抹の寂しさを覚えた。

もしかしたら明日からは会う時間が減るかもしれない……そうなってしまったら、僕はまた憂鬱と退屈さを抱えた日常に戻ってしまう。

「ワタシとの経験を活《い》かしておもしろい新作は描けそうかい？」

「自信はないですが……どうにかがんばってみます」

本音を言えば〝漫画のために〟という目的を忘れかけていた。

この人と一緒にいる時間が新鮮で、楽しくて、だからこそ短く感じた。

陽キャの目を避けながら日陰でだらだらと過ごす日々は無駄に長く憂鬱だったのに、たった一人との出会いによって景色が一変した。

終わらせたくない。もっと、続けていきたい。

「疑似恋人は今日まででしたよね」

「そう。門限までには家に帰るから、あと一時間もないねえ」

「それまでにユリがやりたいことはありますか？」

思いきって提案してみる。

僕なりに悪あがきしてみたかったからだ。

「もしやりたいことがあったら、北斗《ほくと》くんは付き合ってくれるのかな？」

「付き合いがいいのだけが僕の取り柄なので」

　やや考える仕草をしたユリが口にした遊びは——


「このまま二人で旅に出ない？」


　予想よりもかなり斜め上の内容だった。

「銀髪の少女が少年と逃げるように旅に出て、ありふれた人生を求める……みたいな感じがキミの新作アイデアだったよね。北斗くんは美少女と旅に出た経験はあるかい？」

「ないです」

「だよねえええ」

　食い気味で決めつけられると腹立つ。

「いつかやってみたかったんだよ。大人に内緒で二人旅をさ。そういうのってロマンがあるじゃん？」

「僕も……大人に内緒での二人旅に憧れていなかった、と言えばウソになります。それって中学生から見れば特別な出来事だから」

「さっすが相棒！　話がわかる野郎だぜ！」

豪快に肩を組まれ、揺さぶられる。

「ユリの門限はどうするんですか？」

「大人が決めたルールを破るのがロマンなんでしょーが」

確かに……ロマンだ。

「ワタシに車の免許はない。徒歩だと時間がかかりすぎるから電車旅かねえ。北斗くんは制服を着替えたほうがいいだろうし、いったん家に戻ってまたここに集合しようか」

「それで大丈夫ですけど、ユリはお金あるんですか？　僕は小遣いが少ないので二人分の電車賃はきついかもしれません」

「心配しなさんな。お金は全然ないけど家の小銭をかき集めていくよ」

「それなら僕は机の中に貯《た》めてたお年玉を持っていきますね」

「わお、中学生らしいへソクリね」

初めて知った。

こうして悪巧みを計画している瞬間は心が躍り、わくわくが止まらないことを。

帰宅が遅くなって姉《ねえ》ちゃんに怒られる未来が容易に想像できる。彼女を悪いほうに導いた僕は、シスコン眼鏡こと宮本《みやもと》さんに殴り殺される（大げさ）かもしれない。

その懸念を上回る期待感に背中を押されるのだから、もう仕方ない。

「行き先はどこにしようかなあ？」

「ユリの行きたいところで」

「それじゃあ……駅に着いたときのノリで決めよう！」

この無計画さが、ある意味では子供らしさ。

あなたはまた僕に、初めての感情を教えてくれた。


僕らはいったん各自の家に戻り、十七時半ごろの公園に再び集まった。

すっかり太陽は眠りに落ちたのに、マンションや店舗などからの人工的な光は街全体を眠らせてはくれない。

持ち物はリュック一つ。漫画を描く用のタブレットや着替え、電子機器の充電ケーブルなど最低限のものしか入っていない。

くだらない雑談をしながら最寄り駅に着いた僕らは「全国どこに行くにしても、まずは東京駅に行っとけばいいでしょ〜」という究極に無計画なユリの一声で、ひとまず東京駅までの切符を買い、在来線のホームに移動した。

未《いま》だに心が躍り続けている。ただ電車を待っているだけなのに、となりにユリがいるのが〝特別〟な状況すぎるから。

中学生の大冒険。僕にとっては過去最大級のイベントになるだろう。

遠足の前日は眠れない、とかぬかす人たちの気持ちが一ミリも理解できなかったが、前言撤回させてもらいたい。

いままさに、遠足前日の気持ちだ。当日だけどな。

電車の音や人々の往来で騒々しいホームにアナウンスが響き渡る。

僕らが乗る予定の電車がまもなく到着するとのことだ。

ここから冒険が始まる。

そう思って疑わなかった僕に、ユリは声をかけた。

「ねえ、本当にいいの？」

「……何がですか？」

「ワタシと旅に出ても、いいの？」

その問いかけの意味が、わかりかねた。

「ああ、大人たちに怒られるかもしれないから怖気《おじけ》づいたんですか？　僕はもう姉《ねえ》ちゃんに怒られる覚悟と宮本《みやもと》さんに殴られる覚悟くらいしてきたので問題ないですよ」

僕なりにおもしろい返しをしたつもりだった。

ユリがにこやかに笑ってくれると思ったから。

だけど、ユリが発した言葉は予想できないものだった。

「ここから先は平穏ではいられない。東京駅行きの電車に乗った瞬間、ワタシを連れ出したキミはありふれた人生を捨てなきゃいけない。それでも構わないの？」

……意味がよくわからなかった。

「キミは普通の人生が嫌いだったようだけど、まだ〝特別〟を追い求める気はある？」

「ユリ、いきなりなにを言い出して……」

「電車が来るまであと数十秒、それまでに決めて」

明らかに空気感が変わった。

表情は変わらずとも眼差《まなざ》しに重みが生じ、雰囲気が変わったユリの言葉がすべてを変えてしまった。

「もしかして新作のキャラになりきってます？　そこまで演じてくれなくてもいいのに」

動揺を隠すために僕は軽口を挟むも、静かに微笑《ほほえ》むだけのユリに寒気がした。なんだか恐ろしかった。

なぜだろう。軽やかだった足が鉛のように重い。

異様に喉が渇き、あれだけ弾んでいた気持ちが深く沈んでいく。

そしてユリは——こう囁《ささや》くのだ。

「ねえ、北斗《ほくと》くん。ワタシと一緒に、ありふれた人生を捨てられる？」


ダメだ。これ以上、先に進んではいけない。

僕の中に眠っていた本能的なものが語りかけてくる。

このまま電車に乗ってしまったら、もう元の生活には戻れないような気がして。

ありふれた人生は大嫌いだった。早く抜け出したかった。

しかし、この瞬間の僕は……ありふれた日常を捨てるのを恐れ、無意識な後ずさりさえしてしまっている。

「僕は……一緒に行けません」

震えた声が喉から漏れた。

所詮、僕は義務教育も終えていない子供であり、ただひたすら無力でしかない。

特別になりたいなんて口先だけ。

カッコいい大口を叩《たた》けるのはフィクションの中の台詞《せりふ》だけ。

現実の雑魚《ざこ》すぎる僕に、ありふれた人生を捨てる覚悟はまるでなかった。

僕にとって特別になりかけている女の子の願いを叶《かな》える度胸すら、なかった。

「そう、キミはそれでいいんだよ。ワタシはバカだからさ、ほんの少し期待しちゃっただだけだから」

軽く息を吐いたユリは儚《はかな》げに笑みを浮かべ、いつもの穏やかな眼差しに戻った。

「キミは戻ろう。ありふれた日常に」

短く呟《つぶや》いたユリが改札のほうへ踵《きびす》を返す。

ただただ、虚《むな》しかった。

自己保身に走った自分自身が大嫌いだった。

どうして気づいてあげられなかったのだろう。

どうして、僕は――彼女を無理やりにも連れ出し、救えなかったのだろう。

この決断を心の底から後悔し、この瞬間を泣きながら嘆く未来が待っていようとも、このときの僕はとても子供で……強がって笑う彼女に寄り添うことができなかった。

第四章　ワタシはぶっ壊れてたんだよね

彼女と出会ってから僕の人生が劇的に変化した、なんてことはなかった。

冬休みが明けても学校に通うのは億劫《おっくう》だし、教室では相変わらず浮いていて、タブレットで漫画を描く僕をおもしろがって馬鹿にするクラスの連中を心の中で蔑みつつ、波風を立てないように無害な陰キャを演じる。

そんな人生でも冬休み前までの僕には心待ちにしていた出来事が二つあった。

投稿サイトに作品をアップすると書き込まれる【ヒマナヒト】からの感想コメント。

もう一つは、放課後の公園に行くと出会えるフリーターの女の子。

贅沢《ぜいたく》は言わない。その二つさえあれば毎日が待ち遠しく、視界不良で灰色だった景色が鮮やかに色づいて見えた。

たったそれだけの小さな楽しみがあれば、それでよかった。

ありふれてなんかいない。僕にとっての、特別な日常だった。

だが――それは突然、静かに途絶えた。

十二月のあの日、僕はありふれた日常に戻ることを選んだ。

いや、選んだのではない。みっともなく逃げ出した。

怖気《おじけ》づき、ユリの手を放し、子供だからと言い訳をして、彼女を連れ出すのを躊躇《ためら》った。

根拠はない。彼女が銀髪の少女になりきった台詞《せりふ》を言っていただけに決まっている。

結果的に見れば、大人に内緒での二人旅を断念しただけ……誰にも怒られなかったし、迷惑もかけていない。貴重な経験ができなかったのは残念だけど、これから二人で過ごしていくうちに次の機会はある。僕がもっと成長して、ユリの抱えているものを受け入れられるだけの勇気を持てたら、そのときは——彼女を連れ出す。

だが、あの日以降、ユリは僕の前から姿を消した。

「ユリは今日も来てないのか？」

あれからほぼ毎日、夕方の公園に立ち寄っているものの、顔馴染《なじ》みの小学生たちしか僕の話し相手はいなかった。

「うん、ユリ姉《ねえ》ちゃん……バイトが忙しくなるって言ってたから仕方ないのかな～」

「ユリ姉が来ないとしっくり来ないよな～」

「学校行かずに公園で遊んでるよりはバイトで忙しいほうがいいんだろうけどさあ、俺たちは寂しいんだよ」

ユリと仲良しだった小学生たちも物足りなさそうに嘆いていた。

僕も同じ気持ちだ。あの人の軽快な声を聞かないと漫画のモチベーションが上がらなくなってしまい、投稿サイトの更新も一ヵ月近く途絶えてしまっている。

だから、ヒマナヒトからの感想も届かなくなってしまった。

銀髪の少女が少年と旅に出る話は僕だけの力では描けない。

あの人と……黒井《くろい》ユリと二人で作り上げていきたいと願っているから、世界で最初に読んでほしいと思っているから、人生で最も楽しかったあの数日間が、再び訪れることを信じているから、あなたが公園に戻ってくるのをこうして待っている。

あなたの人生から僕は逃げ出したくせに、こうして未練がましく待っている。

「ユリがいないぶん、ホクトが俺たちとたくさん遊んでくれ！　新たな公園の主だ！」

「公園の主はありがたく辞退させていただきます」

「よーし鬼ごっこだ！　ホクトが鬼！　二代目の公園の主から逃げ切ったやつはホクトからジュース奢《おご》りだ！」

「はあ⁉　そんなの許さないぞ！」

二代目・公園の主という不名誉な称号を勝手に与えられてしまった僕はジュース奢りを回避するため、公園を走り回る元気な小学生たちを追いかけるはめに。

ここにユリがいてくれたらもっと楽しかったに違いない。

僕のことをからかい、可愛《かわい》らしく笑う……彼女の笑い声がない公園は違和感と喪失感に満《み》ち溢《あふ》れていた。僕じゃない。公園の主はユリじゃないといけない。

小学生たちも寂しそうにしている。

それを誤魔化《ごまか》すために無理やり元気を出し、動き回っているだけじゃないだろうか。

公園を駆け回る僕は必要以上に周辺を見渡し、大きめのパーカーを着てキャップをかぶった女の子のシルエットを無意識に探していた。

大げさに考える必要はない。遠く離れたわけじゃない。焦らなくてもいい。

ヒマになったらまた会える。

それまでは僕が、公園の主を仕方なく代行してあげよう。

日が沈んだころに帰宅すると、リビングのテーブルには夕飯の準備がされていた。

玄関には姉《ねえ》ちゃんの靴もあり、風呂場からはシャワーの水音も響いている。

小学生と走り回ったせいで無駄にカロリーを消費し、いつにも増して空腹だった僕は夕飯の匂いだけで唾液が止まらなくなっていた。

「姉ちゃーん、ご飯食べていいのー？」

シャワーの水音に負けない声量でそう聞くと「勝手に食え〜」と姉ちゃんから返事をもらう。姉ちゃんがよく通う編集部にはシャワーがないため、記事のライティングや取材などで徹夜するときは夕飯を作るついでに入浴していくこともあるのだ。

おかずをレンジで温めているあいだ、姉ちゃんのショルダーバッグが目に留まった。

仕事道具を入れているバッグは椅子に置かれていたようだが、バランスが悪かったらしく、テーブルの足元に落ちていた。

落ちた衝撃で仕事道具の一部も散乱していたため、気を利かせた僕は中身を入れ直そうと近づく。

仕事用と思われるノートを何気なく拾い上げた瞬間、姉ちゃんと宮本《みやもと》さんが裏庭で交わしていた意味深な会話が頭を過る。

姉ちゃんは取材の内容を僕には一切教えてくれないものの、五年前に父さんが起こした詐欺疑惑と亡くなった火事について未《いま》だに調べているのはわかった。

事件を起こした父親が職を失い、世間からも叩《たた》かれ、精神を病んだあげくに一家心中を図った……こんな筋書きが当時のＳＮＳに書き込まれ、いかにも真実のような空気になっていた。当事者が亡くなっているのだから、こじつけや噂《うわさ》を否定できる者はもういない。火事の件については現場の状況などから警察には『事件性なし』と判断され、捜査はすでに終了している。

人々からはとっくに忘れ去られた過去の出来事に、これ以上の真実などあるのか……まったく関心がないと言えば嘘になる。なにより、姉《ねえ》ちゃんがこの件に固執するのは『なにかしらの手掛かりを掴《つか》みかけているから』だとしたら――

小さな魔が差す。

ノートを開いてみると、取材で得たと思われる様々な情報が書き記されており、姉ちゃんなりの推測や気づいたことも細かくメモしてあるようだ。

一枚一枚、丁寧に目を通しながらページを捲《めく》り続ける。

父親の仕事関係者や国会議員、父親の疑惑を捜査した者、火事の現場検証に関わった消防や警察、火事当日に近所を通りかかった人……この数年間、見当違いの無関係な人も含めて相当な人数に聞き取りを行っていたらしい。

当時の文科副大臣による国立校改修に伴う受託収賄疑惑、副大臣の秘書だった父親の水増し請求による裏金作り発覚、一ヵ月後の火事……それらはすべて繋《つな》がっている、といったような内容の記述が見てとれる。

そして、火事の当日に自宅付近で複数の通行人に目撃された〝とある女性〟が重要人物として赤く表記されていた。名前や素性は書いていない。おそらく情報が少なすぎて個人の特定には至っていないのだろう。

様々な憶測が並べられる中、ページを捲る手が止まる。


【クロ】


そんな聞いたこともない謎の単語がいちばん印象に残った。

「それはお前が好きな漫画本なんかじゃねーぞ」

突然背後から声をかけられ、肩が震える。

咄嗟《とっさ》に振り返ると、風呂上がりの姉ちゃんがトレーナーとデニム姿で佇《たたず》んでいた。

「ご、ごめん！　バッグが床に落ちてたから片づけようとしたら、このノートが目に入って……出来心で……」

「悪いって気持ちはあるんだな」

「でも……僕だって父さんの家族だから！　この前、姉ちゃんと宮本《みやもと》さんの会話を聞いたときから思ってた。なにも知らないままじゃいられない……もし隠された真実があるのなら知りたいって！」

「お前、盗み聞きしてたのかよ……だりーな」

怠《だる》そうに後頭部を掻きむしる姉ちゃん。

これまで姉ちゃんがなにも話してくれなかったのは『現実の裏を知らないままのありふ

れた人生を弟に歩んでほしいから』だったのかもしれない。

ありふれた平凡な人生は退屈だが、人並みの幸せともいえる。

だが僕という人間は捻《ひね》くれたクソガキだから、無知な子供のままでいるのが嫌だった。

「知ってることがあったら教えて！　お願い！」

だから、頭を下げる。

ノートを少し読んだだけで全体像を理解するのは到底難しい。

ここは姉《ねえ》ちゃんの口から詳細を語ってほしかった。

本気で怒られる覚悟をしたのだが、姉ちゃんの反応は予想とは異なっていた。

姉ちゃんは深く溜《た》め息《いき》を吐《つ》き、リビングの椅子に座る。

「……腹減った。久しぶりに二人で夕飯でも食ってから話すか」

「うん！」

最近は姉ちゃんが忙しくて僕一人での夕飯が多かったから、その提案はすごく嬉《うれ》しかった。テーブルに夕飯のおかずを並べた僕は姉ちゃんと向かい合い、ぼっち飯のときはやらない「いただきます」をしてから、古びた電気傘の下で夕飯を頬張《ほおば》った。

姉ちゃんが作る生姜《しょうが》焼きやポテトサラダは特に美味で、白米が瞬く間に消える。

元気の秘訣《ひけつ》はよく食べることを信条に持つ姉ちゃんにご飯のお代わりをどんどん勧められ、帰宅部なのに三杯も食べてしまった。

学校に行って勉強したり家族と夕飯を食べるような時間はありふれていても、他の誰かにとっては〝特別〟なのだとしたら、ありふれた日常のありがたみや幸せは、それを失った人にしかわからない。

　特別の定義が揺らぎ始めた僕は、なぜかユリの姿をぼんやりと思い浮かべていた。


　夕食後、僕らは湯呑《ゆの》みに入れた温かい緑茶を啜《すす》りながら、そのまま腰を落ち着ける。

「遅かれ早かれ、お前にも話すつもりだった。どうせ記事として世の中に出した瞬間、お前の目にも届くんだろうからな」

　湯呑みをテーブルに置いた姉ちゃんが重い口を開く。

「記事を出す目途《めど》はたってるの？」

「週刊日報の来週号に第一弾を掲載する予定でもう準備した。続報と称して第二弾、第三弾も用意してるし、ウェブ版の記事もＳＮＳで拡散されたらかなりの反響が期待できる。編集長の許可を取るのが大変だったが、信ぴょう性の高い証言や物的証拠を集めて、ようやく許可が下りたってわけよ」

「姉ちゃんはこのときのためにずっと一人で動いてたんだね」

「ああ、新卒で新聞社に入ったときから追ってた案件なんだ。いまさら後には引けねえ」

　姉ちゃんの眼差《まなざ》しには確かな自信が宿っていた。

「これが第一弾のゲラだ」

　バッグから一枚の紙と使い古された手帳を取り出した姉ちゃんは、それらをテーブルの上に置く。

【特命担当大臣・杉屋浩一郎《すぎやこういちろう》の汚れた大金、五年前に揉《も》み消《け》された受託収賄と身代わりにされた無実の秘書】

印刷されたゲラには強い字面のタイトルが大きく配置され、その下には記事の詳細が書き記されている。

杉屋浩一郎は政治家であり、現内閣府特命担当大臣。三十代で文科副大臣に抜擢《ばってき》され、四十代前半という若さで入閣し、爽やかなルックスと力強い演説で支持率も異様に高い。与党で最も期待されているうちの一人といっても過言ではないだろう。

「七年前、当時の文科副大臣だった杉屋浩一郎は、国立大学修繕をGS建設に依頼する見返りとして、建設会社側から三千七百万を受け取っている。杉屋の秘書だったウチの親父《おやじ》は杉屋に信頼されていたから金の流れを把握していたし、記録にもちゃんと残していた。この裏帳簿がその証《あかし》だ」

使い古された手帳を開いた姉《ねえ》ちゃんが、該当の記載がある部分を指さす。

表には明かせない裏の帳簿……杉屋浩一郎に関連した金の流れが事細かに手書きされていた中に『GS　3700　サンテックス・テクノロジー』の文字があった。

「サンテックス・テクノロジーっていう会社は実在していたが、記載された住所に行ってみたら空きテナントだらけの寂れたビルだった。杉屋浩一郎はダミー会社を経由させて巧妙に大金を得ていたってことだよ」

「どこでこの帳簿を……？」

「受託収賄の証拠は火事で燃えちまったと思ってたが、親父の実家……つまり、この家で北斗《ほくと》と暮らすために掃除をしていたら、押し入れの奥からこれが見つかったんだ。親父は万が一のことを考えて、身の回りから離れた場所に隠しておいたのかもしれねーな」

帳簿の最終ページを姉ちゃんが開く。

【娘と息子に誇れるような人間であるために、私は嘘《うそ》をつくことはできない】

父親の筆跡で、そう小さく書かれていた。

「このメッセージを見た瞬間、大学生だった私は進路を決めた。親父が正しい行いをしようとしていたのを証明するためだ。当時の関係者に取材しまくってようやく証言が集まってきたが、杉屋浩一郎の受託収賄を親父が告発しようとしてたのは間違いねえ」

「当時の関係者で取材に協力してくれる人がいたんだ……！」

「まあ、多少の取引きはあったけどな？　国会議員や秘書なんて叩《たた》けばホコリがわんさか出てくるから、それをネタに脅し……じゃなくて、そいつらの善意で協力してもらったんだよ。もちろん、証言者は匿名にするって条件は守るぜ」

姉ちゃんは父親の血を濃く受け継いでいるらしく、家族思いの正義感で突き動いているけれど、僕にはそこまでできない。

五年前は幼かったとはいえ父親との思い出も曖昧になっているし、精神的なショックのせいで火事の記憶もかなり薄れてしまっている。

それが不幸中の幸いだったのか、五年前の出来事をたいして引きずらずに済んだ。

それどころか『金のために不正をした父親のせいで自分は見下されるような人生になった』と恨んだ時期さえあった。

「国民や大物議員からの信頼も厚い大臣候補と、秘書の一人でしかない親父《おやじ》……どちらが切られるのかは馬鹿でもわかるわな。当時は与党の不祥事が相次いで国民からの支持率も急落、これ以上の辞任ドミノはどうしても避けたかったはずだ。早めに火消しをしたい与党からしてみれば親父は邪魔者なんでな、もっともらしい不正をでっちあげられて追い出された。それが五年前の小汚いシナリオだ」

中学生の自分には到底理解しがたい政治の世界。

賢い大人のやり方は狡《ずる》く、権力のない者の正義など簡単に捻《ね》じ曲げられてしまう。

「新聞社だったころも杉屋浩一郎《すぎやこういちろう》の件を記事にする一歩手前までいってたんだが、急遽《きゅうきょ》取りやめになった。上司に抗議してもはぐらかされるばかりで、掲載は見送られた……ここで私はようやく察したな」

ここまで背景を匂わされると、僕でもわかってくる。

「新聞社に圧力がかかったんだよ。杉屋浩一郎を守りたい、どっかの組織から」

杉屋浩一郎の罪を揉《も》み消《け》したい、どこかの組織の仕業。

この場合、政府内の組織しか考えられない。

「だから私は新聞社を辞めてフリーになった。あの火事については『精神を病んだ親父が放火した』と私も思っていたけどな、報道関係者の証言では『失職した直後の親父は杉屋の事件をマスコミの知人に伝えようとしていた』ことが判明した。その約束の日に父親は現れず、あの火事が起きたらしい。でっちあげられた罪のせいで自分の子供まで冷たい目に晒《さら》される状況を止めたかった親父は、まだ戦おうとしてたのに……いきなり家に放火するか？　どう考えても不自然だろ」

「うん……そうかもしれないね」

「火事の前後、家の付近で〝とある人物〟が近隣住民に目撃されてる。そいつは当時、十代前半くらいの見た目をした少女だったらしいが、遠目からでも印象に残る特徴があったみたいだ」

住宅街で火事が起きれば野次馬《やじうま》が群がる。その中から関与した人物を特定するのは困難に思えるが、特徴的だった人物に姉《ねえ》ちゃんは目をつけ、取材を続けていたようだ。

「その少女は黒髪だったがなにかのきっかけで銀髪になり、程なくして黒髪に戻った……そして火事の現場からすぐに立ち去った。当時の通行人も同じような現象を目撃してるから見間違いじゃねえ」

銀髪の少女——その存在をほのめかされた途端、脳裏に過ったのは新作漫画のヒロインにしようとしていたキャラの姿。

いや、厳密には違う。いつか見た夢。

燃え盛る景色に絶望しながら座り込む少年に「ごめんなさい」と謝り、優しく頭を撫《な》でている少女の映像が瞬間的に流れ、全身に鳥肌が立ち、手の指先が小刻みに震えた。

偶然だ。そうに決まっている。

「自殺に見せかけた口封じ。そして、謎の少女が重要人物として関わってる。ベタな結論だが、これしか考えられねえ」

そこまで聞いた瞬間、一つの感情が僕の中を圧倒的に支配した。

怖い。安易に触れてはいけない。これ以上、先に進んではいけない。

そういえば、似たような感覚を抱いたことがあった。

ユリを二人旅に連れ出そうとしたときにも、怖さに近いなにかに思考を遮られ、みっともなく臆し、彼女の小さな願いすら叶《かな》えてあげられなかった。

最強の異能が使えたり、戦いに特化した姿に変身できたり、強力な召喚獣を呼べたりできるような人間だったら喜んで首を突っ込んでいただろう。

「それからしばらくは進展がなかったんだが、最近になって新聞社時代に世話になった政治部記者から興味深い情報を仕入れた。私の記事を潰すように圧力をかけたのは内閣情報調査室……その中に『組織図には載ってない部門が存在するらしい』ってな」

内閣情報調査室。一般的に【内調】と呼ばれる組織は国内外のあらゆる情報を収集し、分析するというイメージはあるが、実際には謎が多い。

政府にとって不都合な情報は裏から手を回して隠蔽し、自分たちの息がかかったメディアから有利な情報を流すとか、野党議員のスキャンダルを調査して報道各社にリークする、などといった印象操作の有無も囁《ささや》かれているものの、あくまでネット上の噂《うわさ》レベルだ。

「政府内の人間でもごく一部しか知らなくて、密《ひそ》かに囁かれている組織の名前は――特務部門4課。通称・クロ」

ノートに記載されていたクロの意味が、わかった。

「火事が起きた日と同日、奇妙な事件も起きていたことが最近の聞き込みでわかった。千代田区の小さい公園にいた子供が行方不明になって、現在も発見されていない。その直後に近所の公園はなぜか更地にされて、いまはもう駐車場になった。とても偶然だとは思えねえんだよ。あと少し、あと少しで……何かが繋《つな》がってきそうなんだ」

数年かけた地道な取材により、おぼろげな点と点を太い線として繋ぎ合わせ、巧妙に隠されていた真実に迫りつつある姉《ねえ》ちゃんは誇らしい。

この正義と執念は称賛されるべきものだし、父親の冤罪《えんざい》も晴らされるべきだ。

「……姉ちゃん、もういいよ。これ以上はやめよう」

だが、僕は無力な子供でしかない。

異能どころか金も権力も人望もなく、クラスの陽キャ連中にも逆らえないような腰抜けだから、姉ちゃんに自制を促すのが精いっぱいだった。

「怖い……めちゃくちゃ怖いんだよ！　もし姉ちゃんまでいなくなったらと思うと……僕はイヤだ!!」

「北斗《ほくと》……」

「もういいじゃん！　あれから五年も経《た》ってるんだから、もう忘れよう！　姉《ねえ》ちゃんも本当にやりたいことをやって、くだらないことを喋《しゃべ》りながら一緒に夕飯を食べて、家族二人で大人しく平和に暮らしていこうよ!!」

　これが僕の本性であり、特別になりたいなんて理想だけの嘘《うそ》っぱちだ。

「クロとやらが本当に存在していたら、次の邪魔者は姉ちゃんになるでしょ!?　薄汚い大人たちの都合で正義が歪《ゆが》められても死ぬわけじゃない！　父さんだって不正を見逃して黙っていれば、あんなことにならなかったかもしれない！　もし受託収賄の共犯になっていたとしても……いまごろは家族三人でありふれた日常を送っていたはずなんだ！」

　悪に屈しろ。抵抗するな。面倒ごとに関わるな。自分たちさえよければそれでいい。

　僕が泣きそうになりながら吐き捨てたのは、まさにそんな意味の言葉だ。

「もはや姉さんの自己満足でしかないだろ！　父さんだって……僕らの幸せを願っているはずだ……」

　普通でいい。目立たなくていい。ヒロインを救う活躍なんてできない。ひっそりと波風立てずに生きていくほうが楽だから、大きな変化を望まない。

　この世界はご都合主義のない現実。臆病な無能は大人しく傍観しているべきなのだ。

　主役になれないような人間は、のらりくらりと逃げ続けるだけだ。

　僕の目元に涙が溜まり、弱々しい叫び声にも湿り気が帯びる。

　止めどなく溢《あふ》れ出す衝動を姉ちゃんにぶつけるのは初めてだった。

自分への不甲斐《ふがい》なさ。姉ちゃんの助けになれないどころか、見て見ぬふりを受け入れる弱者の選択しかできないのだと、あらためて自覚させられる。

父さんや姉ちゃんみたいにはできない。動けない。創作の中でしか粋がれない。

仕方ない。仕方ないじゃないか。

僕はありふれた雑魚《ざこ》で——特別な存在ではないのだから。

目線を下げて黙り込んでいた姉ちゃんだったが、僅かに笑う。

「ありがとな。心配してくれて」

やや疲労が見える表情ながらも、穏やかな声だった。

「来週の週刊日報が発売されたら、ひと区切りにするからよ。私は次にやりたいことを自由に見つけるし、お前のやりたいことを全力で応援してやれる。あと少しだ」

椅子から立ち上がった姉ちゃんはショルダーバッグを肩に掛け、アウターを着る。

「それじゃあ仕事に戻るわ。ちゃんと戸締まりして、暖かくして寝るんだぞ」

「姉ちゃんこそ……風邪ひかないように！　あと、最近は編集部に泊まり込みであまり寝てなさそうだから、今日は早く帰ってきてたっぷり寝るように！」

「へいへい。今日は早めに帰るわ～」

ひらひらと片手を振った姉ちゃんは家を出ていき、僕は玄関から見送った。

まだまだ子供の僕とすっかり大人の姉ちゃんでは、根本的な考えかたも向いている方向性も違うのだろう。

自分にはなにができるのか。なにもできないのか。

玄関の扉を開けっぱなしにしながら、僕はただ立ち尽くす。

義務教育も終えてない未熟な子供は明確な答えを見出《みいだ》せないまま、夜空から徐々に降り始める雪を無言で眺めていた。

＊＊＊＊＊

自分の部屋。姉の帰りを待つあいだ、タブレットに落書きをしては消し、落書きをしては消しを繰り返していたら時刻は二十三時近くになろうとしていた。

ふとスマホを見ると、新着の通知が表示されている。

【そろそろ帰る。コンビニ寄るけど欲しいもんあるか？】

姉《ねえ》ちゃんからのメッセージは二十分前くらいに届いていたが、マナーモードなので気づかなかったらしい。

仕事から帰るときの姉ちゃんは、いつも同じコンビニに立ち寄り、日用品や食料などを買う。僕の欲しいものもついでにお願いしていたら、定番のやり取りになっていた。

【焼きプリン】

そう返事をして、スマホを置く。

深夜の住宅街は不気味なほど静かだ。ほぼ無音の部屋で窓の外を見つめながら、あの人のことを考えている。ユリは焼きプリンが好きだった。僕はそこまで焼きプリンを食べる人ではなかったのに、二人でシェアしたのがきっかけで好物になった。

かまくらで食べた焼きプリンの味は人生で最高だった気がする。

どこにでも売っているものなのに、あの人がとなりにいて、無邪気に笑いかけてくれるだけで、僕のありふれた世界は〝小さな特別〟になった。

異能学園や異世界転生でランクSにならなくてもいい。サイコパスな主催者のデスゲームに巻き込まれなくてもいい。人々を襲う怪物を退治しなくてもいい。人型ロボットに乗ってビーム兵器を撃たなくてもいい。滅びゆく世界を救わなくてもいい。

ユリと公園で待ち合わせをする平穏な日常が続いていくだけで、それだけでよかった。

ユリをこの街から連れ出せなかったあの日、誓ったんだ。

もっとも大切な一人だけを守れる力があれば、そう決断できる勇気があれば……そんな大人になりたいと思った。

おもしろい漫画を描いて、あの人に喜んでもらって、饒舌《じょうぜつ》に感想を語ってほしいから。

無力な子供ができるのは、ただひたすらペンを走らせることだけだ。

姉ちゃんにメッセージを送ってから三十分ほど過ぎたが、返事がくるどころか既読すらつかない。姉ちゃんは常に忙しそうではあるけど歩きスマホはしない。

すでにコンビニから立ち去り、家に向かって歩いている……そう考えれば納得だけど、行きつけのコンビニと家はそう遠くないにも拘《かかわ》らず、帰宅する気配もない。

急な仕事が増えて職場に戻ったのだろうか。

友達や仕事関係者とばったり出会い、立ち話でもしているのだろうか。

どんな理由にせよ、予定外のことで帰宅時間が遅くなるときはこまめに連絡をくれるので、多少なりとも違和感が生じた。

なんだろう、胸騒ぎがする。

「いま外出したら補導されるかな……？」

僕は意外と心配性なのかもしれない。杞憂《きゆう》なのはわかっている。中学生は補導される時間帯だけど、胸騒ぎに身体《からだ》が動かされ、防寒用のコートを着込む。

「さむっ……！」

玄関の扉を開けた瞬間、一月の冷たい風が吹き込み、顔面を叩《たた》く。肩を震わせながらも家の前に出ると、アスファルトの歩道は薄《うっす》らと雪化粧が施されていた。

普段は出歩かない深夜の街は独特な雰囲気がある。

夜遅くまで働いていた会社員たちが弁当や食材を入れたビニール袋を片手にぶら下げて帰路に就く風景は、僕みたいな子供にとって馴染《なじ》みづらい。というより、同年代らしき人影はいっさい見かけない。不良でもない限り当たり前か。

警察に見つからないよう警戒しつつ、家からコンビニまでの道を足早に進む。

まもなく石造りの階段に差し掛かる。長年の雨風により表面が風化している階段は住宅街に囲まれてひっそりと存在しており、近隣住民がよく利用する。

僕や姉《ねえ》ちゃんも近道として通る細道の階段は高低差をかなり感じ、金属の細い手すりがあるだけの簡素な作りだった。

外灯によって浮かび上がる階段の姿。

疎《まば》らな雪は止《や》みそうで、止まない。

僕の頭や肩に着地し、ほのかな体温でじんわりと溶けていく。


…………

なぜ。どうして。


前進するために上げようとしていた片足が動かなくなり、立ち止まる。

声が、でない。視線がうまく定まらない。思考が複雑に乱れる。

瞳を見開き、瞼《まぶた》が震え、乱れた呼吸を繰り返し、目の前に現れた景色を拒絶する。

辺りに通行人の気配はない、上り階段の一段目。

階段手前の雪を美しく汚す、赤。

明るい髪色の女性が、仰向《あおむ》けで倒れている。

幼いころから見知りすぎたその顔には無数の擦り傷が刻まれ、頭部からは真っ赤な血が流れている。

その人の手元には、ビニール袋から飛び出た焼きプリンの残骸が落ちており、激しい衝撃があったことを匂わせる。

「姉《ねえ》……ちゃん……？」

これは現実ではない。嘘《うそ》だ。悪い夢を見ているだけだ。

唯一の家族である姉ちゃんが大量の血を流しながら倒れている光景など、悍《おぞ》ましい悪夢でしかなかった。

現実逃避を試みるものの、理解しがたい景色は一向に消えてくれない。

「姉ちゃん……なにをして……なんで……」

必死に絞り出した声で探していた人に声をかけてみるが、生気を失ったかのように目を瞑《つぶ》ったまま、指先一つ動かしてはくれない。

呆然《ぼうぜん》と立ち尽くす僕の瞳に映るのは、それだけじゃなかった。

すぐには受け入れられない。受け入れてはいけない。

「どうして……」

吐息に混ぜた自分の言葉は恐ろしいほど脆弱《ぜいじゃく》だった。

階段からゆっくりと下りてきたもう一人も、見知った女の子だったから。

「あーあ、いけないいんだ。義務教育キッズは出歩いちゃいけない時間だぞ？」

ふいに現れた女の子が気安く話しかけた相手は、たぶん僕。

ああ、そうか。自分が思っていたよりも世の中は静かに壊れていたらしい。

知らなくてよかった。知りたくなかった。

世界を変える特別な力がないのなら、せめて無知な子供のままでいさせてほしかった。

待ちわびていたはずなのに、彼女がヒマになったら楽しい時間が戻ってくると信じていたのに、なんだこれは。

会いたかった。でも、こんな形を望んでいたわけじゃないんだよ。

「どうしてあなたがここにいるんだよ!!」

深夜の閑静な住宅街に響く、涙声での叫び。

黒井《くろい》ユリが、いた。

偶然にしてはできすぎたタイミングで目の前に現れた、ユリに対する激しい動揺と憤りが収まらず、様々な感情の制御が追いつかない。

「……ごめんね、ごめん」

短い謝罪。落ち着いた表情は微動だにしないながらも、ユリの瞳には悲愴感のようなものが宿っていた。

「いきなり謝られても……わからないです」

「……ワタシのせいで、こうなったから。悪いことをしたら謝らないといけないよね」

僕はこちら側、ユリはあちら側。

元々生きる世界が違う不似合いな二人だったのだと、嫌でも思い知らされるにはじゅうぶんな言葉だった。

「いやワタシができなかった、かったから……こうなったのかな。どちらにせよ、ワタシが悪いのは変わりないんだよ」

「……説明してください」

「……ごめんなさい」

「教えろ!!　黒井ユリ!!」

あくまで僕を蚊帳の外のままにしておきたいのだろうか、本質をあやふやにして謝罪し続けるユリに苛立《いらだ》ち、声を荒らげることしかできなかった。

「どうして姉《ねえ》ちゃんがこんな目にあわなくちゃいけないいんだ!!　どうしてあなたが謝るんだよ!!　なにがどうなってるんだよ……なにが……」

あなたがそちら側の人間でも、悪役でも構わない。

それならせめて、悪役らしい笑みでも浮かべてくれたら心置きなく憎めるのに……どうしてあなたは、物悲しい眼差《まなざ》しを僕に向けるのだろう。

やめてくれ。限界に達した焦りと戸惑い。頭に上った血液が沸騰しかけるも、怒りの矛先はユリにしか向かず、これ以上どうすることもできない。

「殺そうとしたのか……あなたが……姉ちゃんを……」

否定してくれない。首を横に振ってくれない。

沈黙は肯定。そう捉えて構わないのか。

ここに存在する現実は、血を流して倒れている姉のそばにユリがいる。それだけ。

それだけの状況が――僕にとっては非現実的だった。

こんな〝特別〟など、一ミリたりとも求めていなかった。

「姉ちゃんはたった一人の家族なんだ……煙草《たばこ》も吸うしガサツだけど家族思いで……正義感もあってさ、両親が離婚してからは親代わりになって世話してくれた……僕にとっては自慢の姉なんだ……。どうしてあなたに奪われなきゃいけないんだよ……イヤだ……返してくれよぉ……う、うわぁ……ぐっ……」

直視できない現実を脳が理解し始めた瞬間、全身の力が抜け、膝から頽《くずお》れる。

目元を涙で濡《ぬ》らしながら哀願し、みっともなく泣き崩れ、嗚咽《おえつ》を漏らす。

「キミのお姉《ねえ》さんは、まだ生きてる」

姉の近くへ歩み寄ったユリは膝を屈《かが》め、姉ちゃんの胸元に手を添えた。

「やめっ……！　姉ちゃんを……殺さないで……」

トドメを刺される。

僕はそう危惧し、恐怖で足がもつれながらも駆け寄ろうとした。

そのときだった――

ユリの手のひらから木漏れ日のような白い光が発生し、それと同時に姉ちゃんの頬や腕についていた痛々しい擦り傷がゆっくりと消えていく。

目を疑う現象が起きている。しかし、自分の目が嘘《うそ》をついているとは思えない。

ここまで一分もかかっていないのではないだろうか。

やがて頭部の大きな傷もみるみるうちに薄くなり、雪を血染めにするほど流れ出ていた血痕が蒸発するかのように消滅していった。

そして……ユリの黒髪にも明確な変化が生じ、姉ちゃんの傷がほぼ消えたころには毛先から色素を失っていた。

銀色の髪。降り続ける雪にも似た煌《きら》びやかな美しさに、あろうことか僕は瞳を奪われてさえしまっていた。

なぜか謝罪する銀髪の少女と、それを見つめる少年。

そう、この構図には見覚えがある。

いつか見た夢の話……新作漫画の原案にしようとしていた設定と酷似しているのだ。

「致命傷になりそうな頭の傷や出血も〝消した〟。ワタシにできるのはここまで……救急車はもう呼んであるから、あとはお姉さんの体力次第になると思う」

当然のように言われても理解に苦しむ。

異能などが存在しないありふれた現実では起きない超常現象なんだよ、これは。

夢ではない。寝ているときに見る夢としては、瞳に映る世界があまりにも鮮明すぎる。

こうしているうちにユリの髪は元々の黒さを取り戻し、見慣れた容姿になったのだが、そのわかりやすい変化にも触れられないほど、いまの僕は混乱してしまっている。

かろうじて把握できたのは、瀕死《ひんし》だった姉ちゃんの傷をユリが一分もかからずに消し、どうにか延命させたという事実だけ。

「だから……北斗《ほくと》くんが心配する必要は……はあ……あっ……」

「ユリ……？」

突然、苦しそうな呼吸を繰り返し、大きくふらついたユリ。

いまにも倒れそうになっていたユリに駆け寄った僕は、彼女の身体《からだ》を受け止める。

「大丈夫……大丈夫だから……たぶん……大量の血液を失っただけ……だから……」

「血液を失っただけって……どういうことですか……？　ユリは大怪我《おおけが》なんてしていないはずなのに……」

「〝消せる力〟はたくさん使えるわけじゃないんだよね……大切なものが、ワタシから、消えるからさあ……」

「なんですか……それ……」

「能力には対価がある……ワタシはそういう設定なんだ。使い放題で無双できる最強の能力よりも遥《はる》かに不便すぎるところが……逆にロマンを感じるとは思わないかい……？」

「こんなときに冗談を言ってる場合じゃ……ないでしょ……」

ユリは冗談めかした空気で話すが、正常な意識を繋《つな》ぎとめるのが精いっぱいになっている彼女を見る限り、とても嘘《うそ》とは思えない。

もしこれが本当であるならば、ユリがこれまで歩んできた人生は――

「これでわかっただろう。ユリはお前みたいなありふれた人生に関わっていいような人間じゃない」

背後から男性の声がして、振り返る。

宮本善《みやもとぜん》。姉《ねえ》ちゃんの元先輩でありユリの保護者をしている大人が、すべてを見透かしたような態度で現れたのだ。

「宮本さんは……あなたたち二人は何者なんですか……？」

この人は広告代理店の営業マンなどではなく、少なくとも表舞台で堂々と生きている人間ではないと……直感が囁《ささや》いてくる。

この二人、僕とは住んでいる世界が違う。すき焼きを食べた日とは明らかに様変わりした異様な雰囲気を前に、僕は身震いしながら息を呑《の》まざるを得なかった。本当の素性を教えてもらえるとは思っていなかったけど、宮本さんの返答は意外なものだった。

「内閣情報調査室・特務部門4課。俺は調査官、ユリは執行官として所属している」

僕みたいな一般人は知らないはずの組織名なのに、聞き覚えがあった。

「姉ちゃんが言ってた特務4課……クロ……」

政府内の中でもごく一部しか存在を知らない組織。通称・クロ。

宮本さんみたいな真面目な大人がこの場で中二病っぽい冗談を言うはずもなく、僕はたただだ絶句し、笑い飛ばす気力さえ起きなかった。

もはや否定できないのだ。

この状況が、先ほど目の前で起きた現象が、否定させてくれないのだ。

姉ちゃんが数年かけてたどり着いた憶測が、紛《まぎ》れもない真実だと証明されてしまった。

「大学を卒業した希望《のぞみ》が杉屋浩一郎《すぎやこういちろう》の受託収賄や父親の冤罪《えんざい》を調べ続けていたのはもちろん把握していたし、新聞社時代の記事も俺が手を回して潰した。それで終わってくれたらよかったが、希望は諦めが悪い人だから……最近になって彼女が記事を持ち込んだ出版社は、売り上げのためならどんなネタでも載せる。正攻法では難しいと判断した。だからユリが動かないといけなくなった」

売り上げのためなら内調の圧力にも屈しない。

姉ちゃんはそれを把握していたから、週刊日報にネタを持ち込んだのだろう。

「杉屋浩一郎の裏の顔が小悪党だろうとも、過去の不正が明るみになれば政府にとっての影響は計り知れない。政権にとって利用価値が大きい人材であれば特務長の命令により、どんな不正だろうと速やかに覆い隠す……それが仕事だ」

「だから姉ちゃんを殺そうとしたんですか……!?　口封じするために！　僕の父親のときと同じように！　自殺や事故に見せかけて！」

「いや……特務4課《クロ》はできるだけ人命を奪わないように動く。ユリがしくじらない限り、その指示は出ない」

「ユリが……？　彼女はいったいなにを……？」

「つい先ほど、ユリの力を目の当たりにしたはずだ。ユリは触れたものを〝消せる力〟を持っている。物体はもちろん、物理的な傷や肉体的な傷も。そして、人間の記憶さえも」

真相を求める僕に対し、宮本《みやもと》さんは内情を隠そうとする素振りもなく、不気味なほど丁寧に説明する。

信じられない。現実にそんな人間などいない。

でも、先ほどの光景が脳内で再生される。記憶の中心に焼きついてしまい、離れない。人間に触れるだけで、その人の記憶すら消すことが可能であるならば、政府にとって不都合な出来事自体をなかったことにできる。

「最近のニュースで不自然だと思ったことがあるならば、それが答えだ。俺たちが……ユリが裏で動くことによって表向きの政治は安定を維持し、社会は円滑に回っていく。ユリが〝消せる力〟を使うことで、事故や自殺に見せかけて邪魔者を殺す必要はない」

最近のニュースを思い出す。与党が支援する知事がパワハラを訴えられた件は、被害を目撃したとされる同僚の発言に矛盾が生じ、パワハラ自体の信ぴょう性を失った。

大物議員の息子が交通事故を起こして通行人を死亡させたとされる裁判は、証言する予定だった目撃者の記憶が定かではなくなり、息子側の過失は大幅に免除された。

その他にも報道されていなかったり、消したことすら気づかれていなかったり……僕らが知らないところでユリを利用した裏工作が秘密裏に行われているのだろう。

政権の安定と支持率下落の抑止。ただ、それだけのために。

現政権を守るために結成された組織の役目だから。

「俺たちはもう手を汚しすぎている。特務4課が『クロ』と呼ばれるのも、黒く染まった意味を持つ蔑称みたいなものだ」

明らかな黒を白にするために、自らの手を黒く染める。

クロという異名と実際の行いに差異はなかった。

「それじゃあ、どうして父さんは死ななきゃいけなかったんですか⁉　五年前の火事の現場に銀髪の少女はいた！　ユリはいたんでしょ⁉　不都合な記憶を消すだけで済むのなら……自殺に見せかけて殺す必要はなかったはずです……」

素直な疑問で感情的に殴りつけてみると、あれだけ包み隠さずに話していた宮本さんがなぜか言いづらそうに瞳を伏せる。

「宮本さんが姉《ねえ》ちゃんをやったんですか……？」

「俺ではないが……希望《のぞみ》がこうなったのは俺のせいでもある。五年前の出来事を公表しようと動いていた彼女の行動を止めることができなかったどころか、特務4課やユリの存在まで気づいてしまった。俺が知らない範囲で他の執行官に指示が出され、彼女は階段から突き落とされた……深夜で人通りも少なく、防犯カメラもないこの場所で、転落事故として処理するために」

「宮本さんは姉ちゃんの先輩……いや、友達だったんですよね……？　どうして救おうとしなかったんですか!?　こうなる前に！　あなたならそれができたはずじゃないんですか!?」

憤った僕は感情をそのまま言葉に変換し、怒鳴りつける。

「……ガキがわかった風な口をきくな!!」

それまで冷静だった宮本《みやもと》さんが表情を歪《ゆが》め、ガキの理想論をかき消す。

「どうにかしようとしたさ!!　記事を差し止められるよう何度も試みた!!　でも、俺は正義のヒーローなんかじゃない!!　普通に勉強して、ちゃんとした大学を卒業して、内調に出向しているだけのありふれた社会人でしかないんだよ!!　なにができる……？　お前が好きなバトル漫画みたいに悪いやつらを倒して解決すればいいのか……？　現実を舐《な》めてんじゃねえぞ!!　他力本願しかできねえ無力なガキが!!」

冷静だった口調が崩れるほど激高した宮本さんは重い息を吐き、苛立《いらだ》ちを誤魔化《ごまか》すように口を噤《つぐ》んでしまう。理想論だけは一丁前な子供と、ご都合なんてない現実を知る大人。こんな二人の主張が相容《あいい》れるわけがなかった。

他力本願しかできない無力なガキ。

まさしく僕のすべてを言い表した短い言葉だった。

自分はなにもできないくせに理想だけは大きく、他人にどうにかしてほしいと願ってしまう。彼女の小さな望みすら叶《かな》えてやれず、僕は怖気《おじけ》づいて逃げ出した。

悪に対して勇敢に挑み続けた父親を恨み、信念を貫いていた姉の行動を批判して応援できなかった僕に、宮本さんを批判する資格はない。

それどころか、初めて大切だと思えた女の子に寄り添う勇気すらなかった僕は名もなきモブキャラでしかないのだと……あらためて思い知らされ、奥歯を噛《か》み締《し》める。

絶望するにも値しない。この現実に対して不満や悪口をぶつけていただけで、最初からなにもしていなかったんだから。

特別になりたいとかほざいておきながら、不平不満に塗《まみ》れたつまらない人生を大事に守ろうとしてしまったのだから。

「しくじっちゃったんだよ、ワタシが。だからキミのお父さんは、死んでしまった」

少し休んで息を整えたユリは顔色が未《いま》だに優れないものの、重い口を開いた。

「土壇場で躊躇《ためら》ってしまった。ワタシがしくじるとどうなるのか……そのときはわかってなかったの。その結果が五年前に起きたことで、今回も……キミのお姉《ねえ》さんも、ワタシのせいでこうなった」

「頭の悪い子供だから……もっとちゃんと説明してくれないとわかんないですよ……」

「記憶の消去はそんなに都合のいいものじゃないから。不都合な記憶だけをピンポイントで消すのは難しくて……その人の大切な記憶まで中途半端に削ぎ落としてしまうこともある。だから……キミのお姉さんに〝消せる力〟を使うのを躊躇ってしまった」

「姉ちゃんには……どうして躊躇ったんですか……」

「キミのお姉さんにとって大切な記憶は、北斗《ほくと》くんとの日常だと思ったから」

だから、優しいあなたは躊躇《ためら》ってしまったのか。

姉《ねえ》ちゃんの中から、僕と過ごした日々の記憶まで削り取るのを恐れて。

その結果がユリの任務失敗……事故に見せかけた殺人未遂を引き起こしてしまった。

「これがワタシの最低なバイト。幻滅したでしょ？」

「最低だけど……なにかの間違いだといまでも思っています……」

「キミはわからなくていい。お姉さんは助かって、キミはこれまで通りの生活に戻る。ここで起きたことも、宮本《みやもと》さんから聞いた話も、ワタシのことも……すぐに忘れるから」

意味深に呟《つぶや》いたユリは冷静な表情を変えず、不気味な冷たさすら背後に纏《まと》い、僕のほうへ歩み寄ってくる。彼女がやろうとしている行為はすぐにわかった。

「ワタシはこの手で自分の家族も消した。飼ってた犬が消えて、父親を消して、母親が消えた。誰もいなくなった。ワタシが生きる場所は裏の世界しか……ここにしか残されてなかった。そのときからもう、ワタシはぶっ壊れてたんだよね」

言葉が、出ない。ただただ、僕は瞳を不安定に揺らすことしかできない。

家族がいなくなった。ユリが言っていた抽象的な言葉は、自らが消したということだったなんて……すぐに信じられるわけがない。

「ユリの正体や特務4課《クロ》の存在を知った部外者には、そのことを忘れてもらう。それが絶対的な決まりだ」

宮本さんが打ち明けてくれたのは、ただの善意ではなかった。

僕に目撃されてしまった時点で、この結末はすでに確定していたのだ。

「五年前の件も含めて、なかったことにする。希望《のぞみ》に情報を提供した人々や記事に関与した出版社の人間もすべて特定し、本件に関連した記憶を消す。証拠もすべて回収し、処分する。希望を守るために俺にできるのは……もうこれくらいだ。ユリはそれでいいか？」

「うん。こうなったらもう、そうするしかないよね」

「……すまん」

「宮本さんが謝ることじゃあないよ。それしかもう手がないなら、しゃーないじゃん」

宮本さんは苦渋の表情を晒《さら》しながらも、姉ちゃんの近くに落ちていたショルダーバッグを拾い上げた。

用意周到な姉ちゃんのことだ。物的証拠を失ったとしても、裏帳簿のスキャン画像は保存しているだろうし、写真やインタビュー音声もデータ化しているはず。

しかし、本件に関する記憶そのものを消されてしまっては……どうしようもなくなる。

身体《からだ》は動かない。威圧に屈し、膝が笑いだし、逃げられない。

尻もちをつき、ただただユリの綺麗《きれい》な瞳に視線が吸い込まれ、呆然《ぼうぜん》と見上げる自分の姿は、まさに無力なガキそのものだった。

「ユリ……あなたは……」

「黒井《くろい》ユリ……ね。それもバイトをするために与えられた偽名、本当の名前じゃないんだよ。ワタシの本名は……あれ、なんだっけ？　まあ、もうどうでもいいかあ」

「僕はただ……ユリと……二人で一緒に漫画を作ろうって……それが楽しみで……僕は公園に……僕は……あなたに読んでほしくて……」

「そんなこともあったかなあ。ついこのあいだの出来事だと思ってたけど、もうあまり憶《おぼ》えてないや」

「僕にとっては……たった一人の……ようやくできた友達だと思っていて……」

「いない。友達なんか、ワタシには一人もいない」

無慈悲な言葉に刺され、悔し涙が溢《あふ》れ、ユリの顔がぼやけてくる。

「利用価値があっただけ。キミのお姉《ねえ》さんに近づいて、こちらに不都合な物的証拠を速やかに回収し、記憶を消すために」

僕は思っていた。

あなたを唯一の友達だと、本気で思っていたんだ。

僕の下手くそな漫画を心から褒《ほ》めてくれる人はいなかったから。

共通の話題で語り合える二人だけの時間が、なによりも楽しみだったから。

僕は本当にちょろいから。

こんな相手、他にいなかったからさ。

僕だけの勘違いだったとしても、あなたのことを——嫌いになれない。

「……北斗《ほくと》くん、ごめん。キミの中から、ワタシを消すね」

小さく謝罪の言葉を口にしたユリが手を伸ばし、僕の頭に手を添える。

ふと、脳裏に残る映像と重なった。

炎に囲まれた中で少年の頭を撫《な》でる銀髪の少女……夢の影響だと思っていた妄想はもしかして、僕の中に眠っていた記憶の欠片《かけら》だとしたら。

黒井《くろい》ユリは、五年前のあのとき——


…………

……


救急車の音が近づいてくる。

目の前に立っていた黒髪の女の子が徐々に離れていき、スーツの男と一緒にこの場をあとにしようとしていた。

「ワタシはキミが羨ましい。ありふれた日常を送るキミと、好きな話ができるようなありふれた毎日を過ごしたかったなあ」

ぽつりと漏らした言葉が、僕の耳にも届く。

「じゃあね……北斗くん。キミの顔と名前だけは忘れないように、がんばってみるよ」

女の子は別れの挨拶とともに、僕の名を呼ぶ。

「だからキミも、がんばって。ありふれた人生の大きな夢を叶《かな》えてください」

名残惜しそうに、やや声を震わせながらのエールを送り、僕に背中を向けた。

立ち去った二人が夜の闇に紛《まぎ》れてから間もなく、到着した救急車によって姉ちゃんは病院に搬送された。

救急車に同乗させてもらい、意識不明になっている姉《ねえ》ちゃんの手を握りながら、あの女の子のことをずっと考えていた。

二日後、昏睡《こんすい》状態だった姉ちゃんは病院のベッドで目を覚ました。

医者が言うには奇跡的に後遺症もなく、頭部や顔の傷もほとんど残らないという。

だけど、姉ちゃんは階段から落ちる前後の記憶が定かではない様子だった。

頭を強打した影響による記憶の欠落。医者はそう診断した。

おそらく帰宅途中に雪で滑り、階段を踏み外して落下した……と、本人は僕に説明してくれたが、必死に記憶を探ろうとして首を捻《ひね》る姉ちゃんを見ているのが辛《つら》かった。

不運な事故じゃない。これは人為的に起こされた殺人未遂であり、そして命が救われた奇跡だと、この場では僕だけが知っている。

姉ちゃんは一週間後に退院し、何事もなかったかのように仕事を再開させたが、以前までの言動とは異なっていた。

杉屋《すぎや》の受託収賄を過去の噂《うわさ》として興味がなさそうに受け流し、父さんが亡くなった火事も火の不始末による不運な事故として気持ちを切り替えている。

その姿はかつての僕と似ていた。

育ってきた家を失い、父親が亡くなった衝撃は計り知れないはずなのに、悲しんだり怒ったりした覚えもなく、すぐに気持ちを切り替え、長く引きずることもないまま中学生になっていた僕と、同じだった。

僕にとっては姉ちゃんが育ての親だった。

だからこそ……退院後の姉ちゃんが発した何気ない一言が、密《ひそ》かに胸を抉《えぐ》る。

「金渡すから飯は勝手に食べな」

その言葉を発した日から姉ちゃんはご飯を作ってくれなくなった。

両親が離婚してから、どんなに忙しくてもご飯だけは欠かさずに作ってくれていたのに……退院後の姉ちゃんは出勤前に金を置いていくのみ。

お互いが別々な場所で、買ってきたものを無言で食べる。核家族化が進む現代では珍しくはないとしても、そこはかとない寂しさを抱えた。姉ちゃんが夕飯を作りに帰らなくなった影響もあり、僕らが会話する機会もかなり減った。

「久しぶりに姉ちゃんのご飯が食べたいんだけど……」

このままではいけないという危機感を覚え、思いきって頼んでみる。

「ああ、別にいいけどよ……お前から話しかけてくるなんて珍しいな」

姉ちゃんは困惑した様子を隠さない。まるで『余所余所《よそよそ》しかった弟が珍しいことを言い出した』みたいな戸惑いの顔色が、さらに胸を締めつけてくる。

キッチンに立つ姉ちゃんの後ろ姿は一週間前までと変わりない。当たり前だ。別人になったわけではないのだから。

しかし、姉《ねえ》ちゃんが作ってくれた料理を一口食べた瞬間、すぐにわかった。

不味《まず》くはない。家庭の料理としてちゃんと美味《おい》しいと思う。

でも……物心ついたころから食べ続けた懐かしい味は失われているのだと、悟った。

「料理なんか久しぶりだったけどよ、どうだ？」

「うん、美味《うま》いよ……」

「まあ、それならよかったが。慣れないことはするもんじゃねーな」

テーブルの料理を見つめていた視界が潤み、ぼやけてくる。

「姉ちゃんのポテサラ……ちょっと味が薄いかも」

「お前、泣いてんのか……？」

「泣いてないよ……」

僕好みだったポテサラは知らない味になり、作りかたもたぶん以前とは違う。

忘れるなら完全に忘れてくれたほうがありがたかったのに、中途半端に削《そ》ぎ落とされた記憶の残骸が残る姉ちゃんを見ているだけで余計に苦しくなる。

具体的な料理名を伝えていないのに、ちゃんとポテサラを作ってくれるところとか……以前の姉ちゃんが少しだけ垣間《かいま》見《み》えるのが辛《つら》すぎて、声が出ない。

僕がなぜか父さんのことをあまり憶《おぼ》えていないように、姉ちゃんの記憶からも僕の存在が中途半端に抜け落ちてしまった。完全に、ではない。弟としての認識はちゃんとあるからこそ、姉ちゃん自身も酷《ひど》く困惑している。

こうなるのを恐れ、あの人は記憶の消去を一度、躊躇《ためら》ったんだろう。

あの人はとても優しくて、僕のことを心配してくれそうだから。

「姉ちゃん……ごめん……」

「どうしてお前が謝るんだよ」

「僕は無力で……なにもしてあげられないから……」

なにも知らない……いや、なにも知らない人間にさせられた姉ちゃんは、疑問符を浮かべながら首を傾《かし》げる。

「なあ、北斗《ほくと》」

「なに……？」

「私とお前、いままでどういうふうに話してたんだ？　頭を打った後遺症なのか……あまり思い出せなくてな。すまん」

「いずれは思い出せると思うよ……いまは僕のことを覚えていてくれるだけで嬉《うれ》しいからさ……」

これでよかった。僕にとっても、こういう何気ない日常が続くだけで満足だ。

その残酷な優しさのせいで、僕はあなたを嫌いになれないでいる。

姉ちゃんの安全が脅かされる心配はなくなった。

学校に行って、お腹《なか》が減ったらご飯を食べて、姉ちゃんが健康に生きていてくれて、家にいるときは動画を見たり漫画を読んで、眠くなったら寝る。

つまらないと文句を垂れていた当たり前のサイクルこそが、幸せの証《あかし》だった。

ありふれた人生を失いかけたからこそ、その大切さを知れた。身をもって味わった。

宮本《みやもと》さんとユリが僕らに与えてくれた、せめてもの平穏。

無力ならせめて、知らないふりをしながらひっそりと生きる。そうすべきなのだ。

なぜか僕は忘れていない。

二週間、一ヵ月が経過しても、季節が冬から春に移り変わっても、変わらない。

僕の漫画を読んでくれる人は、もういない。

僕のありふれた世界に、特別な世界で生きるキミはもう関わらない。

きっぱりと受け入れたはずなのに、心の片隅にねっとりと絡みつく〝後悔〟だけがしぶとく蔓延《はびこ》り、いつまでも消えてはくれない。

いっそのこと消してくれたら楽だったのに。

綺麗《きれい》に忘れられたら、よかったのに。

キミはどうして、僕の記憶をそのまま残してしまったのだろう。

黒井《くろい》ユリ。

キミの名前を、表情豊かな顔を、笑ったときの声を、疑似恋人という短いあいだに作った初めての思い出を、キミに教えてもらった初めての感情を、はっきりと憶《おぼ》えている。

たとえキミが忘れてしまったとしても、僕は、憶《おぼ》えている。

第五章　黒井ユリ

最初から〝特別〟な人生だったわけじゃない。

どこにでもありそうな、ありふれた人生だった。

東北地方の片田舎。会社員の父親とパート従業員の母親という平均的な家庭で育ったワタシは、中古の一軒家で暮らし、たまに家族で外食をして、誕生日は必ず祝ってもらう。

七歳の誕生日だったかな。会社から帰る途中のお父さんが誕生日ケーキを買い忘れてしまい、ワタシが大泣きしたことがあった。

焦ったお父さんは大慌てしながら、近所のコンビニで焼きプリンを買ってきた。

「うまっ！　うまっ！　うまっ！」

そう連呼しながら、ワタシは焼きプリンを夢中で頬張《ほおば》る。

これがきっかけとなり、両親は焼きプリンをよく買ってきてくれるようになった。一人娘が美味《おい》しそうに焼きプリンを食べる姿を眺めるのが、両親の楽しみだったらしい。

ワタシにとって焼きプリンは、家族が笑顔になる魔法のアイテムになったのだ。

「祈里《いのり》の将来の夢はなにかな？」

「ワタシはねえ～、焼きプリン屋になるう～っ！」

お父さんに将来の夢を聞かれ、小学生のワタシは日頃から思っていたことをそのまま宣言した。

「はっはっは、焼きプリン屋ってどういう仕事なんだい？」

「えっとね、焼きプリンを作って食べる人！」

「祈里が焼きプリンをたくさん食べたいだけだろ～」

　仕事という概念を理解しかねる娘の微笑《ほほえ》ましい回答に、父親と母親は温かく笑う。

　どうして笑うのかわからなかったけれど、悪い気はしなかった。

「去年買ったスカートがきついのよ。今度の授業参観のためにダイエットしたほうがいいかしら……？」

「気にしないで！　お母さんは少し太っても綺麗《きれい》だよ！」

「わたしは乙女だから気にするの。それに、太ってはないのよ？　いちおう、新しいスカートを買いに行くべき……？」

「お買い物行きたーい！　焼きプリン食べたーい！」

「はいはい、一緒にお買い物行きましょうね～」

　お母さんには軽自動車で買い物によく連れていってもらった。

　手を繋《つな》いで商業施設を歩き、お母さんの買い物を眺め、大好きな焼きプリンを買ってもらう。幸せだった。金持ちではなかったけれど、とにかく笑い声が絶えない家庭だった。

　近所の温泉街で栗《くり》だんごやしそ巻きを食べたり、家族三人で足湯に浸《つ》かったり、温泉の蒸気を利用した温泉たまごを作ったり……あまりお金をかけない素朴な幸せを感じる日々が好きだった。

　共働きの両親は家にいない時間帯もあり、小学校から帰宅する夕方あたりは一人で留守番する機会も多かった。

家のローンや将来の学費など、収入的には共働きをやめるわけにはいかない。でも、娘に寂しい思いをさせたくなかったのだろう。

父親の提案で、子犬を飼い始めた。

「どら焼き〜ただいま〜」

小学校から帰宅したワタシに駆け寄ってきた子犬の名前は、どら焼き。

ワタシが直感で命名したどら焼きは好奇心旺盛で、家中を忙《せわ》しなく動き回っている。いろんなものに興味を示しては匂いを嗅いだり、噛《か》んだりしていた。

どら焼きと遊ぶのが楽しみだった。すべてが愛《いと》おしく感じた。一人っ子だったので、なおさら家族愛のようなものが強く湧いていたのかもしれない。

ある日、自分の部屋で宿題をしていたら、リビングのほうから不審な物音が聞こえた。

「まさか、泥棒……？」

恐る恐る様子を見にいくと、しっぽを振ったどら焼きの近くに真新しいロングスカートが落ちており、犬の言葉はわからないけど「申し訳ねえ」みたいな切ない顔をしていた。

「お母さんが買ったばかりのスカートがあ……！」

お洒落《しゃれ》なスカートは噛み跡や爪痕と思われる傷でズタボロになっている。

もしかしなくても犯人はどら焼き。

部屋干ししていたスカートを噛んでハンガーラックから引きずり下ろし、そのまま甘噛みしたりして遊んでいたのだろう。

「どうしよう、これ……」

もはや縫って直せるとは思えず、ワタシは途方に暮れた。

子犬であろうと悪いことをしたら両親にしつけとして怒られる。それは可哀《かわい》そうだ。

子供なりにどうすべきか迷い、スカートを握り締めながら考えていた。

学校の友達が「留守番中に家の高級皿を割ってしまったとき、それを庭に埋めて、親が忘れるまで時間稼ぎをした」というズル賢い話をしていたのを思い出す。

ズタボロになったスカートがどこかに消えたら、証拠品は見つからず、どら焼きは怒られなくて済むのではないか、と。あわよくば、お母さんが自分で『どこかに置き忘れた』と勘違いさせられるのではないか、と。

どこかに消えてくれ。そう無意識に思いながら、子供ならではの幼稚な証拠隠滅を図ろうとしたとき、スカートを握っていた右手が突然軽くなった。

「あれ……？」

不思議な感覚だった。

つい数秒前まではスカートを握っていたのに、右手を開いてみても手のひらしかない。

目を擦《こす》ってみても現状は変わらず、スカートはどこにもなかった。

足元や周辺を探してみても見つからない。

それどころか、不思議なことはもう一つ起きた。

履《は》いていた靴下の片方が消え、右足だけ素足になっているではないか。

「どういうこと……？」

疑問符が十個くらいは頭の上に咲いた。

最初から左足しか靴下を履いてなかったのだろうか。よくわからない。

「これでワタシも共犯になっちゃった。バレないように祈るしかないねえ、どら焼き」

どら焼きの頭を撫《な》でながら、不思議な現象に首を傾《かし》げる。

偶然起こった何気ない出来事が、初めて〝消せる力〟を使った瞬間だった。

謎が残る出来事に興味を持ったワタシは、使わなくなった文房具や空き缶などを集め、消えるように祈りながら触れた。

何度か試してみてわかったのだが、ちょっとしたコツがあるらしく、消えるときと消えないときがある。そして不要な物を消すたびに、自分の私物もなぜか行方不明になっていることにも気づく。

それまでは好奇心で試していたのだが……少しだけ不安を抱いた。

偶然発見した不思議な現象を一人で抱え込むのは心苦しくなってきた……というのも、家から物が度々なくなっていることに両親も気づき始め、その都度ワタシは知らないふりをしていた。

小さな嘘《うそ》をつき続けるのは子供にとって大きな罪悪感に繋《つな》がり、不思議な現象を両親に話してしまう。最初は信じてもらえなかったものの、両親の前で不要なゴミを消してみせると、目を丸くしながら驚いていた。タネも仕掛けもない。両親もじっくりと観察したうえで、マジックの類ではないと結論づける。

誰かに打ち明けた途端、肩の重荷は取れ、気持ちはすっと楽になった。

しかし、ワタシは大きな過ちを犯した。これが引き金となり、幸せだった家庭が崩壊していくなんて……このときは想像もしていなかったんだ。


きっかけはお父さんからの提案だった。

子供や動物を主役にした動画は再生数が伸びやすく、そこに目をつけたお父さんが「祈《い》里《り》の不思議な力を見せる動画のチャンネルを作らないか？」と言い出す。

お父さん曰《いわ》く、小遣い稼ぎ程度の軽い気持ちで試してみたいとのこと。

お母さんは乗り気ではなく難色を示していたけれど、動画の収入が加われば家計の助けになり、節約のために我慢していた家族旅行なども計画できるかもしれない。

たとえ月数千円ほどの利益だとしても、ありがたい。共働きながら贅沢《ぜいたく》する余裕はない一般家庭において、すぐに始められそうな動画投稿は魅力的に映るのだろう。

人気が出なければすぐやめればいい。

ワタシは『家族がもっと幸せになるなら』と前向きに捉え、快諾した。

乗り気だったお父さんに根負けする形で、お母さんも渋々ながら承諾した。

ここでワタシは泣《な》き喚《わめ》いてでも断るべきだった。

そうすれば、ありふれた人生のままでいられたかもしれないのに。

記念すべき一本目は様子見ということもあり、財布の中の小銭から十円玉だけを消す動画だった。まずはワタシの自己紹介をお父さんがスマホで録画する。

やや緊張していたので台詞《せりふ》を噛《か》み、六回くらい撮り直した。

財布を開き、小銭が入っているのをカメラで映してからファスナーを閉じる。

そこからはノーカット編集。ワタシが財布に触れ、数十秒ほど待ち、再び財布を開けると……数種類の小銭から十円玉だけが見事に消えていた。

財布を開いてから十円を消すまでは効果音と字幕テロップしか編集を入れていない。

つまり、タネも仕掛けもないアピールも兼ねている。

「もしよかったらグッドボタン、チャンネル登録よろしくお願いしまーす！」

動画の最後はどら焼きを乱入させつつ、ワタシが定番の台詞で締める。

ただ単に物を消すだけのシンプルな動画なのだが、女子小学生と子犬という組み合わせも話題となり、新しい動画を投稿するたびに登録者数や再生数も伸びてきた。

週二回投稿だったのが週三回になり、やがて登録者数が三十万人を超えたくらいには週五回の投稿になった。

動画の広告収入やスパチャも予想以上に増え、食卓のメニューがちょっと豪華になったのは嬉《うれ》しかったし、家族の念願だった旅行にも何度か行けた。

旅行に行く新幹線の中で食べた牛タンの駅弁は美味《おい》しすぎて、帰りの新幹線でも同じ駅弁を買ってもらったくらいだ。

ただ、帰りの新幹線の車内で、お母さんは懸念していた。

「ねえ、そろそろ引き際じゃないかしら。心無いコメントも目立つようになってきたし、娘の今後を考えると……もう投稿をやめたほうがいいと思うの」

知名度が上がるにつれてアンチも多くなる。

コメント欄でねつ造やイカサマといった難癖をつけてきたり、まったく関係ない誹謗《ひぼう》中傷も見受けられたり、ついには本名や小学校名といった個人情報まで特定された。

「テレビ局からバラエティ番組のオファーも届いてるんだ。とりあえず登録者数百万人まで続けてみよう」

「もうじゅうぶんじゃない？　ある程度の貯金もできたし、たまに旅行も行けるようになったし、家のローンも完済したのよ？　あとは地道に働いていけば……」

「動画の収入やテレビのギャラで稼げたら、もう働かなくてもいいんだぞ？　もっと良い家に住んで、予算を気にせずに海外とかにも行けて、家族の時間もたくさん増えるんだ。お金はあればあるだけ家族が幸せになるじゃないか」

お母さんの心配をよそに、お父さんは目先の案件と大きな数字しか見えていなかった。

どれだけの再生数があるか、どれだけのお金が入ってきたか、何月何日にどの動画を公開するか……もはや手遅れだった。会社員として地道に働くよりも手早く大金を稼げる危ない魔法に酔いしれ、麻薬みたいに依存し、簡単には抜け出せなくなっていた。

「おい、インチキ動画で金を稼いで楽しいのかよ～」

「家族ぐるみで視聴者を騙《だま》してるとか、恥ずかしくないの？」

動画で顔出ししていたワタシは悪い意味でも有名になり、学校では悪口を囁《ささや》かれる回数も多くなった。確かに身に余るほどのお金はもらえるようになったけれど、かつての幸せな家族の姿はどこにもなかった。

お父さんは相談もなく会社を辞めてしまい、広告収入やテレビ出演のギャラに依存を深め、お母さんと口論するようになる。

ワタシのせいだ。ワタシにこんな力があるから、仲良しだった家族は壊れてしまった。

自責の念で圧《お》し潰されそうになり、心が摩耗していく。

初期は自宅で撮影していたのに、様々な場所へ連れていかれて、お父さんに指定された様々な物を消した。撮影スケジュールを確保するため、小学校にもあまり通えなくなってしまい、やがて友達も離れていってしまった。

お金があまりないときのほうが、幸せ。

皮肉にも……それを失ってから初めて気づく。

もう誰も笑っていない。ワタシが消し続けることで、この家族から笑顔も消えていた。

「どうしてこうなったんだろうね……どら焼き……」

大人しく駆け寄ってきたどら焼きを抱きながら、ワタシは涙を我慢した。

マンネリ化によって再生数が伸び悩み、お父さんは過激な路線に進もうとする。

生き物を消す。父親が用意したのは、野良犬だった。

「ダメだよ……そんなの……生き物だよ……？　消せないよ……」

「祈里《いのり》、大丈夫だ。お父さんは気づいたんだが、お前の力は消す力じゃない。どこかに瞬間移動させているだけなんだ」

困惑するワタシを諭すときだけ、温和な口調になる。

「やってくれるよね？　家族のために」

一種の洗脳状態だったのかもしれない。

ワタシが大人しく従えば、優しいお父さんに戻ってくれる……と。

野良犬に手を添え、消した。

ストレスが充満し、胸が締めつけられ、息苦しさに襲われ、眩暈《めまい》がした。

「ありがとう。大好きだよ、祈里」

お父さんの作り笑顔が、怖かった。

そのあと家に帰った瞬間、気持ち悪い違和感が生じる。

不気味なほど静かな家。

いつもならワタシが玄関に入ると、どら焼きが素早く駆け寄ってくるのに、その日は誰も出迎えてくれない。犬ならではの足音もまったく聞こえず、家中を探し回った。

探しても、探しても、探しても、どら焼きの姿はなかった。

「どら焼き……どら焼き！」

涙が、止まらない。

どら焼きの名前を何度も、何度も、叫ぶ。

〝消せる力〟は万能ではなく、対価が存在する。

消したものと同等レベルの大切なものが、ワタシから消える――その仮説が確信に変わったときには、すでに家族の一人を失っていた。

ワタシが、消してしまった。


度が過ぎた金儲《かねもう》けに反対していたお母さんは、不機嫌なお父さんに暴力を振るわれるようになっていた。最悪だった。怒号と悲鳴、何度も叩《たた》く音……この世の地獄だ。

とうに限界を超え、耐えられなかった。

「もう嫌だ！　動画なんて撮らない！　こんなのおかしいもん！」

「なんだ……？　祈里《いのり》まで父さんに口答えするのか……？」

「優しいお父さんに戻ってよ！　また仲良くしようよお！」

やり直すなら、最後のチャンスだと思った。しかし、この時点ですでに手遅れ……怒りで顔を歪《ゆが》めたお父さんは拳を振り上げ、実の娘に向けて振り下ろす。

「やめて！　祈里には手を上げないで！」

ワタシたちのあいだに飛び込んできたお母さんが、ワタシに覆いかぶさるように守ってくれる。怒りが収まらないお父さんは足を振り上げ、お母さんの背中を強く踏みつけた。

一回じゃない。二回、三回と、お母さんの華奢《きゃしゃ》な背中は踏まれ、蹴られ、お母さんは苦痛の悲鳴をあげる。

このままではお母さんが死んでしまう。

本能的にそう判断したワタシは咄嗟《とっさ》に右手を伸ばし、お父さんに触れた。


「お父さんなんか消えてしまえばいいんだ!!」


右手の指から白い光のようなものが漏れ、お父さんの姿が霞《かす》み、目の前から消えた。

「はあ……はあ……くっ……」

自分が何をしたのかすぐには理解できず、浅い呼吸を繰り返す。

お父さんはいなくなり、銀色の髪になったワタシとお母さんだけが残されていた。

「祈里……！」

お母さんは力強く、でも優しく、ワタシの小さな身体《からだ》を抱き締めてくれた。

「祈里……大好きだから。笑顔が絶えない家族に戻ろうね……祈里……」

「うん……」

家族に戻れる。この地獄がようやく終わる。

安堵《あんど》したワタシが久しぶりに心から微笑《ほほえ》んだ、そのときだった。

わたしを抱き締めていたお母さんの感触も、温《ぬく》もりも、声も、消えた。

この世に神様がいるとすれば、残酷すぎる。
神様が与えてくれた〝消せる力〟は、呪い。

人間を消した代償として支払う対価は、自分にとって最も大切な人間。
ワタシは許されざる罪を犯した。
大好きな家族をすべて失った。
ワタシのせいで。
ワタシみたいな『化け物』が、この世に存在してしまったせいで。
この手は取り返しがつかないほど黒く汚れ、白に戻ることはもうない。
広い家の中で独りぼっちになり、瞳から光を喪失し、同じ言葉を何度も繰り返すだけ。

ごめんなさい、ごめんなさい、ごめんなさい、ごめんなさい、ごめんなさい。

誰に謝っているのか、もうわからない。

すでにワタシの心は粉々に割れ、おかしくなっていたから。

ワタシはふらふらと歩き出し、気がつくと近くの交番の前に立っていた。

異様な雰囲気の小学生を心配した警察官が交番の中から出てきて「お嬢ちゃん、どうした？　迷子？」と声をかける。

ワタシは迷わずに言った。

家族を、すべて消しました――と。

＊＊＊＊＊

ワタシは施設に保護され、優しい大人たちから食べ物なども与えられたが、いっさい口にせず、氏名を名乗りもせず、同じ言葉を復唱する。

「家族を、消しました」

事情を聞きにきた警察官は困り果てていた。

数日後、お母さんのパート先から警察に『無断欠勤が続いているので心配』という旨《むね》の連絡があったらしい。お母さんは無断欠勤をしたことがなく、病欠などのときも事前に連絡を入れていたので、職場の同僚が安否を気遣っているのだろう。

それがきっかけとなり、ワタシの身元や両親の失踪を警察も把握する。

両親が子供を置いて同時期の失踪……謎だらけの事件となりつつあったが、小学生だったワタシの自供はほとんど信じてもらえなかった。

「家族をすべて消したって……なにか怖い思いをして混乱しているのかな。アニメや漫画の影響かもしれないけど、触れただけで人間を消すなんてできるわけないからね」

ワタシの言葉を聞いた警察官の反応が物語る。

「思い出すのは辛《つら》いだろうけど、本当はなにがあったの？　ご両親に借金があったとか、何者かに連れ去られたとか、ヤバい連中とトラブルがあったとか、君を置いてどこかに逃げているとか……心当たりはないのかい？」

「……あなたを消して、証明しましょうか」

「い、いや、あはは。まだメンタルが不安定だよね。ごめん、こんなこと聞いちゃって」

生気を失っているワタシの眼差《まなざ》しに怯《ひる》み、警察関係の大人たちは困惑しながら距離を置き始めた。

警察は両親を捜索していたものの、数日経《た》っても見つからない。見つかるわけがない。

頼れるような親族も近くにおらず、一時的に保護されていたワタシの今後は宙ぶらりん状態になったのだが、ある日〝とある人物〟が施設を訪れる。

ハットをかぶった小柄な男性。白髪交じりの短髪や肌のシワなどから推測すると、年齢は五十代前後だろうか。目つきも鋭く、高級そうなスーツを着こなす堂々とした立ち姿にも威圧感があり、会社の重役にも似た威厳を感じさせた。

「この子が例の？」

「はい、両親が失踪していて一時的に保護されている子供です」

部下と思われる若い男性が説明し、ハットの初老男性がワタシをじっと見つめる。

「佐倉祈里《さくらいのり》くん、だね？　私はツガミという者だ。君がしてきたこと、君が主張する不思議な現象のことを、もっと詳しく教えてはくれないかね」

ツガミと名乗る男は雰囲気もさることながら、保護施設の職員や警察官とは異なる方向性でワタシと接しようとしていた。

疑う素振りをいっさい見せず、ワタシの話に耳を傾けている。

消せる力は、もはや呪い。

跡形もなく消すのは容易《たやす》いのに、幸せだった家族の時間は二度と戻らない。

独りぼっちであり、これ以上生き続ける意味もなく、自分が殺人犯として全国民に晒《さら》されようとも構わなかった。

この力は自らの意思で自分を消すことはできない。

〝消せる力〟に気づいたきっかけ、家庭崩壊に至るまで、どら焼きの消失、母親を守るために父親を消し、対価として母親が消えた結末……それらを時系列順にすべて話す。

物珍しい動物を見学するくらいの気持ちだとしたら、ツガミはもう満足だろう。この人がどのような立場なのかは知らないが、用済みになった瞬間に殺してほしかった。

「話してくれてありがとう。これ、おやつに食べなさい」

帰り際のツガミは親戚のおじさんみたいな優しい声音になり、焼きプリンを手渡してくれる。偶然だろうか、ケーキを忘れたお父さんが初めて買ってくれた思い出の焼きプリンと同じメーカーのものだった。

「君はこの焼きプリンが好きだったんだろう？」

「おじさん、どうしてわかるの……？」

「私も不思議な力が使えるんだ。いろいろな情報が瞬時に届いて、君と初対面でも好きな食べ物がわかるというね」

「おじさんも……呪われてるの？　みんなを不幸にする、いらない子なの？」

「呪いなんかじゃない。君の〝消せる力〟は万能ではなさそうだが、我が国をより良くしていくための小さな魔法になる」

このときのワタシは意味を深く考えなかったものの、ツガミの台詞《せりふ》には彼の正体が示唆されていたのだ。

「これから君が住むところは私が用意してあげよう。もう少し大人になったら、私たちの仕事を手伝ってくれると嬉《うれ》しいんだがね」

どうでもよかった。周りの状況に、大人たちの身勝手な思惑に、流されるままのほうが楽だった。

「佐倉祈里《さくらいのり》はたったいまを以《もっ》て消えた。今日から君は〝黒井《くろい》ユリ〟と名乗りなさい」

「黒井……ユリ？」

「そうすれば、君のことを誰も知らない世界になる。佐倉祈里は周りの人間や君自身をも不幸にしてしまったが、黒井ユリはみんなに愛されるような人間になれる。君の魔法を、消せる力を正しく使えば、みんなが幸せに生きられる」

「この力をみんなに見せて……お金儲《かねもう》けをするの……？」

エンタメに飢えた人たちへの見世物にして、金を稼ぐ。

お父さんと同じようなことを考える人たちが大勢いても不思議ではなく、ツガミも同類かもしれないという疑心はあった。

「君の魔法は本当に必要なときだけ使うべきだ。なぜなら、君自身も幸せにならなくてはいけないからね」

理想論。美しい言葉だけを並べてくるツガミに、ワタシは戸惑いを隠せなかった。

黒井ユリになれば、みんなに愛される。

誰も不幸にすることなく、この世界にワタシの存在が許される。

「私たちには、黒井ユリが必要だ。君の魔法を奇跡として賞賛し、この薄汚い世界を変えるべく舞い降りた救世主として愛する」

必要とされている。名前を捨て、戸籍を捨て、まったくの別人として生まれ変わることができたら、ありふれた人生に戻れるのだろうか。

この日を以て佐倉祈里は戸籍から抹消され、黒井ユリという架空の人間が生まれた。

後日、ツガミが手配した迎えの車が施設にやってきた。

施設の職員や警察にも事前に話を通してあるらしく、すんなりと送り出され、ワタシは黒塗りの高級車に乗り込んだ。

両親の失踪事件で事情を聴かれ、犯行をほのめかしていた子供の身柄をいとも簡単に預かれてしまうツガミの異質さを子供ながらに理解してしまう。

単純な話、警察などに顔が利く立場の人間なのだと察した。

車の窓から眺める風景は、いつの間にか地元のそれではなくなっていた。

知らない土地で、知らない家で、ワタシは新たな人生を始めるのだと……子供心ながら覚悟を持って受け入れる。

この忌まわしい呪いが、誰かにとっての救いになるのなら、と。

地元を発《た》ってから数時間後、新幹線を経て到着したのは日本の首都・東京。キー局のバラエティ番組に出演するときに一度だけ訪れた大都会に連れてこられた。

ワタシはよく考えなかった。ただでさえ精神を病みかけた小学生が冷静な判断をする余裕などあるわけもなく、ただただ頷《うなず》き、賢そうな大人たちの言葉に従った。

そのほうが楽だった。自分の意思を見せずに雰囲気に流されるほうが、なにも考えなくて済むから。

ツガミの部下に案内されたのは東京近郊の施設だった。

研究所のような設備が無数にあり、白衣を着た人たちが様々な研究をしていた。

ワタシは小さな部屋に閉じ込められ、そこでしばらく生活するよう、名も知らぬ大人たちに優しく言われた。

ベッドとトイレ以外はほぼなにもない無機質な部屋。室温の管理はちゃんとされていたが、娯楽はなく、食事と睡眠以外の時間は研究室に行くよう促された。

端的に言えば、ツガミの指示でワタシの〝消せる力〟を調べていたのだ。

身体能力や身体的特徴、細胞の種類や数、体内の様々な数値……通常の人間との違いを探り、毎日のように調べ上げ、研究者がレポートを書いていた。

消したものがどこへ行くのか、消すまでの速度、消すための条件は他にないのか、消せないものはあるのか、物体以外にも干渉できるのか……徹底的に知りたい向こうの思惑に沿い、ワタシは指示に従って、消した。

消してから身体《からだ》にどのような変化が起きるのか、なども毎日のように検査する。

数ヵ月にわたる研究により〝消せる力〟の詳細が少しずつわかってきた。

基本的に物体は消せる。病気や傷は進行度や状態などによって消せるものと消せないものがあり、データのような電子空間のものは消せない。

髪の毛は銀色に変化するときと、しないときがある。ワタシにとって『大きな負担になるものを消したとき』、その副産物として銀色に変わるのだと結論づいた。

ただ、この研究にはかなりの期間を要した。

対価の存在。数ヵ月かけて研究をしていくうちに、対価の法則にツガミは勘づいた。

消したものと同等レベルのものが、ワタシから消える。

つまり、なにも考えずに力を使い続ければ、対価として支払えるものを失い、力を使えなくなる。あるいは使用者自身が消える。

ツガミはそう仮説を唱え、研究は慎重に行われた。

〝消せる力〟は強大ではあるが、対価が非常に厄介である。敵対する国の基地や大量の兵器を消したり、数多くの人間を消すなどといった用途には絶対に使えない。非常に不便で汎用性に欠ける力だが、他国や犯罪グループなどに悪用される恐れがあるため、ツガミの指示で〝消せる力〟の存在は徹底的に伏せられた。

ワタシは孤独だった。ここに連れてこられてから一年以上ものあいだ、機密保持のために研究所からは一歩も出られず、無機質な部屋で独りぼっちだった。

希望がなかった。ただ、毎日のように様々な器具をつけられ、指示に従い、データを取られるだけ。

真っ白な部屋で体育座りをしながら、研究員が迎えに来て、わけのわからない部屋に連れていかれて、わけのわからないことをする。

死んだ日。ワタシの状態を表すにはぴったりの言葉だった。

佐倉《さくら》祈里《いのり》は死んだ。ここにいるのは存在しない人間の黒井《くろい》ユリ。

いや、人間ですらない。

　これから化け物になっていくのだろうと、なんとなく思った。

　研究所に来て二年近く経《た》ったころ、停滞していた研究に進展があった。

〝消せる力〟の使いかた次第では人間の記憶を消せるかもしれない、という推測のもと、実際に生きている人間で実験させられた。

　研究所が用意した被験者たちの頭を掴《つか》み、指示された内容の記憶を消す……最初の数十日間はまったく上手《うま》くいかなかったものの、徐々に被験者の反応に変化が生じた。

　記憶が曖昧になり、発言が二転三転し始めたのだ。

　研究者やツガミは喜び、ワタシを褒《ほ》めた。よくやった、よくやった……と。

　だけど、ワタシはどうして褒められているのかいっさい理解できず、光を失った瞳で被験者を見つめるだけ。

　ワタシは両親との思い出を、かなり忘れてしまっていた。

　この実験による対価が、楽しかった家族の記憶を消してしまった。

　思い出が消えてしまったあとだから、ワタシがどうして涙を流しているのか、自分自身すらわからなくなっていた。

　のちに知ったのだが、その被験者たちは長期刑で服役している重罪人だった。

　減刑を交換材料にした人体実験。

　無知なワタシは、ほんの少しの罪悪感すら抱かなかった。

このときにはすでに、人間ではなくなり始めていたのかもしれない。

ある日、研究施設に見知らぬ顔の男性が訪れた。

「本日付で外務省から出向になった宮本善《みやもとぜん》だ、よろしく頼む」

黒スーツに眼鏡。いかにも真面目そうな風貌の男性は宮本と名乗り、大変不満そうな表情をしていた。

「ちっ、なぜ俺が出向に……しかも、ガキのお守りなどせねばならんのだ……」

ぶつぶつと文句を垂れている宮本さん。

「黒井《くろい》ユリ、どうやら俺はお前と遊ぶのが当面の仕事らしい。だから、さっさと遊ぶぞ」

宮本さんがワタシの手を取り、半ば強引に連れ出す。

研究以外で屋外に出るのは二年ぶりだった。

とはいえ、研究所の敷地内ではあったけれど、芝生の上でサッカーボールを蹴り合ったり、バドミントンをしたり、一輪車に乗ったり。とにかく、いろんな遊びをした。

ワタシはあまりリアクションをせず、無表情に近い状態だった。

楽しい、という感情から遠ざかりすぎて、忘れていたから。

「また来たぞ」

二日目も来た。

「またまた来たぞ」

一週間後。

「俺が来てやったぞ、ありがたく思うのだな」

一ヵ月後。

「ユリ、今日は何して遊ぶ？」

宮本さんは毎日やってきては、研究の合間にワタシを遊びに連れ出した。

宮本さんはとにかく、とにかく、運動がダメダメだった。

「いってぇ!?　はあ？　なんで？」

バドミントンではスマッシュを空振りしたあげく、派手に転び、眼鏡を割っていた。

一輪車どころか普通の自転車にも乗れず、自転車ごと横倒しになっては痛がっていた。

「どうしてそんなに……不器用なんですか？」

ぼそりと問いかけてみる。

「小さいころから勉強ばかりしていたからだ。親も政府の官僚だったから忙しくて構ってもらえなかったし、なにかと馴《な》れ馴《な》れしく絡んでくる大学の後輩に懐かれるまでは友達もいなかった。まともに外で遊んだのが初めてなんだよ……」

この人は大人なのに転びまくって、全身を芝生の草塗《まみ》れにしながら、恥ずかしそうに顔を隠している。ワタシを見る目も、かけてくる言葉も、接してくれる態度も、研究所の大人たちとはまったく違かった。

「自転車……ワタシが手伝ってあげます」

「いいよ……小学生に手伝ってもらうなんて恥ずかしすぎる……」

宮本《みやもと》さんは首を横に振ったが、数分後。

「お前、俺が自転車に乗れるまで後ろを押さえてろ。絶対に離すなよ？」

宮本さんは恐る恐る自転車に跨《また が》り、ワタシが後ろの部分に手を添え、支えた。

自転車のペダルを漕《こ》ぎ始める宮本さん。徐々に速度が上がり、ワタシは手を放す。

「えっ？　離した？　お前、手を離したのか？　あっ、あっ!?」

ふらふらと左右に蛇行した宮本さんの自転車は呆気《あっけ》なく転倒。勢いよく放り出された宮本さんが芝生を転がった。

「子供のころからガリ勉メガネと言われ続けてたけどなあ、せめて自転車くらいちゃんと乗れるようになりてぇんだよ!!」

宮本さんも変なスイッチが入ったらしく、腹這《はらば》いになり、悔しそうに叫ぶ。

もはや、宮本さんのキャラが変わっていた。

二ヵ月経《た》ち、三ヵ月経ち……いつの間にか、宮本さんがやって来るのを待っている自分がいた。毎日のように宮本さんは自転車に乗り、ワタシが後ろで支えた。

転ぶたびに宮本さんは原因を分析し、それをワタシに解説。ど真面目だった。

「どうして……自転車に乗りたいんですか？」

ある日、ワタシは聞いてみた。

「どうして？　自転車くらい乗れる男になりたいのと……そうだな、お前が……やっぱりいいや」

そこまで言いかけて、宮本さんは自転車に跨った。また、転んだ。

こんな感情は初めてかもしれない。ワタシは自分のことのように、宮本さんの挑戦を見守っていた。上手《うま》くいきそうなときは気分が上がるし、転んだときは落胆する。

宮本さんと出会ってから、ワタシは〝人間〟に戻っていた。

そして、ついに――

「よっしゃあああああああああああああああああああああ!!」

宮本さんはワタシの補助なしで、五十メートルを走破してみせた。

ゴールした瞬間に宮本さんは自転車ごと横倒しになったけど、すぐに起き上がり、ワタシのもとへ駆け寄ってきた。

「ありがとうな!!　ユリのおかげだ!!」

満面の笑みでワタシに抱き着いた宮本さん。

無表情だったワタシは次第に口角が上がり、嬉《うれ》しさが遅ればせながら込み上げてきて、

「……よかった。宮本さん、よくがんばった」

素直な感情を、素直な言葉で言い表すことができた。

「ようやく笑ったな、お前」

穏やかな声で、宮本《みやもと》さんはそう笑いかけてくれた。

宮本さんはワタシのために、自転車に乗れるよう頑張っていたのだ。

ワタシが宮本さんを応援しているのを、知っていたから。そういう感情が芽生えていたのを、気づいていたから。

化け物になりかけていたワタシを人間に戻すために、宮本さんは——

「お前の〝消せる力〟については特務長から聞いてるし、実は研究中のお前の様子を何度か見ている。俺はいま内調に出向していてな、新たに設立される特務4課に配属される予定なんだ」

「特務長……？　特務4課……？」

「特務長は直属の上司になる人で、ツガミって呼ばれてる。特務4課はなんというか、社会を安定させるために活動する裏方の仕事だな」

ワタシに興味を持ち、ここまで連れてきたツガミ。

そのツガミが特務長になり、新設された部署が特務4課というわけだ。

「特務長から最初の命令が下った。今日からユリはここを離れ、俺と暮らす。そして、特務4課の仕事を手伝うんだ」

「わかりました」

「……嫌がらないんだな」

「ここは退屈。宮本さんがいるなら、そっちのほうが楽しそう」

複雑そうに瞳を震わせる宮本さんの顔が、とても印象に残った。

この人にも背負っている事情がある。でも、それはあえて聞かない。子供ながらにして空気を読み、触れないでおいた。

このときのワタシに善悪の考えはなかった。ただ、流れに身を任せるのが楽だった。

宮本さんと一緒にいるほうが楽しそうだった。

それが唯一の、儚《はかな》い希望だった。

東京の中心地。

見上げても空が遮られるほどの立派な高層マンションに、宮本さんとワタシは暮らすことになった。

入り口やエレベーターのオートロック機能はもちろん、エントランスにはコンシェルジュが常駐しており、共用部分には数台の防犯カメラも目を光らせている。

地元で家族と住んでいた中古の一軒家とはなにもかもが異なり、煌《きら》びやかであると同時に、自分がとても不相応に感じてしまった。

「名前も素性も偽っているとはいえ、ネットやテレビで顔出しをしていた君はちょっとした有名人……もし身元がバレても安心できるように、ここへ住んでもらうんだよ」

あれから二年以上経《た》ったとはいえ、ワタシの身を案じているらしい特務長は、そう言い聞かせる。保護施設よりも遥《はる》かに手厚い待遇が、逆に不気味さを際立たせた。

少なくとも普通ではない。ここに渦巻くのは善意のみではない。

これからワタシが沈んでいくであろう世界は、ありふれてなんかいない……そう予感させるにはじゅうぶんだった。

多忙の特務長はワタシたちに軽い挨拶だけ済ませ、黒塗りの車で去っていく。

「ここはお前を守るための場所でもあり、檻《おり》でもあるんだよ、お前を逃がさないための」

エントランスに取り残された宮本《みやもと》さんがぼそりと、そう呟《つぶや》いた。

「……わかってます。仕方ないです」

ワタシは、受け入れた。

宮本さんと住み始めてからも基本的に外出は制限されていたが、十六時から十八時の二時間のみ、近所の公園でのみ遊ぶことが特務長より許可された。

宮本さんが必死に頼み込んでくれたおかげで、ワタシは公園の子供たちと遊べるようになったのだ。

公園で無邪気に遊ぶ短い時間だけが……ワタシを人間に戻してくれるような気がした。

程なくして特務４課の試用運転が始まった。ワタシは最も近い位置で彼らの仕事内容を学んでいるうちに、宮本さんの業務もだいたい把握する。

他の部門が収集した情報への対応。政府に大打撃を与えそうな不祥事や不正が表に出る前に圧力をかけて揉《も》み消《け》す。必要があれば、政府の息がかかったメディアやインフルエンサーから擁護の情報が出るように仕込み、影響を最小限に抑えるよう世論を操作する。

不祥事の追及や政権批判をやめなかった野党の議員や政治評論家が、逆に過去の不祥事や失言を探り当てられ、『偉そうに批判していたくせに自分には甘い』とSNS上で炎上してしまった件も、標的の経歴や私生活、交友関係、常連の店まで特務4課が徹底的に調査し、政府びいきのメディアにリークしたから。

宮本さんたちが陰で動き待っても揉み消せなかった場合のみ、ワタシに出番が回る。対価の存在により〝消せる力〟の行使に慎重を期していた特務長はしばらく様子見をしていたものの、宮本さんに調査の指示が入る。

文部科学副大臣の受託収賄が発覚し、その秘書が内部告発しようとしている……その件を徹底的に調査した宮本さんは様々な圧力をかけたが、塔谷《とうや》という秘書は内部告発をやめようとはしなかった。

文科副大臣の杉屋《すぎや》浩一郎《こういちろう》も裏から手を回し、領収書などを改ざん……水増し請求という無実の罪をでっちあげ、塔谷秘書を追い出し、証言の信ぴょう性を失わせようとした。

だが、ウソが嫌いで正義感の強い塔谷は諦めようとはせず、受託収賄と水増し請求のでっちあげを週刊誌で告発しようとした。

ついに、特務長が動いた。

「黒井《くろい》ユリくんに〝バイト〟をしてもらおう。試用期間ということで、仕事に慣れておいたほうがいい」

特務長が直々に命令を出すということは、優先的に揉《も》み消《け》したい案件。

「この案件にユリの力を使うのは反対です！　俺がどうにかしますから、もう少し時間をください！」

特務長室に赴いた宮本《みやもと》さんが頭を下げ、懇願した。

「塔谷《とうや》という秘書、大学生の娘がいるようだね」

「………………」

特務長がそう述べた瞬間、宮本さんの顔には明確な焦燥が宿った。

「可愛《かわい》い娘さんだ。これからも……父親や弟と幸せに暮らしていきたいだろう」

なんの変哲もない雑談に聞こえる。

宮本さんは口を噤《つぐ》み、大粒の汗を額から流し、腕を震わせることしかできなかった。

これは宮本さんを縛りつけるための隠れた警告だった。

塔谷という秘書の娘は、塔谷希望《のぞみ》。宮本さんの唯一の友達みたいな存在なのだと、特務長はとっくに把握していたからだ。

この部署に出向が決まった時点で、宮本さんの運命はすでに決まっていた。

見えない鎖に縛られた宮本さんは命令に従うことしかできない。そう予期させた。

いまなら思う。だから、宮本さんは塔谷希望との関係を断っていたんだ。

自分にとって唯一の友達だった彼女が都合よく利用されたり、危害が及ぶ可能性を少しでも減らすために。

汚れた自分から大切だった人を遠ざけ、遠回しに守るために。


初めてのバイト当日。

指示された家に移動し、標的が一人になる瞬間を待つ。

近いうちに週刊誌の取材を受けるとの情報を掴《つか》んでいる特務4課は、この日が絶好の機会だと判断した。

二人の子供たちは学校に登校し、不在のタイミング。自宅近くで一人になった塔谷に近づき、ワタシは話しかけた。

「すみません。近くの公園で家族と遊んでいたのですが、はぐれてしまいました」

迷子を装い、塔谷の油断を誘う。

「おや、これは困ったね。ご両親の電話番号や家までの道はわかるかい？」

「電話番号はわかりません。このあたりに引っ越してきたばかりなので、家までの道もまだ憶《おぼ》えていません」

「そっか。それじゃあ、キミのご両親を一緒に探してあげよう」

ワタシの嘘《うそ》を信じ込み、架空の両親を一緒に探そうとする塔谷は純粋な善人だった。

悪者はこの人じゃない。こちら側なのだと、幼いながらも理解した。

「僕の息子は小学生でね、キミとそんなに変わらないくらいの年なんだ。友人があまりいないみたいだから、もしよかったら息子とも遊んでくれると嬉《うれ》しいよ」

「ワタシも転校してきたばかりで友達がいないので、ぜひ遊んでほしいです」

「ははっ、ありがとう。息子はちょっと変わり者だけれど、たぶん仲良くなれると思う」

息子のことを話す塔谷《とうや》は穏やかに笑う。

父親の顔というのは、こういう表情なのだろう。

ワタシは悪者に飼われている化け物。

この優しい表情を消しにきた。この家族をぶち壊しにきた。

子供だったワタシの目線に合わせて姿勢を低くした塔谷の頭に触れ、呟《つぶや》く。

「……ワタシたちにとって不都合なものを消します。ごめんなさい」

黙って消せばいいのに、ワタシは謝罪をしてしまった。

囚人を使った人体実験の過程でわかったことだが、記憶というのは繊細であり、狙った部分だけ消せるものではない。予想外のところが中途半端に削り取られる場合もあった。

「あなたの息子とは友達になれません。ワタシは悪者なので、そんな資格はないです」

「ど、どうしたんだい？　キミは……いったい？」

雰囲気が変貌したワタシに困惑する塔谷。

この人には子供が二人もいて、平和に暮らしていたのだろう。もし家族の記憶まで消えてしまったら、思い出も消えてしまったら、この家族はどうなるのだろう。

ほんの少しだけ、胸の痛みが生じる。

自分の中に罪悪感が僅かに残っていたことに、気づく。

「はあ……はあっ……」

そう考えた瞬間、小刻みに手が震え出し、ワタシも激しく動揺してしまった。

過呼吸のような状態に陥り、手を放し、塔谷の前から逃げ出してしまう。……できなかった。やれなかった。化け物になりきれなかった。

ワタシにはまだ、人間らしい感情が残っていたから。

引き返したワタシは塔谷《とうや》家の近くを彷徨《さまよ》っていたが、程なくして白い煙が立ち上り始めた。あっという間に火の粉を吹き、黒煙が家全体を覆い尽くしていく。

不規則に揺れる巨大な炎と、肌を撫《な》でる熱風。

大勢の見物人に紛《まぎ》れていたワタシは絶句し、愕然《がくぜん》と立ち尽くしていた。偶然の火事にしてはタイミングが良すぎる。

ワタシのせいだと、思った。思わされた。

燃え続ける家のすぐ近くに、一人の少年がいた。

ランドセルを背負い、黒い消し炭と化していく家を見つめ、口をあけながら涙を流す小さい少年が、いた。

「お父さん……お父さん!!　あっ、ああ……」

その叫びで察した。さっきの父親の息子なのだと。

その姿はこの世の絶望に等しく、少年の心はいまにも砕かれてしまいそうだった。

ワタシの身体《からだ》が勝手に動き、少年の前に立っていた。

真っ赤に燃え続ける周囲の景色、絶望の眼差《まなざ》しでワタシを見上げる少年、その少年の頭に優しく手を添える自分。


「ごめんね……」


衝動的な行動だった。

ワタシは一筋の涙を流しながら、少年に謝り、〝消せる力を〟を行使した。

この絶望を、早く忘れさせてあげたい。

少年の記憶から、消し去ってあげたい。

もはや自作自演。

ワタシが引き起こした絶望なのに、ワタシが助けてしまった。

同情したふりをして、助けたふりをして、自分の弱い心を守っただけなのに。


少年の記憶から消した。

ワタシのことも、父親のことも、家が燃えゆく景色も。

それが救済になるのならと、勘違いをして——

現場から立ち去ろうとするワタシの前に特務長が現れ、擦れ違いざまにこう囁《ささや》いた。

君がしくじると、こうなるんだ。二度と、忘れてはいけないよ。

ワタシはしくじってはいけない。

十二歳の少女を洗脳し、精神的に掌握するにはじゅうぶんすぎる言葉であり、すべてが計算されたような残酷すぎる出来事だった。

心が引き裂かれたワタシは街を彷徨《さまよ》い、見知らぬ公園にいた。

不安定な気持ちが複雑に揺れ動き、制御できず、息を乱しながら頭を抱えた。

膝が頽《くずお》れ、髪が銀色に変色していき、足元から白い光の粒が舞い上がる。

こんな世界なんて消えてしまえばいい

そう無意識に願った瞬間、舞い上がった光の粒が周囲に拡散し、ほんの数秒だけ爆発したかのように輝いた。

…………

静かだ。無音になったと錯覚するほど、音がない。

我に返ると、自分の位置から半径十メートルほどにあった遊具が消え、木々が消え、周辺にいた人が、消えた。だから静かになった。

「こんなの……人間なんかじゃない……」

膝が頽《くずお》れたワタシは絶句し、涙すら流れず、嗄《か》れたように笑う。

謎の光を見た宮本《みやもと》さんがここまで駆けつけ、唖然《あぜん》としながらも、銀色の髪をした少女に歩み寄った。

「もしもお前が……その〝消せる力〟が『神様に代わって薄汚れた世界をリセットする権限』みたいなものだとしたら……いずれお前は、この世界を消してしまうんじゃないか」

宮本さんは悲痛な面持ちのまま、そう呟《つぶや》いた。

「こんな世界、消えてしまえばいいのにね」

ワタシは、こう呟いた。

「化け物のワタシが消えたほうがいいか」

罪悪感がない自分が、ここにいた。人間から化け物への変化だった。

このときすでに罪悪感という大切なものが、自分から消えていたのかもしれない。

「化け物じゃない……お前は……普通のガキだ……」

声を震わせた宮本さんが、ワタシの頭にそっと手を置いてくれた。

まだ人間扱いしてくれる。この人は、人間の子供としてワタシを見ている。

「俺にはなんの力もない……お前を逃がしてやることもできない。すまん、本当に……すまん……」

　宮本さんは静かに、悔しそうに、謝罪した。


　同日、自宅近くの公園でワタシとよく遊んでいた子供が一人、行方不明になった。おそらくその子供は、このときの対価として、消えた。

　特務長が公園で遊ぶのを許可した理由は、ワタシにとって大切なものを増やすため。〝消せる力〟の行使に伴う対価を増やし、ワタシ自身に大きな影響を及ぼさないようにするためだったのだ。

　一部が消えた公園にはすぐに不自然な工事の業者が入り、痕跡は揉《も》み消《け》された。

「君の〝消せる力〟はかなり不便であり、万能じゃない。支払える対価のぶんしか消すことができないし、いずれは対価も尽き、君自身が対価となるだろう。今後、どうなるかは様子を見てみないと私もわからない」

　今回の一件で特務長室に呼び出されたワタシと宮本さんは、特務長にそう言われる。

「この過酷なバイトをするには、君はまだ若すぎた。しばらくはゆっくり休みなさい」

　しばらくは〝バイト〟から外された。

　この休止期間はおそらく、大切なものを増やす……つまり、対価を貯《た》めるための意図があったのだろう。

それから五年ほど経過し、特務4課は試験運用から本格的な活動へと移行した。

十七歳になったワタシは夕方だけ公園で遊びながらも、他の時間は宮本《みやもと》さんの家に軟禁されるような状態だった。

仕事のため不在が多い宮本さんは遊び相手になれなかったが、ヒマ潰しをしたいワタシのために漫画を買っててくれた。

中学にも高校にも行ってないから、どういうものか知りたい。

でも、黒井《くろい》ユリは戸籍上存在しない架空の人物であり、機密扱いなので学校には通えない。学園漫画で我慢しろと、宮本さんが勧めてくれたのだ。

ワタシは一日の大半を部屋で過ごすしかないため、宮本さんが用意してくれた漫画は一瞬で読み終わってしまう。勉強一筋だった宮本さんは国民的な漫画作品すら満足に知らず、読み終えた直後のワタシとは語り合えない。物足りなさが膨らみ、宮本さんのパソコンを勝手に使って漫画投稿サイトを開いてみた。

膨大な数の漫画が投稿されている中、ワタシの目に留まったのは『反逆のグラン』という異世界バトル系漫画だった。

絵はお世辞にも上手《うま》いとは言えず、ストーリー展開も粗削りなんだけど……溢《あふ》れんばかりの中二病的な会話や好き勝手に動き回る魅力的なキャラ、作者の人間性が爆発したセンスに心惹《ひ》かれ、一話から最新話まで何度も読み返した。

作者の好きなものがこれでもかと詰まっている。この漫画を通じて、ネットの向こう側にいる作者が透けて見えたのだ。

いつの間にか、続きの更新を楽しみにしている自分がいた。作者のページをしきりにチェックし、そわそわする自分がいた。

ついに我慢できず、宮本さんの目を盗んで応援コメントを書き込んでみた。

一言だけにするつもりだったのに、文字を打ち込む手が止まらず、気がつけばコメント欄の文字数制限に引っかかっていた。

「こんな長文の感想、気持ち悪いかな……？　でも、応援したいしなあ」

投稿の文字をクリックするか、人差し指が迷う。

三十分くらい迷ったあげく、ついにコメントを投稿した。

「楽しみにしてるぞ、作者さん。ヒマを持て余してる化け物に退屈を忘れさせておくれ」

退屈すぎた〝特別〟な人生に、毎日の新たな楽しみが芽生えた瞬間だった。

第六章　ワタシは化け物だからさ

ユリと最後に会った日から二年近くが過ぎた。

都内の高校に進学した僕は〝特別〟という考えかたを一切しなくなっており、お絵かき用のタブレットも部屋の机に閉じ込めたまま、ありふれた人生を送るようになっていた。

高校二年の冬。

容姿も少しずつ成長し、身長も結構伸びたものの、相変わらずの帰宅部。

友達と自信をもって括《くく》れる人はいないけれど、学校でまったく喋《しゃべ》らないわけでもない。

中途半端な立ち位置を維持するだけのつまらない毎日でも、他人から無駄な悪意を向けられることなく、心や身体《からだ》の不自由なく普通に生活できるだけで、僕らのような一般庶民はじゅうぶんなのだ。

特別から逃げた僕の人生を、羨ましいと思ってくれる人がいた。

裏の世界でひっそりと生きている女の子は、いま僕が教室で授業を受けているあいだにも、誰かをからかって楽しそうに微笑《ほほえ》んでいるのだろうか。

僕の人生とあなたの人生が交わる可能性はもうないかもしれないけど、僕はまだあなたを忘れてはいないから、一方的に心配させてもらう。

心配されたくないなら、僕の中からあなたの記憶を〝消す〟べきだった。

でも、あなたは消したふりをして、僕を見逃した。

僕は意外と心配性だということを自覚した……いや、あなたに気づかされたんだ。

「北斗《ほくと》兄ちゃん、今日も来たんだねー」

「北斗さんはヒマなぼっちだからオレたちくらいしか遊び相手いないんだよなー」

「なんたってお前は二代目公園の主だもんなあ」

学校帰りの僕はあの公園に顔を出し、顔馴染《なじ》みの子供たちにちょっと馬鹿にされる。

「北斗兄ちゃんは俺らじゃなくてユリ姉《ねえ》と会いたいだけだもんなー」

「ユリ姉にフラれたのにしつこく付き纏《まと》うのはストーカーなんだぜ？」

小学生たちのあいだでは『フラれた僕が諦めきれず復縁を迫っている』ように思われているらしい。

「ユリとの大人の恋愛は忘れられないから、またやり直したいよ」

「少し前までは小学生以下の恋愛経験値だったくせに調子に乗ってんじゃねーっ！」

生意気な軽口を叩《たた》いたら小学生に腹パンされた。

正しくは期間限定で疑似恋人になっていただけだけど、高校生になった公園の主が恋愛経験なしだと舐《な》められそうだし、小学生相手に見栄《みえ》を張ってイキるのもこれはこれで気持ち良い。

「僕が調子に乗れるのはお前たちの前だけなので許してほしい」

「北斗さんは高校でも底辺なんだね、可哀《かわい》そうに」

「僕は底辺じゃないから。かろうじて宙に浮いてるから。前よりも陽キャに話しかけるようになったから。隣の席の人にペンとかルーズリーフ、よく貸してるから。めちゃくちゃ頼られてるから」

「うわ～もっと可哀《かわい》そう。北斗《ほくと》さん、陰では便利屋扱いされて笑われてそう」

「おい、ありえそうなこと言うのやめろよ。北斗兄ちゃん、そろそろ泣くぞ」

「泣かねえよ!! 僕は三軍じゃなくて一軍寄りの二軍だ!! もうすぐベンチ入りするからな!!」

「自分で言ってて悔しくならないのか～?」

言われ放題である。僕をキレさせたら大したものだよ。

でも、物足りないのだ。

ここで畳みかけてくるように僕をからかう声がどこからも聞こえないから。

楽しかった。ユリと過ごしたのは短い期間だったが、人生で最も光り輝いていて、心が躍っていた。あなたに会うのが最大の楽しみになっていた。

「やっぱりユリ姉《ねえ》ちゃんがいないとしっくりこないよな～」

「学校に行ったり就職してがんばってるなら、俺たちも安心できるんだけどさ～」

「たまには遊びに来てほしいよなあ。ユリ姉、どこでなにしてるんだろう」

心配する小学生たちを横目に、僕はあの夜の出来事を思い返す。

黒井《くろい》ユリは僕とは生きる世界が違う。

僕らみたいな一般人が表だとしたら、ユリは裏。同じ国で同じ時間軸を生きているはずなのに、二人の人生が再び重なることはない。

いや……自分に言い訳をするな。

僕が自らの意思で遠ざかってしまっただけだろうが。

これでよかったと肯定する自分、あの選択は間違っていたと強く後悔する自分。

自問自答はいつまでも終わらない。表面的な幸せとは裏腹に相反する二つの想《おも》いに縛られ、心にぽっかりと穴が空いたような感覚が消えてくれない。

おそらくユリでも消せないだろう厄介な感情を引きずったまま、物足りない日常はあっという間に過ぎている。

ありふれた人生のために、労働してお金を稼ぐだけの大人になるために、なんとなく生きている。特別な人間になんてなれないから、せめて無難で安全な道をひっそりと歩く。

それでいいのか。

初めて友達になった女の子の〝特別な人生〟から目を背け、二人で共有した思い出を過去形にしてしまっても。

あのときの僕はどうすべきだったのだろう。

あれから二年経《た》とうとしている僕は、どうすべきなのだろう。

あなたは僕に、どうしてほしかったのだろう。

身体《からだ》や顔は大人に近づいてきても、心は子供のまま成長していない。

誰かが答えを教えてくれるわけじゃないから、僕は独りぼっちでも考え続けている。

＊＊＊＊＊

それから程なくして、いくつかの政治的なニュースが報道され、ワイドショーやSNSを悪い意味で賑《にぎ》わせた。

複合型施設の誘致を検討していた議員数名に企業側から金銭が渡された汚職。

復興大臣が災害被災地に対しての失言で大炎上し、辞任も含めた責任問題に発展。

元タレント議員のダブル不倫スキャンダル。

現厚生労働大臣の息子が女子大生に対する暴行未遂事件を起こし、厚生労働大臣は息子を庇《かば》うため、被害者側に金銭での示談を求めた疑惑が週刊誌によって報道。

夕食のコンビニ弁当を一人で食べながらリビングのテレビをつけてみても、それらの不祥事のニュースを引き延ばしているばかりだったが、ちょっとした違和感を抱き、スマホで簡単に調べてみる。

責任を免れているのは重要な立場にいる者や影響力のある者に偏り、政権支持率への影響はできるだけ抑えられているように感じた。

大きい問題に限り、特務4課が裏で揉《も》み消《け》している。逆に考えれば、政権を揺るがしかねない重大な問題にしか対処できていない。

高校生の頭脳でも思いつく仮説は一つ。ユリの〝消せる力〟は無制限に使える万能型ではなく消したものに相当する対価が生じる。

姉《ねえ》ちゃんの傷や出血を消したとき、黒井《くろい》ユリの体内から大量の血液が消えたように。

力を行使できる間隔や回数にもかなりの制限があり、ユリの力を借りる場面はごく限られたものになる……僕はそう推測した。

「帰ったぞ」

姉ちゃんも帰宅し、僕に短い声をかけてからショルダーバッグを置いた。

「おかえり。今日は帰りが早かったんだね」

「……たまにはな」

お互いに目線もあまり合わせず、短いやり取り。姉ちゃんはそのまま風呂場に行ってしまい、リビングには再び僕が取り残され、テレビの音だけが流れる。

この二年近く、ぎこちない空気感が続いていた。

仲が悪いわけじゃないけれど、特に話すこともない……僕から話題を振ってみても、姉ちゃんは素っ気なくなってしまった。

実の弟という認識と僕の名前は姉ちゃんの中に残っているのに、僕と過ごした日々の記憶は中途半端に削り取られ、大きく欠けている。

だから、同じ家に住む他人同士みたいな距離感が生じてしまう。

仕方ない。やつらにとって不都合な記憶を強引に消された影響だとしても、姉ちゃんが平穏に暮らせているのなら、安い代償だ。

頭では理解しているつもりでも、以前までの姉ちゃんの面影と比べてしまい、寂しさが込み上げてくる。

僕の親代わりだった姉《ねえ》ちゃんの明るい声はもう二度と聞けない。

大好きだった姉ちゃんの手料理はもう二度と戻ってこない。

ユリさえいなければ――

気を抜くと無意識にそう思ってしまう自分にも嫌気がさした。

ときおり『もしも』の可能性を考えてしまう。

もしもあのとき、ユリを東京の外に連れ出せていたら、二人で逃げていたら、僕らはどうなっていたのだろう、と。

滑稽だ。二年近く前に過ぎ去った時間はどう足掻《あが》いても巻き戻るわけがないのに。

こうしていたら、こうしていれば。人生においてたられば の可能性を考えだしたらキリがなく、いつまでも後悔してしまう。

いまの自分がどうしたいか、なにができるのか。


風呂上がりの姉ちゃんは部屋着になり、リビングのソファでくつろいでいた。

「姉ちゃん、聞きたいことがあるんだけど」

「……なんだ？」

「最近は政府関係者の不祥事が続いてたでしょ？　いまの政府にとって早めに対処しておきたい問題ってなにかな？」

たかが高校生でしかない僕はメディア媒体で集めた情報しか手札がないものの、足りない分は姉ちゃんの手札を貸りればいい。新聞社時代を含めて姉ちゃんは政治系の記事を専門としており、ずっと取材をしてきている。頼みの綱だった。

その一部が記憶から消されているとしても、培った知識や経験がすべて消えたわけではない。いまもなお、政治系のジャーナリストを続けている姿からも読み取れる。

「いや、マジで突然なんだよ？」

「姉弟《きょうだい》の雑談。楽しく雑談しよう」

「姉弟の楽しい雑談に選ぶような話題じゃねーだろ……」

「社会の勉強もしたいし」

メモ帳を片手に問いかける僕に対し、姉ちゃんは怪訝《けげん》な表情を浮かべた。

「……厚労大臣のバカ息子がしでかした暴行未遂だろうな。大事にしたくない厚労大臣は被害者に多額の金銭で示談を持ちかけているが、精神的なショックを抱えた女子大生側は示談に応じず、警察への被害届も出そうとしている。バカ息子が警察に捕まれば、金で揉《も》み消《け》そうとした厚労大臣も世間から大バッシング……就任から数ヵ月も経《た》たないうちに即辞任。首相も任命責任を問われるのは間違いねえ」

不祥事を金や権力で揉み消そうとする行為は、僕らがイメージする汚い大人そのものであり、世間からの印象も最悪に近い。

大物ベテラン議員の息子、身勝手な性欲による暴行未遂、さらに責任逃れ……非難される要素を兼ね備えているといってもいいだろう。

「金や権力で罪を揉《も》み消《け》せないとき、悪役ってどうするんだろう?」

「事実を知る者を早めに消すんじゃねえかな。サスペンスドラマだとお約束の展開だぜ」

「口を封じるのはお約束だよね」

「大物議員の不祥事は見逃される、身代わりとして下っ端に責任を擦《なす》りつける、上級国民は逮捕されない、なんていうのは昔からある陰謀論の一つではあるな。ただ、それが真実かどうかを知る方法なんて一般人にはねえから、いつまでも陰謀論のままなんだろ」

僕なりに思考を巡らせてみる。

陰謀論。二年前までなら中二病の一種だと思っていただろうが、いまなら断言できる。

こそこそと影に隠れながら動いているやつらは、いる。

現政権の安定。ただそれだけのために、弱い国民の正義を捻《ね》じ曲げて抹消する組織が実在しているのだ。

真実を知った者は、文字通り消される。だが、ユリの気まぐれによって記憶を消されなかった僕は、まだ自分で思考し、行動することができるから。

「暴行未遂事件の被害者のことを、知っている範囲で詳しく教えてほしい」

僕は一歩、前に踏み込むのを恐れない。

「被害者は都内の女子大生ってことくらいしか私はわからねえが、知り合いの記者が取材を申し込んでみたら承諾してもらったらしい。だが私は無関係だし、個人情報を得たとしても無許可で第三者に伝えるのはさすがに無理だぞ」

「その人がよく行きそうな場所とかだけでもいいんだ。将来は報道関係の仕事に就きたくてさ、この件を僕なりに調べてみたい。もちろん情報は誰にも漏らさないと約束する」

「はあ……バカじゃねーの。もうじき高三になるなら、受験勉強とかもっと他にやることあるだろ」

「姉《ねえ》ちゃんみたいになりたくて」

「はあ……いったい誰に似たんだか」

「姉ちゃんです」

「はあ……」

我ながらその場で思いついた苦しい理由付けである。

姉ちゃんは大きな溜《た》め息《いき》を三回も吐《つ》き、渋々ながらも仕事用の手帳を開く。

「暴行未遂事件の前日、加害者のバカ息子と被害者の女子大生と思われる二人が飲食店で軽く話しているのが目撃されていて、女子大生は店の常連客だったらしい。その場所は椎《しい》名町《なまち》駅近くのファストフード店。グレーのリュックにゆるキャラのキーホルダー、課題制作に使うパソコンはマックブック、好きな席は窓際のカウンター席、店を訪れるのは火曜か木曜の二十一時から二十三時あたりが多いとか。これで満足か？」

「姉ちゃん！　ありがとう！」

「取材は明後日らしいから、もう少し経《た》ったら記事として出回るだろうけどな」

ほんの少しだけヒントを与えてくれた姉ちゃんに感謝した。

本音を言うと報道関係者になりたいわけでもなければ、以前までの姉《ねえ》ちゃんが持っていた正義感でもない。ましてや、被害者の女子大生に同情したわけでもない。

身勝手な僕は自己中心的な考えのために、動く。

「……もういいか？　私は寝る」

「うん……おやすみ」

もうちょっと話していたかったが、姉ちゃんは気まずそうに目を逸《そ》らし、そそくさと部屋に戻ってしまった。ちょっと泣きそうになったものの、我慢する。

家族の時間が楽しくない。この二年間で気まずい空気には慣れたけど、このときに生じる胸の鈍痛には、未《いま》だに慣れる気がしなかった。

＊＊＊＊＊

翌日の木曜日。姉ちゃんに教えてもらった時間帯に、椎名町《しいなまち》駅近くのファストフード店へ足を運んでみる。

明後日に週刊誌からの取材があるということは、タイミング的に『なにかが起きそう』なのは今日の夜。真実を闇に葬り去るのにはうってつけの、不気味な夜だ。

チーズバーガーセットを注文し、商品が提供されるまでの待ち時間に店内をうろついてみるが、例の女子大生らしき特徴を持った人の姿はない。

女子大生が定期的にここを訪れ、大学の課題等の作業をしているということは、このあたりが生活圏なのだろう。

無言でポテトを貪り、客の出入りがあるたびに入口を見る。

入店から三十分ほど経《た》っただろうか。ハンバーガーとポテトを平らげ、ジュースも啜《すす》りきってしまった僕には諦めムードが漂いつつあった。

そのとき、店の自動ドアが開く。

ポニーテールを揺らす若い女性が入店し、カウンターの前で注文を伝え始めた。

グレーのリュックにぶら下げた、ゆるキャラのキーホルダー。注文の品を待つあいだ、その女性は窓際のカウンター席に荷物を置き、テーブルの上にマックブックを置いた。

姉ちゃんが言っていた特徴と、ほぼ一致している。

若い女性はコーヒーを飲みながらパソコンを触り、一時間ほど作業を進め、二十三時近くに店を出て行く。

僕は気が引けつつも、少し離れた位置から女性を尾行した。

断じてストーカーではない。僕の目的は他にある。

この街の駅前周辺は車一台分くらいの細道が数多く存在し、大都会に比べると周囲の人の目も少なく、深夜に女性が一人で歩くのはやや怖いかもしれない。

女子大生と思われる人物にバレないような距離を保ちつつ、遠目から追う。

今日はなにも起きない……緊張感が切れかけ、無意識の油断が生じていた。

女子大生が曲がり角を右折し、数秒後に僕がその付近に差し掛かったのだが、女子大生の後ろ姿が見当たらない。

「見失った……!?」

尾行に気づいて逃げた？　そんな素振りはまったく感じなかったのに。

まだ遠くには行っていないはずなので、慌てながら周辺を探し回る。

人気《ひとけ》がほとんどない路地。

外灯の明かりが妖しく照らす場所を通りかかったとき、

「なんですか、あなた……？　やめてください！」

叫ぶような声が近くから響いた。

おそらく女子大生の声。ファストフード店の注文時に聞いた声質と似ている。

僕は声の方向に走った。

夜道の死角。駆けつけた僕の瞳に飛び込んできたのは、二人の女性。

異様な光景なのはすぐに理解できた。

壁際に追い込まれた女子大生の頭を、黒髪の女の子が正面から左手で掴《つか》んでいる。

黒髪の女の子の顔はわかりづらかったが、女子大生の頭を掴んでいた左手から白い光が零《こぼ》れ出した瞬間、僕は言葉を失う。

そして、確信に変わった。

夜に同化していた黒髪の色が毛先から変化し、美しい銀色に染まっていく女の子は、探していた人に間違いないから。

そう、僕は——あなたにまた会うため、ここまで来たんだ。

「黒井《くろい》……ユリ」

約二年ぶりに、その名を呼ぶ。

放課後に公園で会うあなたと、深夜に道端で会うあなたは、どうしてこうも雰囲気が異なるのだろう。

放課後のあなたは笑顔がとても可愛《かわい》らしくて、悪戯《いたずら》好きで、焼きプリンが好きな女の子だったはずなのに。

夜のあなたは、偽りの笑顔の下に冷たい眼差《まなざ》しを隠している。

見惚《みほ》れるくらいの綺麗《きれい》さと、底知れぬ恐怖。僕は足が竦《すく》み、動けない。

「やめて……もう言わない……誰にも言わないからぁ！」

「殺したりなんかしない。ちょっと消して、忘れてもらうだけだから」

突然、見知らぬ人間に襲われたことで取り乱した女子大生は泣きながら助けを求めるものの、ユリは表情一つ変えずに淡々と答える。

「キミは嫌な思い出を忘れて、なにもなかったことにする。そのほうがキミもたぶん幸せになれると思うんだよねえ」

それは違う。嫌な記憶が消えても、嫌な出来事をなかったことにはできない。

それは救いではなく、まやかしだ。

「あなたが公園に来ないので僕から会いに来てやった!! 黒井《くろい》ユリ!! こっち見ろ!!」

自分の弱い心を強引に剥《は》ぎ取り、ユリに叩《たた》きつける第一声。

よく考えるとダサい台詞《せりふ》だろうとも、空気が震えるほどの大声を感じ取ったユリは僕のほうに視線だけを向け、女子大生からゆっくりと手を放す。

左手の光が収まっていくと同時に、毛先から黒く染まっていく髪。

女子大生は周辺を見回しながら「私、どうしてこんなところに……?」と困惑し、わけがわからない様子で立ち去っていった。

ユリに追う気配はなく、その場で静かに立ち尽くしていた。

消したのだ。女子大生が持つ不都合な記憶を、無関係な記憶をも巻き添えにして。

「お久しぶりです。元気にしてましたか?」

「………」

「二年前よりも髪が伸びましたよね。雰囲気が大人っぽくなっていたから、最初は誰かわかりませんでした」

「………」

あえて普段通りを意識した軽い言葉を投げてみる。

しかし、ユリは軽快な返しをしてこないばかりか、僕をじっと見つめるばかり。

「なにか言い返してくれないと……調子が出ないじゃないですか」

徐々に異変を感じ取っていた。

でも、僕の心が現実から目を逸《そ》らそうとしてくる。

ようやく声に反応したユリは僕のほうに身体《からだ》を向け、外灯の下に照らされた全身がはっきりと目に映った。

やめてくれ。悪い夢であってくれ。

僕の現実逃避は認められず、容赦のない現実が目の前に突きつけられる。

「キミ……ワタシのことをよく知ってる人？」

冗談ではない。からかいなどではない。

右の瞳には白い眼帯がつけられ、彼女の左の瞳は明らかな疑問符を宿していた。

僕のことを、知らない人の目だ。

そして、にわかには受け入れがたいことがもう一つあった。

彼女が着ている上着の長袖が……もっと正確に言えば、右肩から下の袖が冬の冷たい風によって大きく揺れている。

本来あったはずの〝それ〟が、ない。

これがもし悪夢の中でないのなら、絶望的に救いのない世界を僕は恨む。

ユリの右腕が、ないのだ。

「僕のこと憶《おぼ》えて……ないですか？　二年くらい前に公園で会っていた塔谷北斗《とうやほくと》です」

一縷《いちる》の望みに賭け、名乗ってみる。

「塔谷……北斗くん？」

「僕も身長が伸びたし別人みたいにカッコよくなったので、ぱっと見では塔谷北斗だと気づかないのも無理ないですが」

「うーん……そんな人もいたかなあ？」

内輪ノリであってほしかった。

久しぶりに会った友達に「お前、誰だっけ？」みたいな冗談で笑いをとるやつ。ぼっちの僕には馴染《なじ》みが薄いけど、一般的な仲間内ではよくあるノリだと聞く。

「ごめん、あんまり憶えてないや」

彼女の軽い口調が、なおさら重く圧《の》し掛かる。

動揺を隠せない自分の呼吸が荒くなり、白い吐息が何度も宙に舞った。

「その右目は……その右腕は……？」

「ああ、これ？」

ユリは薄《うつす》らと口角を上げ、儚《はかな》く微笑《ほほえ》んだ。

「右目は視力が〝消えて〟もう見えない。右腕は〝消えた〟。それだけ」

消したことで、消えた。

裏でこそこそ這《は》いずり回る組織に命じられ、消した。忠実に消し続けた少女。

僕と会わなくなってからの二年近く、彼女は消し続けたのだろう。

僕があなたの望みを叶《かな》えてあげられなかったせいで、自分の身を守りたくて、あなたから逃げた。

ユリが僕の前からいなくなったんじゃない。

僕があなたを、遠回しに突き放した。

ありふれた人生を守るために、特別なあなたから、距離を置いた。

その結果が、これか。

「それだけ、じゃないだろ……」

「利き目と利き腕だからねえ。ワタシにとって大切なものは消えやすいのさあ。その他にも爪が何枚か消えてたし、お偉いさんの怪我《けが》や病気を〝消してる〟から血液は常に足りないし、死なない程度に内臓も何個か消えてるかも」

「あなたはどうして!!　なにしてんだよ……なあ……ふざけるな……」

「どうしてキミが怒ってるの？」

「怒ってない!!　あなたが……悪いわけじゃないから……」

本当の絶望とはこういう気持ちなのだろうか。

右目の視力が消え、右腕が消え、僕と過ごしたころの記憶すら、消えた。

あらゆるものが消え、大切な記憶が抜け落ち、全身がボロボロになっても、ユリのバイトは終わらない。

そのことを他人事のように淡々と話すユリの違和感が、とても気持ち悪い。

こうして奇跡的に二人の人生が再び交差しても、あのときみたいな楽しい時間を過ごすことは不可能なのだと、無慈悲な現実が囁《ささや》いてくる。

「悪いのはこんなことを平然と許す理不尽な世界と、僕自身だ……。無力でなにもできない、なにもしようとしなかった僕が。そうさせてしまったから!!」

濁流のごとく押し寄せた様々な感情が悔し涙となり、一気に溢《あふ》れてくる。

「ユリ……ごめん……ごめんなさい……ごめんな……さい……」

謝ることしかできない。無力な僕は、謝罪をして許しを請うしかできない。

いや、これも自己満足。罪の意識を紛《まぎ》らわすために、謝っているだけ。

なにも行動できなかったくせに、自責の念だけは一人前……それが他でもない塔谷北斗《とうやほくと》という最低な人間だった。

救えなかった。止められなかった。

この救いのない特別な世界で、彼女を救えたのは僕だけだったはずなのに。

一度消えたものはもう取り戻せないと、わかってたはずだったのに。

みっともなく泣いている僕に近づいてきたユリは左手を伸ばし、僕の頭に添える。

やはりこうなってしまうのか。彼女にとって『バイトの現場を目撃されてしまった』この状況……姉《ねえ》ちゃんが事故に見せかけて突き落とされた夜のように、目撃者である僕の記憶を消そうとするのは容易に想像できた。

「どうして泣いているのかわからないけど、ワタシがキミを泣かせたのはなんとなくわかる。だから、泣き止《や》むまでキミのそばにいてあげよう」

だが、今回も違った。

ユリは穏やかに笑い、僕の頭を優しく、優しく、撫《な》でてくれた。

そこに〝消せる力〟など存在せず、髪の色も変化していない。

ただ、僕を気遣う年上の女の子が、そこにいるだけだった。

「ねえ、キミはワタシと知り合いだったんだよね？　ただの興味本位なんだけど、キミがよく知るワタシはどういう人だったのか教えてくれると嬉《うれ》しいなあ」

本当に興味本位なのだろう。ユリが純粋に質問をしてくる。

「僕が知っているユリは……よく笑う人でした。僕をからかうのが大好きで、公園で遊ぶのも好きで、焼きプリンも好きで、漫画を読むのも好きで……本当に十代の女の子って感じの可愛《かわい》らしい人でした」

「へえ、ワタシって漫画とか焼きプリンが好きだったんだあ」

「小学生たちと毎日遊んでいるような公園の主でもありました」

「やばあ。そんときのワタシって相当なヒマ人じゃん」

「それも……忘れてしまったんですね……」

「この二年間くらいかな、試験運用だった特務4課が本格的に動き始めて、ただ命令に従っていろんな人の記憶も消してきたからねえ。ワタシにとって大切な記憶も対価として消えちゃったんじゃないかな」

バイトが忙しくなる。当時のユリが言っていた何気ない一言は、彼女が所属する組織が本格的な行動を開始したという回りくどい合図だった。

「だとしたら……僕も、あなたにとって僕の記憶も……」

あらゆるものを消した対価として、大切なものから消えていく。

それは、つまり——


「たぶん、キミと過ごした日々もワタシにとっては大切な記憶だったんだよ、きっと」


だめだ。止めどなく溢《あふ》れ出る後悔と自責が収まらない。

力が抜けた膝が頽《くずお》れ、その場に蹲《うずくま》るように涙を流しても、いくら流しても、胸が締めつけられるように痛む。

許されない。この罪からは逃れられない。

僕のせいだ。僕の、せい。

「僕は……あなたに……あなたから……逃げっ……はっ……うう……助けを求めていたの

に……あなたは僕に……助けを……あぁ、うあっ……」

嗚咽《おえつ》は虚《むな》しく夜空に消え、重力に引かれた無数の涙は地面に吸い込まれた。

東京駅で電車を待つホームの映像が頭を過る。

あのとき電車に乗っていれば、こうはならなかったのかもしれない。

あなたの手を握り、強引にでも東京から離れていれば、彼女なりのありふれた人生にたどり着けていたかもしれない。

たとえ、数日間で終わるかりそめの幸せだったとしても、こうなるよりはずっと良かったはずだ。右目と右腕、そして大切な記憶、その他にも様々なものが彼女から消えるような未来を回避できなかったのは、僕の勇気がなかったから。

選択肢はあった。僕は選択をした。

選択を間違い、ほろ苦い過去として記憶の彼方《かなた》に置き去りにした。

それだけ。たったそれだけのことが、未来を決めてしまった。

遠回しに助けを求めていたユリの声を、聞かなかったことにしたから。

「泣かないで。ワタシが悪者みたいじゃん」

「悪者なんですよ……あなたは……」

「あはは、それもそっかあ。大悪党とかでもなく、こそこそ裏で動くタイプの薄汚い悪者になっちゃったのか」

もっとも泣きたいのはユリのはずなのに、彼女は乾いた笑いを取り繕う。

「ここでワタシがやらなかったら、あの子は明日にでも『不慮の事故』にあっていたかもしれないね。躊躇《ためら》うことも、しくじることも、できなかったんだよ」

「あなたは……」

「罪もない人が理不尽な事故にあわないように、ワタシは消す。それだけのバイト」

「あなたは……とっくに壊れてる」

「最初のうちは躊躇《ちゅうちょ》することもあったけど、いまはもう難しいことはあまり考えなくなっちゃったな。それが『壊れてる』って状態なのかもしれないね」

壊れた。壊した。

誰が、壊した。くだらない大義名分でユリを利用する薄汚い悪意が、特別な人間だけが守られるありふれた世界が、彼女をぶっ壊した。


「ワタシはもう、化け物だからさ」


僕も、その悪意に加担した加害者。

安全地帯からの傍観者であろうとし続けた者に与えられた罰が、これか。

いても経《た》ってもいられなくなり、僕の身体《からだ》は動いていた。

彼女の華奢《きゃしゃ》な身体を、思いっきり抱き締めていた。

自分でも行動の意味が理解できていない。

ただ、弱みを見せてくれない彼女が愛《いと》おしくなり、ぎこちない作り笑顔を覆い隠してあげたくなったのかもしれない。

「あなたは化け物なんかじゃない」

「どこでそう思うの？」

「ちゃんと人間みたいに温かいし、良い匂いもするし、喋《しゃべ》りかたも可愛《かわい》いから」

「なにそれ、なんか気持ち悪い理由だなあ」

彼女から伝わる体温は心地良くて、冬の寒さを一時的に忘れさせてくれる。

ああ、そうだ。様々なものを失っても、この人は僕の友達だった黒井《くろい》ユリだ。

彼女は憶《おぼ》えていなくても、僕はちゃんと憶えている。

彼女の言葉遣いも、髪からほのかに香る甘い匂いも、触れ合ったときの感触や体温も、あのころから変わっていない。

いくら後悔しても過ぎた時間は巻き戻らない。ユリの力を以《もっ》てしても、過去の愚かな選択を消すことはできない。

それでも、これからの未来はまだ選択できる。

新たな選択肢を掴《つか》み、近い将来の彼女に待ち受ける過酷な運命を変えることができる。

この場にいる現在の自分が、どうすべきか。

二年前の自分にはできなかったけれど、いまもなお無力な人間だけど、もっとも大切な彼女のためにできることはある。そう信じている。

「一週間後の正午、いつもの公園で待っていてください。あなたが待ち望んでいたものを持ってきます」

ユリが楽しみにしていたものを、当の本人は憶《おぼ》えていないだろう。

対価として記憶が消え、とうに忘れているだろう。

残念だけど、皮肉にも嬉《うれ》しさを覚えたりもするのだ。

ユリから対価として消えた記憶は、彼女にとって大切なものだったと思うから。

「キミが知ってるワタシがなにを待ち望んでいたのか、ちょっと興味はあるなあ。この会話も一週間後までに憶えていられるかわからないけど、行けたら行くね」

「結局来ないフラグみたいな台詞《せりふ》、やめてください」

「ちなみに、いつもの公園ってどこ？」

「僕とユリが初めて会った場所です」

「それがわからんから聞いてるのに〜？　まあ、たぶん行かないけどね」

「放課後、待ってます」

「上からの命令以外では動かないからさあ」

「どうせヒマ人でしょ？　遊びに来てください」

「しつこいなあ、キミも。ここで見たこと聞いたことは、すぐに忘れるように。うっかり誰かに話しちゃったら、さっきの女子大生と同じ目にあうかもしれないから」

「あなたとまた会えるなら、いろんな人に話しまくります」

「おもしれー男だなあ。そういう怖いもの知らずは嫌いじゃないけどねえ……まあ、以前のワタシを知ってる人とは滅多《めった》に出会えないし、楽しくお喋《しゃべ》りできたから、そのよしみで今日のところは見逃してあげよう」

僕の腕から離れたユリは曖昧な返事をしながら歩き出し、「次はないからね」と警告も忘れず、夜の駅前を歩く人波に溶け込んで消えていく。

生半可に背後から引き止めても、彼女の足は止まらない。それくらい足早だった。

「待ってるから！　僕は、あの場所で！」

ユリの姿が消えた路地の暗闇に向かって、必死に叫ぶ。

あのとき僕の記憶を消さなかったから、再びあなたの前に現れた。僕がしつこく諦めきれないのは、きちんと仕事を完遂しなかったあなたのせいでもある。

宮本《みやもと》さんの前で記憶を消したふりをして僕を密《ひそ》かに見逃した、ユリも悪いのだ。

僕はまだ、ユリに対してやり残したことがある。

あらためて無力さを噛《か》み締《し》めるとともに、ほんの僅かな希望の光も確かにある。

せめてもう一度だけ会いたい。

あなたが無邪気に喜んでくれる顔を、もう一度だけ見せてほしい。

この先、ユリにとって絶望的な結末しか待ち受けていないとしても、僕と一緒にいるときだけは、ありふれた人生になってほしい。

再び会えるのかはわからないけれど、僕が彼女にできることは、それだけだ。

自宅に全速力で帰ってきた僕は部屋に駆け込み、机の引き出しに眠っていたタブレットを二年ぶりに掘り起こす。

充電ケーブルをぶっ差し、電源を入れ、無我夢中でペンを走らせた。

いま思えば、このタブレットからすべてが始まっていた。

中学の陽キャ連中が画面に大きな傷を入れ、ユリが触れたあとに傷が消えていた。

僕が落胆しているのを目の当たりにし、彼女はこっそり優しさを与えてくれた。

いまなら誤魔化《ごまか》すことなく、はっきりと自覚している。

僕は、黒井《くろい》ユリが好きだ。

ぼっちに優しくしてくれた、からかう姿や笑顔が可愛《かわい》かった、一緒に遊ぶのが楽しかった、僕の下手くそな漫画を褒《ほ》めてくれた、唯一の友達になってくれた。

ちょろいと言われようとも、ぼっちの拗《こじ》らせ男が片思いをするにはじゅうぶんすぎる理由だろう。

だから、またペンを握る。初代・公園の主だったころのユリが楽しみにしていた新作漫画のネームを描いている。

あれだけ待ち望んでいてくれたのに、僕が挫折した。あなたがいなくなり、描き続ける意味を見出《みいだ》せず、簡単に放り投げてしまった。

もしかしたら思い出してくれるかもしれない。

二日間の疑似恋人で経験したものを物語に落とし込み、そこで得た初めてだらけの感情を登場人物にも感じさせていけたら、二年前のユリを思い出してくれる。

ありえるはずがないのに、おぼろげな奇跡に縋《すが》りつきたい。

その一心が腕を突き動かし、授業中や休み時間でも漫画を描く。

物静かな陰キャが教室の隅でタブレットを凝視しながら、黙々とペンを動かしている姿は悪い意味で注目を集めやすく、他の生徒たちからの変な視線を度々感じる。気持ち悪いと思われているかもしれない。

でも、周りにどう思われようが関係ない。

こいつらにとっては僕など存在感の薄いモブでしかないだろうが、僕から見たお前らも他人と群れることしかできない典型的なモブであり、僕の人生に不要。

友達や大切な人は、数が多ければいいものではない。

たった一人でもいいじゃないか。僕が好きな相手に読んでもらえたら、できれば褒めてもらえたら、それだけで構わない。

それだけあれば毎日が楽しみになり、放課後が待ち遠しくなるのだから。

一日、二日、三日と瞬く間に時間が過ぎていき、特になにもしていなかったこの二年近くの中で、日時の経過が最も早く感じた。

僕自身も助かっていた。なにかに熱中しているうちは余計なことを考えなくて済む。

目先の期待感に覆い尽くされ、不安や怒りを一時的に忘れられる。

「塔谷《とうや》くーん、まだ漫画なんて描いてたの？」

授業のため教室を移動している途中、廊下でたむろしているグループの中にいた見知った顔の男に声をかけられる。

中学の同級生で、同じ高校にたまたま進学した元クラスメイト。

僕のタブレットをふざけて扱い、落として傷を入れたくせに反省や弁償をしなかった連中の一人でもあった。

どうせロクなものじゃない。損しかない。時間の無駄だ。

無視した僕はそのまま直進し、そそくさと立ち去ろうとした。

「そいつ誰？　お前の知り合い？」

グループの中の顔見知りではないやつが、元クラスメイトに関係性を尋ねる。

「中学の同級生だった塔谷。こいつ、階段の下に隠れて下手くそな漫画を描いててさー、どうせ誰も読んでくれないだろうから俺らが善意で読んでやろうとしたら、ついうっかりタブレットを落としちゃってな。あのときの顔真っ赤にした塔谷の怒りかたを思い出すだけで笑えるわ！」

「やめとけよー、塔谷くんが可哀《かわい》そうだろー？」

「こいつ、どんな漫画を描いてたと思う？　バカにされてた陰キャが異世界で異能を使って強敵を倒すみたいな願望丸出し感がめちゃくちゃ笑えたんだよ！　あれ、実はコメディ作品だったのかな？」

この世界は、酷《ひど》く理不尽だ。

優しい人ほど過酷な運命が待っていたり、不必要なクズはのうのうと楽に生きたり。

不快な笑い声に包まれ、僕の中で感情を塞《せ》き止《と》めていた箍《たが》が外れた。

「……冗談じゃねえよ」

「あ？　聞こえねーな……がっ……!?」

右の拳を振り上げる。

耳に手を当てる仕草をしてきた元クラスメイトの頬《ほお》を近距離から躊躇《ちゅうちょ》なくぶん殴り、よろめいた相手を床に押し倒して、そのまま馬乗りになった。

「……どうして!!　どうしてお前みたいなカスが平然と生きられて、ユリがあんな運命を背負わなきゃいけないんだよ!!」

「いきなりなんだ、こいつ！」

「消えろ!!　お前が消えろよ!!　お前なんていらねえんだよ!!」

胸ぐらを掴《つか》み、また殴る。

右の拳が高熱を帯び、赤くなっても、殴る。

かろうじて封じ込めていた複雑な想《おも》いが決壊し、もはや制御不能に陥ってしまった。

「お前らみたいなカスどもが笑う世界なんて歪《ゆが》んでる!!　どうしてユリなんだよ、どうして!!　なんでお前みたいな人間が消えないんだよ!!　なあ!!　元クラスメイト!!　わかるなら教えてくれよ!!」

「塔谷《とうや》！　てめーも底辺のカスだろうが！」

「僕も底辺のカスだけど大切な人くらいはいるんだよ!!　その人を救えるんだったら喜んでお前を消してやる!!　お前は僕にとってどうでもいい存在だから、まったく躊躇《ちゅうちょ》しないからな!!」

「ひっ！　や、やめろって！　だ、誰か先生を呼んできて……！」

元クラスメイトが怯《ひる》み、怯《おび》えたように目を瞑《つぶ》る。

しかし、振り上げた拳が動かなくなり、殴れなくなる。

明らかに異常な事態。焦った周囲の生徒たちが止めに入り、騒ぎを聞きつけて駆けつけた教師によって僕も羽交い絞めのような格好になってしまう。

「ユリを助けてくれよ!!　お前がユリの代わりに消えてくれよ!!　僕も一緒に消えてやるからさあ!!」

相手にとっては僕が無様に叫ぶ言葉も意味不明。関係ない。理性が抑えられない。中学から蓄積されていた膨大な想《おも》いが火花となり、導火線に引火した。

「なあ、頼むよ……。誰か……ユリの身代わりになってくれ……」

僕は羽交い絞めされながらも元クラスメイトへ殴りかかろうと、もがいていた。


一時、騒然としていた校内。

職員室に連れていかれた僕は家に帰され、お互いに非があるとのことで停学は免れた。

大人しい陰キャほどブチ切れたときにヤバい、とか、校内の一部で好き勝手に囁《ささや》かれているらしいが否定はしない。

僕はすっきりしたし、案外これでよかったのかもしれない。

ざまあみろ、あいつ。見下していた陰キャに仲間の目の前でボコられて恥をかいただろうな。

中学から抱えていた鬱屈が吹き飛び、気持ちは晴れやかになったままである。

もはや学校に未練などなく、これからの僕がやりたいことがはっきり見えており、自室に籠りながら漫画をひたすら描き進めた。

下手くそだろうと、あの人に喜んでほしい。それだけのために。

＊＊＊＊＊

ユリに再会した夜から数日後。

姉《ねえ》ちゃんが仕事から帰宅したタイミングを見計らい、僕もリビングに移動した。

「今晩は僕が夕飯を作ってもいいかな？」

「お前が？　いきなりどうした……？」

「弁当とかカップ麺はもう飽きちゃったし、たまには姉ちゃんと一緒に食べたいなって」

「うん、まあ……私は構わねえけど、お前はさっき弁当を食ってただろ？」

「気にしない、気にしない。部活してる高校生の食欲は無限なんだよ」

「……帰宅部がほざくなよ」

突然の提案に困惑する姉《ねえ》ちゃん。

エプロンをつけた僕はキッチンに立ち、下ごしらえをする。

姉ちゃんが夕飯を作らなくなってから食材はあまり買い溜《かだ》めしていないけど、じゃがいもや玉ねぎなどの野菜は定期的に買い足していた。

いつか記憶を取り戻した姉ちゃんがまた夕飯を作ってくれて、二人でくだらない話をしながら食べる日が来るのではないかと、おぼろげに信じて。

皮を剝いたじゃがいもをレンジで加熱し、柔らかくなったら潰す。その他の野菜も食べやすい大きさに切り、これもレンジで温める。

あとは味付け。いろいろと思い出しながら調味料を加え、料理が出来上がった。

リビングのテーブル前に座っていた姉ちゃんの前に、料理が盛られた小鉢を置く。

「お前、これ……」

「姉ちゃんがよく作ってくれた味のポテトサラダ。これしか作れないけど……」

これを山盛り食べながら、僕は育ってきた。炊いた米と姉ちゃんお手製のポテトサラダを何度もお代わりして、ぼっち生活を乗り越えてきた。

「お前が子供のころはそんなことも……あったかな。よくわかんねえや」

「子供のころだけじゃない。ちょっと前まで……姉ちゃんは僕のために、毎日作ってくれたんだよ」

「……そっか」

姉ちゃんはもう料理を作ってはくれない。

その現実はとっくに受け入れてはいても、二年前から消えていた家族の時間はどうしても取り戻したかった。一時的でもいいから、二人で夕飯を食べたかった。

やや俯《うつむ》き、小さく呟《つぶや》いた姉ちゃんはポテトサラダの頂を箸先で掬《すく》い、口に運んだ。

「なんだよこれ……」

咀嚼《そしゃく》したあと、姉ちゃんは戸惑う。

「ごめん、味が違うよね……姉ちゃんの作りかたとか味付けを思い出しながら作ってみたんだけど……やっぱり無理だったみたい」

少しでも再現したかった。再現できるように願った。

姉ちゃんの記憶とともに失われた大好きな味を、僕が復活させられたらと。

悪あがきだろうとも、一縷《いちる》の望みに賭けて。

「どこかで食べていた味だ……懐かしいな……」

姉ちゃんの瞳が揺れ、雫《しずく》が頬《ほお》を伝う。

憶《おぼ》えている。忘れていない。

たとえ記憶が欠けてしまったとしても、身体《からだ》や心に刻まれた大切なものは、ふとした瞬間に蘇《よみがえ》るのだと知った。姉《ねえ》ちゃんが零《こぼ》した綺麗《きれい》な涙が、その証《あかし》だろう。

「お前と一緒の夕飯なんて……ずいぶんと久しぶりな気がする……」

「うん……」

「転落事故があってから、それまでお前と過ごした日常がどういうのだったか……あまり思い出せなくなった。お前とどう接したらいいのか……わからなかった」

「うん……知ってる」

「ダメな姉ちゃんで……ごめんな……」

初めてだった。

僕の前で大粒の涙を流し、声を震わせる姉ちゃんを見るのは。

違う。僕のせいなんだ。

僕が無力だったから。未来を変えようとする勇気すらなかったから。

流れに身を任せるだけの傍観者にしか、なれなかったから。

「ダメじゃない。僕の家族は……たった一人の姉ちゃんだけだから。家族として大好きだから」

服の袖で涙を拭った姉ちゃんはポテサラを一瞬で食べきり、小鉢を差し出す。

「北斗《ほくと》、ポテサラお代わり……」

「めっちゃ気に入ってるじゃん！」

「なんかもう、ダメだ。ああ、ムカつく。美味《うま》いわ、これ。ふざけんな」

口は悪いけど、絶賛されている。

まさかのお代わり要求が嬉《うれ》しすぎて、僕もさらに……泣きそうになってしまう。

「ご飯もそろそろ炊けるから、たくさん食べて。最低でも三杯」

「ポテサラでご飯三杯は無理だろ……」

「僕は姉ちゃんにそう育てられたんだけどなあ」

「ははっ……だったら食ってやるかあ」

僕らは久しぶりに、二人で向かい合いながら夕飯を食べた。

この瞬間を、密《ひそ》かに待ち望んでいた。

姉ちゃんとくだらない話をしながら食べるご飯は本当に美味《おい》しくて、ほんの細《ささ》やかだけど、楽しかった家族の時間が戻ってきた……そんな気がした。

過去が消えてしまったとしても、思い出はまた作り直せばいい。

たった一瞬になろうとも、僕らは家族に戻った。それがなによりも嬉しく、ありふれた人生の幸せだった。

「明日からは私が夕飯を作るから、その……また一緒に食べるか。自炊のほうが金も節約できるし、たった二人の家族だもんな。うん、そうするか」

「賛成！　やっぱり姉ちゃんのご飯がないと始まらないよね！」

僕は嘘つきだ。

できもしない約束をしてしまい、そこはかとない罪悪感がチクリと胸を刺す。

家族の時間を取り戻すのが遅かった。

姉《ねえ》ちゃんと夕飯を食べながら、僕は物悲しさと名残惜しさのようなものを感じていた。

嬉《うれ》しいはずなのに。楽しいはずなのに。

このときの僕はもう、これから先の未来を悟り始め、この細《ささ》やかな日常が長くは続かないことを覚悟していたのかもしれない。


約束の日……とはいっても、僕が一方的に決めた待ち合わせの日を迎える。

大きめのリュックを背負い、バネがついた動物の遊具に跨《また》がって彼女を待つ。

ここで不満をぶちまけていたとき、ユリは話しかけてきた。

それから僕の人生は一変し、つまらない毎日が〝特別な日々〟になり、灰色だった景色が鮮やかに色づいて見えた。

短いあいだだったけれど、一生分に匹敵する充実が詰まっていた。

待っている時間も心が躍る。これも彼女に教えてもらった初めての気持ちだ。

時刻は正午を回る。

平日の昼間なので子供の元気な声はあまり聞こえず、僕に馴《な》れ馴《な》れしく絡んでくる小学生たちもまだ来ていない。

公園の出入口のほうを何度もチラ見するが、彼女らしき姿はない。

もどかしさが膨れ上がり、どうにか発散したくなった。

「ユリのバカ野郎〜っ！」

動物の遊具で揺れながら、大声を出してみる。

「僕をからかって遊びやがって！　顔が可愛《かわい》いからって許されると思うなよ！　僕みたいな非モテ男子はちょっと女子に優しくされたからって惚《ほ》れると思ったか？　無駄に距離が近いし、ボディタッチも多すぎるんだよ！　恋愛経験がない僕は変な勘違いをするからやめてくれ〜！」

公園の利用者から変な視線を浴びるが、最近の僕は無敵人間になりつつある。

「そういうところも可愛いなあ、くっそ……」

うっかり漏れる小声での嘆き。

もしこれが恋愛頭脳戦だったら僕の完敗である。

そうこうしているうちに太陽が分厚い雲に隠れ、いまにも雪が降り出しそうな冷気が降りてきた。上半身が震えるほど寒い。

ユリと初めて会ったときも、まだ初雪のない冬だった。

確か、あいつの第一声は――

「こんな世界なんて消えてしまえばいいのにねえ」

背後からの声。

脳内再生ではない。実際の声が耳に届いた。

思わず上半身だけを振り返ると、声の主が立っていた。

「遊具に乗ってるキミの姿を見た瞬間、この台詞《せりふ》が言いたくなったんだ。どうしてだろうねえ？」

一週間前にも見たはずなのに、右目の眼帯姿にはまだ慣れない。

右腕の存在感も皆無で、身体《からだ》を少し動かすたびに肩から下の袖が揺れる。

痛々しい姿に目を背けたくなるが、しっかりと直視した。僕が責任から逃れるわけにはいかない。助けられなかった罪を背負い、受け入れる。

「二年前もいまも、それが本音だから……じゃないんですか？」

「本音かあ。二年前のワタシもそんなこと思ってたのかなあ」

こんな世界なんて消えてしまえばいい。

当時は意図がわからなかった言葉でも、いまの僕はユリの心情を理解できそうな気がする。この世界はつまらなくて、窮屈で、見えない悪意に満ちている。

ユリの人生ならばなおさら、そう強く感じていただろう。

僕のぼやきとは比べものにならないくらい、ユリの第一声には重みがあったのだ。

「この場所は知ってる気がする。たとえ脳が忘れていても、遊具の形とか環境音とか、周辺の家から漂う夕飯どきの良い匂いとか……細胞の一つ一つが憶《おぼ》えてるような、なんともいえない懐かしさがあるなあ」

「あなたは公園の主でしたからね。たくさんの小学生たちを従えて、ここでは最強の存在でした」

「小学生相手にイキってたワタシ、カッコ悪くない？」

「年下をキッズ呼ばわりしてイキってたところも含めて可愛《かわい》かったですけど」

「あー、そんなこともあったかなあ。もう、よくわかんないや」

次第に切なさが込み上げてくる。

この台詞が言いたくなった。知ってる気がする。わかんないや。

これらの言葉を聞くだけで、息苦しい。

「あなたはこの場所が大切だと思っていたから……記憶から消えてしまったんです」

「たぶん、そうなるね。だからこの場所に向かって足が動いたのかもしれない。知らないはずの場所なのに、知ってる気がしたからさあ」

ユリからも記憶が中途半端に消え、断片的な欠片《かけら》しか残っていないという現状をあらためて思い知らされ、僕は奥歯を噛《か》み締《し》めた。

姉《ねえ》ちゃんのときと同じだ。すべて真っ白に塗り潰されたほうが思い残しもないのに、ところどころに二年前のユリの面影が微《かす》かながら残されているので余計に辛《つら》くなる。

僕は以前までの彼女を知っているから、無意識に比べてしまうんだよ。

「それで、ワタシが待ち望んでいたものってなに？」

これには興味があるらしく、問いかけてくる。

ユリをここに呼びだした一番の理由だ。

「二年前、僕は漫画を描いていました。素人の下手くそなものでしたけど、ユリはちゃんと読んでくれて、熱い感想を毎回語ってくれていたんです」

「二年前のワタシ、とても偉いね」

「でも、ネタ切れで続きが描けなくなってしまって……そんなとき、新作を描くことを勧めてくれたのが、あなたでした。銀髪の少女が少年と出会い、逃避行してありふれた人生を求める話です」

「その新作は当時のワタシに読んでもらえたのかい？」

「読んでもらえませんでした。あなたは僕の前から姿を消し、二年も会えなかったので」

「キミを期待させるだけさせておいて、自分はさっさといなくなるなんて……ワタシは最低な女の子だなあ」

申し訳なさそうに苦笑いをするユリ。

「だから今日、新作の漫画を描き上げて読んでもらう……つもりでした。最初は順調だったんですが、〝とある事情〟で途中から筆が止まってしまったんです」

「とある事情？」

「銀髪の少女と少年のやり取りを描くうえで大切な感情はユリが協力してくれたおかげで僕も知ることができたんですが『逃避行する二人』の描写がやはりイメージしづらくて、

これ以上は進まないんです。だって、それは実際に経験してないですから」

「新作を読ませるのは諦めた……ってことを伝えにきたのかな？」

「いえ、絶対に読んでもらって感想をもらいます。そのために――」

　ユリに向かって、僕は手を差し出した。


「東京から逃げましょう。僕と一緒に、二人きりで」


二度と後悔したくない。

ありふれた人生を守りたいがために日和《ひよ》ったりせず、選択肢を見誤らない。

あなたを〝特別な人生〟から連れ出し、僕と同じようなありふれた人生にする。

ようやく決意できた。

この二年間は必要だったのかもしれない。自らの弱さを痛感し、激しく後悔し続け、自分にとってユリの大切さに気づくことができた。

　銀髪の少女が少年と出会う、まではお互いの実体験が元になっているけれど、逃避行する二人はユリの提案でつけ足されたアイデアだった。

　いまだから思う。

　これはユリ自身の願望だったのだ、と。

　だからこうして、一瞬の迷いなくあなたに手を差し伸べられる。

あなたからはもう逃げない。

二人で一緒に、東京から逃げる。

あのとき叶《かな》えられなかった未来を、今度こそ。

「ちょっとこれは……予想外だなあ。お姉《ねえ》さんを困らせないでくれ」

やや瞳を泳がせながら、口元をふにゃふにゃと動かすユリの心情は読めない。

「ああ、もお！　よくわかんない！　キミが突然、変なこと言うから！」

よほど予想外の提案だったのだろうか。

ユリは冷静に断るわけでもなく、ただただ困り果てながら動揺していた。

「すぐに断ろうとしたのに、なぜか心がわくわくして収まらない！　キミはその理由を知ってる!?　知ってたら教えて！　ワタシはわからないから！」

「動揺してるユリ、めちゃくちゃ可愛《かわい》い」

「なにそれ!?　なんかキミと話してると気持ちがざわざわする！　腹立つなあ！」

「小悪魔なあなたにからかわれてた僕の気持ち、わかってきたでしょ？」

「そんな記憶はない！　塔谷北斗《とうやほくと》くん、だっけ!?　年下のくせに調子に乗るなよお！」

超気持ちいい。ついにユリを手玉に取る機会が訪れたのだから、気分がいい。

それに、可愛すぎる。恥じらうあなたをもっと見てみたい。

「東京から逃げたがっていたのは、あなたです。ユリは遠回しに助けを求めていたのに、僕は願いを叶えてあげられなかった……そのことをあなたは完全に忘れてはいない。わくわくしたり動揺したりしてるのが、その証拠じゃないですか」

「むう……わかんないよ、そんなの……」

否定できないらしい。

それくらいユリの心は激しく揺れ動いているということであり、二年前の記憶が消えても、やはり心の片隅には微《かす》かに残っている。それが、なによりも嬉《うれ》しかった。

「……ワタシが逃げたら、宮本《みやもと》さんが必ず連れ戻しに来る。特務長は警察庁からの出向組だから、本気になれば警察にも手を回せる」

「陰キャを極めし者のスキルを舐《な》めないでください。僕も〝消せる力〟が使える……存在感を消して誰からも話しかけられずに逃げ隠れするのは得意なんです」

「バカみたいなノリで国家権力に喧嘩《けんか》を売ろうとしているね、キミは」

「ユリが拒否っても関係ありません。僕はもう覚悟を決めました」

僕はユリの左手をしっかりと握り締め、真正面から見据える。

「……無理だよ」

「無理じゃないです」

「無理だって言ってるじゃん！　行けないんだよ！　ワタシは自由じゃないんだよ！」

ユリは声を荒らげて、悲痛な表情を滲《にじ》ませる。

「自分がなにを言ってるのかわかってる!?　キミみたいな子供がどうにかできる規模の相手じゃないんだってば！　だから、さっさとキミの日常に戻って！　キミとの再会はきっとワタシにとって良くないこと！　ワタシとはもう関わらないでよ！」

「無理とか行けないとか……ユリは『逃げることによるリスク』ばかり気にしてる！　本当に逃げたくないのなら拒絶してください！　嫌だ、とか、絶対に行かない、とか言い放ってさっさと戻ればいい！」

「それは……それはキミが！」

「僕が聞いてるのは……ユリが逃げたいかどうかだけだ!!」

はっと瞳を大きく見開いたユリ。

お互いの主張をぶつけあった僕らは冷静になり、乱れかけた息を整える。

「北斗《ほくと》くん……本気？」

「本気で逃避行します」

「ワタシが逃げたら……他の人が不幸な目にあうかもしれない。普通に生活している人たちの裏で、弱者の声がひっそりと揉《も》み消《け》されるかもしれない」

「僕は正義の味方じゃないから弱者を守る力なんてないし、ましてや赤の他人を心配する気もさらさらない。この世界で幸せになってほしいのは家族の姉《ねえ》ちゃんと、僕に構ってくれた小学生たちと、唯一の友達になってくれたユリだけです」

「ずいぶんと拗《こじ》らせてるねえ、キミは」

「この世界は僕に冷たすぎたので、ずいぶんと拗らせてます。ほぼ独りぼっちで守るものがほとんどない僕は無敵人間ですから」

「目がマジじゃん。あー、なんでワタシもちょっと興奮してるのかなあ……以前の自分を恨むよ……」

「他の誰かのことは考えなくていいです。ユリがどうしたいのか、教えてください」

視線を逸《そ》らすユリだったが、大きな溜《た》め息《いき》を吐《つ》き、僕の瞳に再び視線をぶつける。

「……ワタシの未来は、キミに委ねてみよう」


ユリも覚悟を決め、僕の手を力強く握り返してくれる。

それを合図に、僕らは走り出す。

行き先はとりあえず東京駅。そこからは気分で目的地を決めればいい。

特務4課の目が届きづらい場所のほうが逃げやすいので、都心から離れた田舎が最適だろう。

最寄り駅までの道を駆け抜ける。

人を隠すには人ごみの中。繁華街や駅の周辺は人々の往来も激しく、『電車に遅れそうだから全力で走る恋人同士』として風景に溶け込んだ。

勝手に恋人同士だと括《くく》っているのは、手を繋《つな》いでいるからである。

吐く息は白い。足に蓄積されていく疲労や息切れすら爽快に感じ、身体《からだ》も軽くなっていく。先導する僕に負けじと追走するユリの口元は緩み、なんだか楽しそうに見えた。

最寄り駅の前に着いた瞬間〝とある人物〟が待ち伏せしており、僕らは立ち止まる。

「駆けっこ遊びをするのは結構だが、電車は使わないだろう？」

人差し指で眼鏡を持ち上げた宮本善《みやもとぜん》が、僕らの前に立ちはだかった。この人はユリの保護者であり、監視する立場でもある。こうなるだろうとは覚悟していた。

「やはり、二年前のユリは小僧の記憶を消してなかったようだな」

さすが賢い大人。

ユリの行動を事前に察知し、僕らの思惑はすでに把握していたのだ。

「特務長に報告はしてない。ここで引き返して家に帰れば、見なかったことにしてやる」

「宮本さん……ワタシは……」

ユリが弱い声音で呟《つぶや》いたところで、僕が手で制す。

「お断りだ、って言ったら？」

「ワガママなガキどもは、力ずくで家まで引きずってやろう」

宮本さんの眼鏡が妖しく光り、眉をひそめた表情からは多大なる重圧を放つ。

二年前の僕だったら怯《ひる》んで、臆して、大人しく従っていたかもしれない。

だが、僕は後悔を繰り返さない。自分の選択を後悔し、自責を繰り返し、ユリの願いを叶《かな》える最後のチャンスがようやくやってきたのだ。

「このままあんたらのもとにいたら、ユリの大切なものはすべて消える。ユリ自身もいつか消える。それは宮本さんもよくわかってるはずです」

「ああ、わかっている」

「だからあんたらのもとからユリを連れ出します」

「国家権力を敵に回しても……か？」

「だから、なんですか？」

怯まない。目を背けない。脅しには屈しない。

宮本さんが放つ威圧に一ミリも後ずさりせず、しっかりと地面を踏みしめた。

「世界中を敵に回してでも、ユリを守る。僕はそのために生まれてきた」

こんな台詞《せりふ》、僕の人生では絶対に言わないだろうと思っていた。

バトル漫画などで憧れてはいたが、現実でそんな状況になる人間などいないから。

でも、いまなら恥ずかしげもなく宣言できる。

黒井《くろい》ユリを守れるのは世界中でただ一人、塔谷《とうや》北斗《ほくと》だけだと――

押し黙った宮本さんが実力行使にでるかと思いきや、身に纏《まと》っていた圧力が和らぎ、やや視線を下げる。

「ユリ、俺たちが初めて会った日のこと憶《おぼ》えてるか？　組織の監視下に置かれたお前はまったく懐いてくれないどころか、ずっと死んだような目をしていた。両親を消したお前の心はもう壊れる寸前だったのだろう」

そして、宮本《みやもと》さんは穏やかな口調でユリに語りかける。

それは、僕が知らないころのユリの話だった。

「俺も内心では『厄介なガキの面倒を見る羽目になってしまった』と辟易《へきえき》していたし、お前も心を開いてはくれなかった。特務長からの命令で仕方なく世話していたが、一緒に遊んでいくうちに、お前はゆっくりと心を開いてくれた。懐いた俺の指示なら黒井《くろい》ユリは従う……便利な駒としてユリの身柄を引き取った特務長の思惑通りになったし、あくまで仕事だと割り切っていた俺もユリに同情するつもりなんてなかった」

宮本さんの声音が不安定に揺れる。

「お前が公園の主として大勢の子供に囲まれるようになるまで、俺はお前の遊び相手をしていたんだ。お前にとって〝大切な記憶〟を増やすために……対価として支払える記憶を増やすために……命令でやっていた」

「宮本さん……ワタシは……」

「あのときのお前はなにをしても無表情でな、笑わせるのに大変だったんだぞ」

「ごめん……」

「最初は仕方なく遊んでいたのに、いつの間にか本気で楽しんでいた。命令なんてすっかり忘れてたな……」

「ごめん、もう憶《おぼ》えてないんだ……」

「自転車……お前のおかげで乗れるようになったんだ。お前が笑ってくれると思って、練習したんだ……」

「子供のころに宮本さんと過ごしていた日々はもう……」

記憶から消えた。

ユリが濁した言葉の先は、言わなくてもわかってしまう。

大切なものが消える。消せば消すほど、ユリから消えていく。

彼女を一番近くで見続けてきた宮本さんが、最もよくわかっているはずだ。

「宮本さんは悪い人だけど、ワタシにとっては良い人だっていうのは忘れてない。顔を見たり声を聞くだけで、なんか安心できる……ワタシのどこかに、優しい宮本さんの面影はずっと残る」

ユリにとって、宮本さんと過ごした日々は大切なものだった。

嬉《うれ》しさと残酷さが同居する宮本さんの心情を、僕は察する。

ほぼ同じなんだ、彼と僕は。

この世界はおかしいと思いながらも空気を読み、現状を変える力どころか勇気さえもなく、自分に言い訳をしながら傍観者を演じていた。

だから、彼の気持ちが僕にはわかる。痛いほど、よくわかる。

「……職場から去るやつのことをいちいち憶えていたらキリがない。ユリのことも、そのうちあっさり忘れるだろう」

「ドライな大人だなあ」

ユリの的確なツッコミに、堅物の宮本《みやもと》さんが微《かす》かに笑う。

「小僧……いや、塔谷北斗《とうやほくと》。俺と違って、お前は傍観者であることを拒んだ。その選択に後悔はないか？」

「はい、もちろんです。二年前の選択を後悔し続けてきたからこそ、今度こそは〝ユリをありふれた人生に〟します」

「本当か？」

「はい」

「本当の本当か？　神に、いや俺に誓えるか？」

しつこい。相変わらずの頑固で真面目な人である。

「僕はユリを守るので、宮本さんは姉《ねえ》ちゃんを守ってください。唯一の心残りなので……また危ない目にあわないよう、姉ちゃんを見守ってくれると嬉《うれ》しいです」

「貴様に頼まれなくても最初からそのつもりだ。俺も傍観者であり続けるのには嫌気が差してきたところでな、あの人に気づかれないように陰から守っていくよ」

「頼みます。宮本さんにとって姉ちゃんはたった一人の友達なんだからできますよね？」

「向こうはもう友達だとすらと思っていないだろうがな」

「もし宮本さんとの思い出が記憶から消えていたとしても、また友達になればいい。あんたたちは……こっちが照れ臭くなるくらいお似合いですから。家の裏庭で煙草《たばこ》でも一緒に吸えば、また仲良くなれますって」

「黙れ。余計なお世話だ、ガキが」

宮本さんが軽く息を吐き、再び微笑《ほほえ》んだ。

「子供は羨ましいな。勢いだけで決断できて、なにも考えずに突っ走れる。大人になると自分の現在地を守ることばかり考えて、不都合を見て見ぬふりしてしまう。俺もそうだ」

「あんたにできなかったことが、僕にはできる」

「大口叩《たた》くなよ、小僧。ユリを守りきってから言ってみせろ」

生意気な子供すぎて肩を軽く小突かれる。

「俺はいつの間にか汚い大人の仲間入りをしていたが……ユリにはありふれた人生で幸せになってほしい。塔谷北斗……あとは貴様に任せる」

温かい眼差《まなざ》しの宮本さんにユリの未来を任され、僕は反射的に身震いした。

臆したり迷う余地もない。僕は力強く頷《うなず》いてみせた。

「ユリ、お前のスマホを貸せ。履《は》いてる靴とカバンも」

「なぜに？」

「いいから、早く」

首を傾《かし》げるユリを急《せ》かし、宮本さんはスマホや靴、小さいカバンなどを受け取る。

そして、持参していた真新しい靴と『小さい鍵』をユリに渡した。

「逃亡や拉致などの可能性を考えて、お前の居場所はＧＰＳで把握されている。このまま逃げても一瞬で行き先がバレて捕まるだけだ」

「スマホのGPSは知ってたけど、靴とカバンにも仕込まれていたのは気づいてなかったねえ。特務4課、用心深すぎ～」

「その代わり、このあたりでさっき買ったばかりの靴をくれてやる。お前の脱走を特務長に気づかれないように裏工作しても、時間を稼げるのはせいぜい明日までだ。それ以降はもう知らん。がんばって逃げてくれ」

僕らを見逃す。これが、傍観者だった宮本《みやもと》さんなりの選択。

勢いにまかせたガキのワガママも理解し、傍観してくれる。

宮本さんが手渡した鍵は、主に家の鍵でよく見かけるディンプルキーだった。

「この鍵は……」

「お前ならわかるはずだ。記憶から消えていなければ、な。俺が持っていても使い道がないものだからお前が持っていればいい」

鍵をじっと見つめるユリには心当たりがあるようだ。

「このリュックも持っていけ。現金三十万円とクレジットカード、交通系ICカード、お風呂セットに歯ブラシ、フェイスケア用品、着替え、ハンカチとポケットティッシュ、栄養補助食品、観光ガイドブック、お前のバイト代を貯金しておいた隠し口座の通帳も入れてある。それから……」

「子供が修学旅行に行く前日の過保護な親かあ！　でも助かる！　宮本さんってクソ真面目な眼鏡野郎だったなって……ちょっと思い出してきた気がするよ」

「……そうか。よかった」

「ちょっと泣きそうになってない？　クソ真面目な眼鏡野郎っていうところ、怒っていいよ？」

「……バカを言え。こんなことで大人がいちいち泣くはずがないだろう」

……などと言いつつ、目元を擦《こす》った宮本さんの目には薄《うっす》らと光るものがあった。

この人は善人ではないけれど、妹みたいなユリのことを大切に想《おも》っていたのは疑いようがない。それだけでも、僕は心から憎めないのだ。

靴を受け取ったユリはそれを履《は》き、履き心地を確かめるようにその場で足踏みした。

「サイズもぴったりだあ」

「当たり前だろう。いままでお前の靴を用意していたのは誰だと思っている」

「いままでいろいろ……たぶん、たくさん迷惑も心配もかけたね。ありがとう」

宮本さんに近づいたユリは感謝の意を伝え、軽くハグをした。

そして、僕らは最寄り駅のほうへ再び歩き出す。

「宮本さんが憶《おぼ》えていてくれたら、それだけでいいや！　どっちかが忘れなければ、その思い出は完全に消えない！　ワタシはそう思うから！　宮本さんは忘れないでね！」

駅前に取り残された宮本さんへ、後ろを振り向いたユリが左手を大きく振った。

宮本《みやもと》さんはそれを横目で見届けると、駅前の人波へ消えていく。

ユリと宮本さんはもう……二度と会うことはない。

この別れは、そんなふうに思えた。

最終章　消せる少女

この二年間でワタシはいろんなものを消し、大切なものが自分から消えた。

試験運用だった特務4課が正式に設立され、本格的な〝バイト〟が始まったからだ。

愛用していた小物やお気に入りの木が消え、死なない程度の内臓や身体《からだ》の部位、右目の視力、そして大切な記憶……もうよくわからない。どうでもいい。上からの命令でなにを消して、自分からなにが消えたのかをいちいち把握するのも馬鹿らしくなってきた。

記憶喪失とは異なるから基本的な知識や経験は忘れていないし、日常生活にも支障はないものの、人間としての温かみは次第に失われていく。

命令に忠実な操り人形から、もはや壊れかけの化け物になりつつあった。

痛みは消えない。大切じゃないものは消えてくれない。

ワタシ自身が消えるまで胸の痛みは感じ続け、苦しいだけの日々は終わらない。

永遠に続く生き地獄。

消えたい。一刻も早く、この世界から——

何度か試した。自らの意思で自分自身は消せない。

大切なものがすべて消えたときだけ、最後にワタシ自身が消える。

ただ、頭を空っぽにして命令に従った。

その瞬間がくるまで、消しては消えて、消しては消えて……恐怖することにすら慣れ、自分が消えるのを待つだけだった。

特務4課の調査官から、とある情報が共有された。

厚労大臣の息子が女子大生に暴行未遂をして、息子を庇《かば》おうとした示談を断った被害者側が被害届を出そうとしている、と。

ただでさえ不祥事続きで内閣支持率が危険水域に達している中、この件が週刊誌等で大きく報じられたら大臣の辞任は不可避であり、首相の任命責任も問われるだろう。

特務4課は少数精鋭のため影響の大きさや緊急性の高い案件しか扱わず、特にワタシの〝消せる力〟を使う案件は厳選しているのだが、この件は宮本《みやもと》さんが担当を任された。

つまり、ワタシが〝バイト〟をする重要案件ということだ。

被害者側の情報を宮本さんが調べあげ、個人情報のみならず趣味、学力、持ち物、曜日別の行動パターンに至るまでデータ化し、一人になりやすい場所や人目につきにくい時間帯をもとに〝バイト〟の決行日時が決まる。

標的になった人の頭を掴《つか》み、記憶の一部を消すまでの数秒間……相手が泣いたり許しを請うのを何度も、何度も、何度も見てきた。

自分がしくじれば、この人たちは自殺や事故を装って消される。

五年前に特務長からそう示唆された。

五年前。ワタシが最初にバイトをした日。その時の残酷な経験により洗脳状態にされ、手を汚すのを躊躇《ためら》わない大義名分ができてしまった。

皮肉なもので、こういった記憶や残像は脳内から消えない。大切ではないから、残り続ける。相手の顔が夢に出てくるたびワタシは罪悪感に苛《さいな》まれていたが、その感情もいつの間にかあまり感じなくなり、義務的に〝バイト〟を熟《こな》すようになっていた。

ワタシにとって大切な罪悪感は、とっくに〝消えて〟しまったのだろう。

今回も同じ。暴行未遂事件の被害者にはいっさい落ち度はないけれど、命じられたからやる。やがて自分自身が消えるために、やる。

それだけのために、消す。

そんなときだった。

被害者の女子大生の頭を掴《つか》んだワタシの前に、『おもしれー男の子』が現れた。

塔谷北斗《とうやほくと》と名乗る男の子は、なぜかワタシの名前を知っている。

二年前のワタシも詳しく知っているような口ぶりだった。

男の子の顔は憶《おぼ》えていなかったけれど、声はなんだか聞き覚えがあるような気がした。

記憶が消えていても、身体《からだ》のどこかは憶えていたのかもしれない。

あるいは本能や第六感なるものが必死に叫んでいたのかもしれない。


ああ、以前のワタシはこの男の子を大切に思っていたんだ。


大切なものが消える対価。

彼についての記憶があまりないということは、それしか考えられないのだ。

彼はワタシを連れて「東京から逃げよう」と言ってくれた。

自分の心はちゃんと憶えている。だからこそ、この言葉を聞いた瞬間、嬉《うれ》しさが湧き上がり、胸の鼓動が収まらなくなった。

ワタシは思ったよりも身勝手だったらしい。

どうでもよくなった。自分が逃げることで生じる様々な心配事など、この男の子と逃げ出す楽しみに比べたら、もはやどうでもよくなった。

たぶん、待ち望んでいたんだ。二年前のワタシが、彼の言葉を。

ワタシは彼の……北斗くんの手を取った。

走り出したらもう止まらない。この暴走を止める術《すべ》はない。

宮本《みやもと》さんに別れを告げ、未成年二人の逃避行が始まった。

東京駅行きの電車に乗り、中継地である東京駅で下車した。

さすが首都の主要駅。レトロな外観の大きな駅舎に有象無象の人間たちがこれでもかと敷き詰められ、様々な方向に歩いている。

しかし、東京駅は〝バイト〟で何度か出向いたことがあるため、目新しさはない。

「ここから行きたいところとかありますか？」

北斗くんにそう聞かれ、一つの場所が脳裏を過る。

「ねえ、行きたい場所があるんだけど、キミは付き合ってくれるかな？」

「あなたが望むならどこへでも付き合いましょう」

北斗《ほくと》くんの返答を確認し、ワタシは新幹線の切符売り場のほうへ進路を変えた。

「逃避行する場所は、ワタシの地元に決定しました」

＊＊＊＊＊

東北新幹線の自由席。

平日の昼間なので席はかなり空いており、ワタシたちは二人席に肩を並べて座れた。

窓の外を眺めてみると、凄《すさ》まじい速度で景色が流れていく。大宮《おおみや》を通過したころには高いビルはあまり見当たらなくなっており、栃木《とちぎ》県のあたりでは田畑に雪が積もっていた。

「北斗くん！　田んぼに雪！　田んぼに雪がある！」

「マジですか!?　うわあっ、ほんとだ！」

「トンネルに入った!?　北斗くん！　耳が塞がってる感じがしない!?」

「ほんとだっ！　なんか聞こえづらいです！」

はしゃいでいるガキが二人います。

東北新幹線の沿線周辺は田畑とトンネルが多く、いちいち反応してしまう。

修学旅行なんて行ったことがないけれど、これぐらいワクワクするんだろうな。

記憶から消えただけかもしれない。でも、いまのワタシにとってはこういうのも初めての経験だから、純粋に楽しんでしまっている。

今後〝消せる力〟を使わなければ、この新たな思い出は消えない。

だからたくさん、大切なものを増やしていきたい。

そんな細《ささ》やかな願いを胸の中で唱え、ワタシは密《ひそ》かに微笑《ほほえ》んだ。

お昼ご飯がまだだったので、東京駅で買っておいた駅弁を二人で食べたりもした。

飲食物はほとんど宮本《みやもと》さんが用意してくれていたから、こうして食べたいものを選ぶのも初めてだと思うし、新幹線の中で駅弁を食べるというのも密かな憧れの一つだった。

ワタシが買ったのは極厚芯たん弁当。おかずと白米が上下に分かれたセパレートになっており、上段が厚切りの牛タン、下段が白米になっている。

利き腕じゃない左手では箸も持ちづらいが、右腕が消えてからは左手を使う機会ばかりになったため、ぎこちないながらも慣れてきた。

「あら、牛タンが逃げる」

まあ、こうして牛タンの切れ端を何度か掴《つか》み損ねたりはするけれど。

「いろいろあったのに、ユリのテンションは以前と変わらないですね。自分がいちばん辛《つら》いだろうに、明るく振る舞って……この二年間の空白がウソみたいに思えます」

「いろんなものは消えたけど、日常生活は送れるからねえ。これ以上、なにも消さなければ……なにも消えない。なにも消さなければ、いまのワタシからは変わらない」

「そのための逃避行ですもんね……」

「シリアスな顔やめな〜？　お楽しみの駅弁タイムなんだからさあ」

北斗《ほくと》くんの前髪を軽く撫《な》でてあげると、彼は照れ臭そうな顔をしてみせた。

せっかくの逃避行なのだから、無駄な心配をさせたくない。

このテンションが正しいのかは定かではないけれど、以前の彼と親しかったワタシの影を追い、ぼやける記憶を頼りにしながら、黒井《くろい》ユリらしい振る舞いを演じてみせた。

「お、美味《おい》しい！　牛タンも分厚い！」

切り分けられた牛タンの一切れを頬張《ほおば》った瞬間、予想以上の柔らかさと香ばしさでお口が幸せになる。これは初めて食べる……と思うんだけど、そんな気があまりしない。

ふと、ワタシの家族と思われる映像が脳裏を過った。

味覚が、舌が、微《かす》かに憶《おぼ》えているのだろうか。幼いワタシと両親が新幹線に乗り、駅弁を食べながら旅行先に向かったときの思い出を。

もうほとんど消えてしまっているのに、不思議だな。

「緑の葉っぱが巻かれてるおかずみたいなのって食べられるんですか？」

北斗くんが素直にそう質問してきた。

牛タンのそばに添えてある、葉っぱが巻かれた珍しい食べ物に興味があるようだ。

「これはしそ巻きっていう食べ物で、練り味噌《みそ》をシソの葉っぱで巻いて揚《あ》げた郷土料理だよ。ワタシの地元ではよく食べられてたなあ」

「僕はずっと東京育ちだから、郷土料理には疎くて」

「食べてみる？」

「いいんですか？」

「はい、あーん」

箸で摘《つま》んだしそ巻きを北斗くんの顔の前に差し出すと、彼は視線を右往左往させながら、やや頬を赤らめて、しそ巻きを一口で頬張った。

「……あっ、意外な味！　でも、美味《うま》いですね！」

「でしょでしょ？　大事な記憶はどんどん消えたくせに、こういうどうでもいい知識は消えないいんだあ」

「なんか……ごめんなさい」

「シリアスな顔やめな～？」

すぐ泣きそうになる北斗くんは本当に優しい子なんだな、とあらためて感じた。

ワタシのことをちゃんと想《おも》い、心から心配し、救おうとしてくれている。それが二年前のワタシへの想いだったとしても、いまのワタシはそこはかとなく嬉《うれ》しいのだ。

「北斗くんの駅弁、地雷也《じらいや》の天むすじゃん！　バイト終わりにこれを見かけたとき、宮本《みやもと》さんが『月に使える生活費の上限は決めてある。予算外の余計なものは買わない』とかぬかして買ってくれなかったんだよねえ」

「駅弁を買ってもらえなかった記憶はちゃんと残ってるんですね。それくらい悔しかったんですか？」

「ほんとに日常の中の何気ないやり取りだったし、あまり大切だと思ってなかったからかな。逆に言えば、宮本《みやもと》さんとの思い出はもう数えるくらいしか残ってないんだ。そしたら天むすを買ってもらえなかっただけの出来事も、すごく大切に思えてきてさ……〝消せる力〟を使い続けたら、そのうち消えちゃうんだろうなあ」

大切なものが消えていくたび、それまでどうでもよかったものまで大切に思えてくる。だから、次に消える。どんどん消えていく。

「あのクソ真面目な眼鏡さんもワタシと一緒に誰かを不幸にするような仕事をしていたけど、保護者としてはたぶん良い人なんだよね。あの人との思い出もだいぶ消えちゃったけどさ、完全には忘れたくないなあ」

いずれ空っぽな化け物になる未来が待っていた自分を、北斗《ほくと》くんが救い出してくれた。宮本さんは見て見ぬふりをして不器用に送り出してくれた。

だから、ワタシは最後まで楽しむよ。この旅を、最高の思い出にするよ。

「天むす、一つ食べますか?」

「いいねえ！　ワタシの牛タンと交換っこしよう！」

「それ賛成です！　牛タンって何気に食べたことなかったんですよ！」

「ワタシも天むすは初めて食べる！　記憶から消えただけかもだけど！」

「記憶が消えたネタを気軽に使うのやめてください！　反応に困るので！」

ほぼ貸し切り状態の車内。ワタシたちはお互いの駅弁を交換し、他愛《たあい》もないお喋《しゃべ》りをしながら、二つの味をシェアして堪能した。

一番盛り上がった会話は『新幹線の硬いアイス、どこ探しても売ってなかった』だったけど、どうでもいい話題だから記憶からはたぶん消えない。一度は食べてみたかったから心残りではあるけどね。

いや……この時間すら『心から楽しい』と自覚した時点で、すでに大切な記憶になったのかな。


最後かもしれない自己中的なワガママ。

ありふれた人生に戻りたい。

一つの命令で数々の人を不幸にしてきたワタシでも、許されるのなら。

たとえそれが、終わりに近い逃避行だとしても――

＊＊＊＊＊

東北新幹線と陸羽東線《りくうとう》を乗り継ぎ、おおよそ三時間半ほど。

二両編成の電車を降りたワタシたちが到着したのは、鳴子温泉《なるこおんせん》駅だった。

常に鼻を通り抜ける温泉独特の匂い。道路わきの溝は温泉が流れているところもあり、排水溝の蓋からは湯けむりが立ち上っている。周囲には緑豊かな山々。駅から少し歩いた細い道路沿いには老舗旅館やお土産屋さんが所狭しと立ち並んでいた。

　雪は降っていないけれど、前日あたりまで降っていたと思わせる残雪が路肩に積もっているため、それもまた温泉街の雪景色として非常に美しかった。

　懐かしい。よく憶《おぼ》えていない部分のほうが多いものの、不鮮明な懐かしさがじんわりと胸の内に広がってくる。

「ここがユリの地元なんですか？」

「そう、小学生のころまでこのあたりに住んでたから、九年ぶりくらいかな」

　現在のワタシが十九歳だから、十歳前後くらいまで住んでいたことになる。

「なんか……すごいところだ」

　北斗《ほくと》くんが周囲を見渡し、呆気《あっけ》に取られていた。

「よくありそうな田舎の温泉街じゃない？」

「僕、子供のころからインドア派だったので家族旅行とかもあまり行ったことなかったんです。修学旅行もぼっちには辛《つら》すぎるから、仮病で……」

「……なんかごめん」

「そういうときは明るく励ましてくださいよ」

　つい思わずワタシのほうが気を遣ってしまった！

「とにかく、こういうところは僕にとって未知の場所なんです。もちろんわからないことだらけなので、地元民だったユリが案内してください」

「最初からそのつもりだよ。憶えている範囲で案内するね！」

今度は攻守逆転。ワタシが北斗くんの手を握り、思いっきり走り出す。


駅前にある喫茶店、まるゆ。

店名のフォントや外観はいかにも昭和レトロな雰囲気が漂うものの、店内は改装されているため現代風のお洒落《しゃれ》な印象だった。

地元民らしきご年配の方々がゆっくりと食事をしている空間に入り、席に着いたワタシたちもメニュー表を見る。

「どれも美味《おい》しそうではあるんですけど、さっき駅弁を食べたばかりじゃないですか」

なんだかんだ付き合ってくれる北斗くんが、まっとうな意見を述べる。

「この喫茶店、子供のころ両親に連れてきてもらってたと思うんだよねえ。店構えを見たとき、なんとなくそう思ったからさ」

「あまり記憶に残ってないんですか？」

「かろうじて憶えているのは、ここのナポリタンとクリームソーダが好きだったことくらいかな。家族が仲良かったころ……ワタシの〝消せる力〟が、家庭を崩壊させる前にね」

「それじゃあ……大切な思い出だったんですね……」

「消えちゃったってことは、そうなんだろうねえ。同じ料理を食べたら、もしかしたら思い出しちゃったりして」

ワタシは軽い雑談として呟《つぶや》いたつもりだったのに、意外と繊細な北斗《ほくと》くんは重く受け止めてしまったようだ。

「ユリの家族の話、知りたいです」

「あらためて語るほどの大した話じゃないよ。元々はありふれた平凡な家庭だったのに、ワタシが偶然にも〝消せる力〟に気づいて親に話したら、父親は動画のチャンネルを立ち上げて金儲《かねもう》けに利用した。見世物にされたワタシはアンチからインチキだと叩《たた》かれるわ、学校では悪目立ちするわ、父親は会社を辞めて生き物を消すみたいな炎上スレスレの動画を強制してくるわ……もう最悪な状況だったの」

「もしかして、その動画チャンネルって……『いのいのチャンネル』ですか!?」

「北斗くん、知ってるの!?」

「僕が小学生のころに少しだけ話題になってたので……ユリと最初に出会った日にタブレットの傷が消えていたとき、ふと思い出したのが『いのいのチャンネル』の自称・超能力少女だったんです。ああ……ここに繋《つな》がっていたのか……」

「世間って狭いねえ」

チャンネルは宮本《みやもと》さんによってすでにアカウントごと抹消され、違法転載などを含めた関連動画も削除済みではあるが、九年前くらいの出来事なので北斗くんが憶《おぼ》えていても不思議ではない。

「ワタシを庇《かば》う母親に対して父親が暴力を振るうようになってさ、殺す勢いで蹴ろうとしていた父親から母親を咄嗟《とっさ》に守ろうとしたら、目の前から父親が消えてた。ワタシが消して、その対価として母親も消えた。それだけの話さ」

「それだけって……」

「こういう悪夢みたいな思い出はいつまでも消えないんだよねえ。ほんと、ワタシはたくさんの人たちのありふれた人生をぶっ壊すだけの呪いみたいな存在なんだなあ」

「ユリは呪いなんかじゃない……」

「特務長がつけた『黒井《くろい》ユリ』って偽名にも〝呪い〟の意味が込められてるんだよ。ワタシは誰からも愛されずに、利用されるだけ利用されて消える運命だったのかなあ～って」

黒百合《くろゆり》の花言葉は呪い。ワタシの偽名にこれ以上、相応しい花はない。

ワタシがそこまで話した途端、目を大きく見開いた北斗くんは、ワタシの両肩を真正面からしっかりと掴《つか》んだ。

「悪い記憶は消えないのなら僕が忘れさせてあげます。たくさん楽しい思い出を作って、ユリを悲しくさせるような過去は消し去る。僕にはそれができると思うから」

「北斗くん……」

「それが、僕だけに与えられた〝消せる力〟です」

そう力強く断言し、ワタシの瞳をしっかりと見つめてくれる。

これは不意打ちすぎたなあ。年下の男の子に心を揺さぶられ、思わず漏らした吐息にも微熱が生じるなんて。忘れているだけなのか、未経験なのか。こんな感情にさせられたことがないから、はにかんだ表情になってしまっている。

まいったね、これは。おそらく二年前のワタシは北斗《ほくと》くんを相当気に入っていたんだと思う。そうでもなければ、こんなに心が揺れ動かされるなんてありえない。

頰《ほお》から生じるじんわりとした熱さは暖房のせいか、それとも――

「僕もナポリタンとクリームソーダで」

「そうだね、注文しよっか！」

二人だけの逃避行は、ありふれた小さな幸せにしたい。

いつか対価になって消えるとしても、北斗くんには残り続けるはずだから。

北斗くんが忘れなければ、ワタシに何度も思い出話をしてくれるはずだから。


程なくしてナポリタンとクリームソーダが運ばれてきたのだが、北斗くんが卓上に置かれていた粉チーズを手に取った行動を見逃さない。

「えっ？　北斗くんはナポリタンに粉チーズかけるの？」

「かけますよ？」

「そのままの味で食べるよ？」

「普通は粉チーズかけますよ？」

「かけるとしても一口くらいは食べたあとに味を変えるんじゃない？」

「食べる直前にたくさんかけますよ？」

「えっ？」

「えっ？」

ひょんなことで粉チーズ論争が始まり、それからサッポロ一番は味噌《みそ》か塩か論争に飛び火し、最終的に目玉焼きには醤油《しょうゆ》かソースかみたいな、くだらない言い争いが五分くらい続いた。

それも楽しかった。すごく、楽しかった。

こういうありふれた瞬間を、ワタシは恋い焦がれていたのだから。

なんだっていい。

いまのワタシはありふれた女の子なんだって、感じさせてくれたら。

それだけで、幸せだった。

家族とナポリタンを食べたときの鮮明な記憶はもう戻ってこないけれど、古き良き喫茶店の席で味わうナポリタンとクリームソーダは、やっぱりどこか懐かしかった。

そのあとは北斗くんをいろんな場所へ連れまわした。

餅処《もちどころ》・深瀬《ふかせ》の栗《くり》だんごをテイクアウトで買い、「まだ食べるんですか!?」と驚く北斗くんと肩を並べながら食べ歩きをした。北斗くんが栗だんごのパックを持ってくれて、ワタシが左手に持った箸で栗だんごを拾う。

口に入れた途端、食べた覚えのある食感。脳内に眠る懐古を叩《たた》き起こすような甘み。

これだ。ここはワタシの地元だった。

こんな時間は二度と戻ってこないと思っていた。この街にも二度と帰ってこないと覚悟していたし、家族との思い出とともに記憶の隅で覆い隠していた。

仲良しだったころの家族としていたような日常を、北斗《ほくと》くんとなぞっている。

栗《くり》だんごを初めて食べた北斗くんが無邪気な顔で「栗だんご美味《おい》しい！」と言ってくれたのも嬉《うれ》しかった。背伸びをしているけれど、この男の子もまだ子供なのだ。

「まだお子様だなあ、義務教育キッズ」

だからなのか、この台詞《せりふ》が自然に口から零《こぼ》れた。

「もう義務教育じゃないので、キッズとは呼ばないでください。でも……ユリにそう言われるのは嫌いじゃないので、たまにそう呼んでください。たまにでいいですよ」

「なんか面倒なやつだなあ、キミは」

「うっ……」

「なんで泣きそうになってるの!?」

「二年ぶりにそう呼ばれたので……」

二年前のワタシは北斗くんのことをからかって、義務教育キッズと呼んでいたらしい。

瞳を潤ませている北斗くんは、ほんとに……可愛《かわい》いやつだ。

もう義務教育は卒業してしまったらしいけど、たまにはそう呼んであげようか。

食べ歩きをしたあとは、下地獄源泉《しもじごく》の足湯に行った。

木造の屋根の下に数人ほどが向かいあって座れるような長方形の木桶《きおけ》があり、近くの源泉から常に流れ込む温泉が足元に溜まっている。

屋根を支えているのは木の柱だけなので道路からは丸見えの構造だが、ふらっと訪れた人でも気軽に無料で利用できるため、ワタシも小さいころはよく来ていた気がした。

平日の夕方近くなので利用客は誰もおらず、貸し切り状態だ。

まず先にワタシが靴と靴下を脱ぎ、木桶の縁に腰掛け、素足をお湯に浸した。

「あったかあぁあああい……」

魂が抜ける。山沿いの冬は突き刺すように寒いけれど、かなり熱めな足湯のおかげで全身が温まる。心地良い痺《しび》れが足先から頭のてっぺんまで上っていくようだ。

「僕、ここに来てよかったでえええええす……」

「来てよかったでしょおおおおおおお……？」

気持ち良すぎて蕩《とろ》けそうになる若者二人。お互いに目を閉じて「はあああああ」とか「ほおおおおお」とか言いながら息を吐いていると、地元のお年寄りになった気分だ。

二十分くらい浸《つ》かり、身も心もほっこりとしたところで足湯から出た。

「実はここで温泉たまごも作れるんだよ。北斗くんもやってみる？」

「うまい温泉たまご、作りましょう！」

じつはこの場所、温泉たまごを作れる装置こと【温泉たまご工房】がすぐそばに設置されており、装置の中に溜まっている超高温の源泉に卵をそのまま浸《つ》けることで誰でも自由に（業者以外）温泉たまごを作れるのだ！

北斗《ほくと》くんもノリノリだったので、温泉たまご工房に近づいてみたら、冬のあいだは利用不可と書かれていた。久しぶりすぎて忘れていた。悲しい。二人揃《そろ》ってがっくりと肩を落としたが、気を取り直し、他にも様々な場所へ北斗くんを連れまわした。

北斗くんはどこへでも、お供してくれた。

冬の日暮れは早い。夕焼け色に紫が混ざり、太陽が山の向こうへ隠れていく。

夜になると雪も降り出した。

田舎の温泉街は店が閉まるのも早いため、歩き回るのはここまでにする。

駅の構内に戻ってきたワタシたちは、放物線上に並んでいるベンチに座って休憩した。

「泊まるところには困らない場所ですが、今日はどうしますか？」

「今日泊まるところはもう決めてる。行こう」

ワタシは立ち上がり、ここからさほど遠くないその場所に案内した。

北斗くんとともに訪れたのは、住宅地の小さな一軒屋。

明かりはついておらず、物音ひとつしない不気味な家は外壁などの劣化が見られ、庭に積もった雪からは枯れた雑草も飛び出ている。

施錠されていた玄関に鍵を差し込み、ドアを開けた。

「ここがワタシの実家。いまは誰も住んでないけどね」

「その鍵……ユリの実家の鍵だったんですね」

「ワタシは知らなかったんだけど、宮本《みやもと》さんが業者に頼んで管理してくれていたみたいだねえ。九年間も放置していた割には家の中とか庭も思ったほど荒れてないし」

部屋の配置はもちろん、当時の家具や私物まで手つかずで残されているため、この空間だけ九年前に取り残されているかのような錯覚に陥った。

電気も通っているらしく、家の照明を点灯させる。

暖房が稼働していない家の中は予想以上に寒く、息も白くなる。

リビングに落ちていた赤いランドセルが目に留まり、ワタシはそれを拾い上げ、使い古した傷だらけのランドセルをじっと見据えた。

「あんまり楽しくなかったんだよなあ、小学校。中学や高校にも行けなかったし、ワタシには青春時代なんてどこにもなかったな……」

弱く微笑《ほほえ》みながら、嘆く。

幸せな思い出は、ほとんど消えた。楽しくなかった記憶は消えてくれないのに。

ぼんやりと、薄《うっす》らと、記憶の彼方《かなた》に家族の顔がぽつんとあるだけだ。

リビングの隅には小さいペットハウスが置かれており、名札がつけられていた。

――どら焼きの家。それを見た瞬間、元気な子犬がリビングを走り回っている光景が脳裏に蘇《よみがえ》り、胸がきゅっと締めつけられていく。

どら焼きとの楽しい思い出は、すでに消えた。憶《おぼ》えているのは忘れたい記憶だけ。対価で消えたどら焼きをワタシが泣きながら必死に探していたこと。

「……ようやく思い出せた。ワタシの両親は共働きで忙しかったから……子犬のどら焼きとよく遊んでた。ワタシにとっては唯一の友達で……大好きな家族だったんだよ」

消えていた思い出を取り戻せた嬉《うれ》しさと、あの時間を取り戻せない喪失感が混ざり合って、感情がぐちゃぐちゃになりそうだった。

家の中をゆっくりと歩いていき、家族との大切な思い出を少しずつ拾い集めていく。

車庫にはお母さんが使っていた軽自動車が残されていた。助手席にワタシを乗せたお母さんはよく鼻歌を歌いながら、買い物に連れて行ってくれた。

物置代わりの部屋にはクリスマスツリーもあった。クリスマスの日にはリビングにクリスマスツリーが飾られ、装飾の電球がカラフルに光り輝き、サンタの格好をしたお父さんがプレゼントを届けてくれるから、誕生日と同じくらい待ち遠しかった。

ワタシの部屋には、授業参観で描いた両親の似顔絵が飾られていた。クレヨンで描かれた似顔絵はお世辞にも上手《うま》いとは言えなかったけれど、二人は笑顔だった。

この家だけ時間が止まっている……そう感じざるを得ないほど、当時の面影は至るところに残されていた。

家族との思い出を取り戻すたびに、北斗《ほくと》くんへ自分語りをした。北斗くんは穏やかな表情で聞いてくれるから、もっと調子に乗って喋《しゃべ》ってしまった。

許してほしい。そうでもしないとさ、ワタシはすぐに泣き崩れてしまいそうなんだよ。

リビングの棚に入れてあったアルバムを手に取り、北斗くんと一緒に開く。

ワタシが生まれてから数年間の家族写真が納められていた。

赤ちゃんのときにお母さんから抱っこされている写真、お父さんとワタシが庭で遊んでいる写真、よだれ掛けをしたワタシがご飯を食べている写真、保育園の入園式の写真、お遊戯会で踊っている写真、遠足のときに先生が撮った写真、小学校入学式の写真……ほとんどにワタシが写っており、どれも笑顔に満《み》ち溢《あふ》れていた。

「昔からよく笑う子だったんですね」

「うん……めちゃくちゃ可愛《かわい》い女の子だったんだよ」

「それ、自分で言いますか」

ありふれた幸せな家族はいた。

いまはもう写真でしか残っていないけれど、確かに存在していたんだ。

北斗くんとお喋りをしながら、ゆっくりと写真を見ていく。

アルバムの隙間から一枚の写真が零《こぼ》れ、足元にひらひらと落ちた。

右にお父さん、左にお母さん、真ん中にワタシとどら焼き……このリビングで撮られた最後の家族写真は、全員がにこやかに笑っていた。

焼きプリンを大切そうに握り締めたワタシが、そこにいた。

ふと、写真の裏を見てみると、ボールペンで文字が書いてあった。

【私たちの家族になってくれてありがとう、祈里《いのり》。これからもよろしくね】

祈里。

そうだ、ワタシの名前は、祈里だった。

その瞬間、ワタシの瞳から涙が滲《にじ》み、声にならない声が漏れた。

拭っても、拭っても、拭っても、嗚咽《おえつ》混じりの涙が滴り落ちる。

「うっ、ぐっ……お父さ……ん……お母さ……ん……どら焼き……うあぁあっ……」

限界だった。抑えきれなかった。

ワタシのせいで、この家族は壊れてしまった。

この世に残ったのは元凶のワタシだけになってしまった。

「ごめん……ごめ、ん……ごめんなさい……みんな……」

いままで様々なものを消してきた人たちの顔が、脳裏を過る。

残酷すぎる対価は都合の悪い記憶を消してくれない。

謝る相手はもうどこにもいない。家族も、罪のない無関係な人も、北斗《ほくと》くんも、いろんな人の人生を捻《ね》じ曲げ、理不尽な不幸に陥れてきた。

その対価を支払い、苦しんだふりをしながら、自分が消える瞬間が訪れるのを待ち、心を殺して消し続けてきた。

「ワタシなんて……もっと早くに消えてしまえばよかったんだ……生まれてこなければよかったんだ……いろんなことを忘れて……大切な人も消えて……イヤだ……もうイヤだよお……」

そんな呪われた化け物を、誰が好きになってくれるのだろう。

「消えたい……もう消えたい……ワタシが幸せになるなんて……許されないんだ……」

許されない。泣きじゃくったところで、罪が消えるわけじゃない。

「ワタシは化け物だから……世界中に恨まれても……仕方ないよね……何度謝っても……誰も許してくれないよね……ごめん……ごめんな……さい……」

肩を震わせながら泣き喚《なわめ》く惨めな女に北斗くんが歩み寄る。

ふと視界が覆われ、安心感に包まれ、二人分の体温が混ざり合った。

「許す。僕だけは許します」

「ダメだよ……許されないよ……」

「言ったでしょ？　世界中を敵に回しても、僕だけはユリを守る。あなたが恨まれて当然の人間だとしても、僕は味方であり続ける」

「北斗……くん……」

抱き締められていた。二年のあいだに成長したらしい北斗くんの大きな身体《からだ》で、ワタシは包み込まれていた。

「キミは義務教育キッズなんかじゃないね……立派な男の子だ……」

「この二年で身長も逆転しましたし、頼りがいのある大人になりました。もう子ども扱いはさせません。僕はキッズじゃなくて、塔谷北斗《とうやほくと》です」

「うん……とってもよくわかった。塔谷北斗はワタシを安心させてくれる……最高の味方だ」

捻《ひね》りだした涙声でそう呟《つぶや》く。

ワタシのほうが子供になってしまった。抱き締められ、みっともなく泣きじゃくってしまったけれど、それを受け止めてくれる。

だから、もっと安心して身を委ねたくなってしまう。

不思議だな。いまのワタシにとっては初対面に近い人なのに……以前のワタシが内側から引っ張り出されるから、本当に困るんだ。理性を保っていられないんだ。

「年上の女の子を気取っていたくせに、ワタシはとっても泣き虫だね……」

「人間なので当たり前じゃないですか。ユリは化け物なんかじゃない。ありふれた……年下をからかうのが好きな普通の女の子です」

ワタシも抱き締め返した。弱い力だったけど、北斗くんを左腕で抱き寄せた。

「片手しかないから……あまり抱き締められないや……」

「……それでも温かいから、大丈夫です」

この人は許してくれる。化け物じゃない、と言ってくれる。

世界中を敵に回してでも、この人はワタシを守ってくれる。

ワタシが悪者だろうとも、救いようがなくとも、となりにいてくれる。

だからワタシは、キミに——

「実は……乗り換えした駅の売店でこれを買っておいたんです。以前のユリを思い出してくれるんじゃないかと思って」

北斗くんが差し出してくれたのは、焼きプリン。

「ユリのお父さんがよく買ってくれていたらしいです。誕生日のケーキを買い忘れて泣いたあなたをどうにか泣き止《や》ませるために慌てて買ったのがきっかけで、あなたの好きな食べものになったって……」

「以前のワタシはそんなことを言ってたんだね……」

焼きプリンに関する記憶も、大切なものとして真っ先に消えてしまったのだろう。

北斗くんが持ってくれている焼きプリン。ワタシは付属されていた紙スプーンで表面を掬《すく》い、口へと運ぶ。程よい滑らかさと口内に広がる甘さ……この庶民的な味が舌を撫《な》でるたび、脳裏に蘇《よみがえ》ってくる。

焼きプリンを買ってくれたお父さんの温かい声、どんなときもワタシの味方であり続けたお母さんの優しい声、独りぼっちの放課後を一緒に過ごしてくれたどら焼きの鳴き声。

「美味《お》しい……美味しいよ……」

「なら、よかったです」

止まらない。涙が、止まらなかった。

ありふれた家族だったときの幸せな音色はもう聞こえないのに、思い出の焼きプリンの味がある限り、佐倉祈里《さくらいのり》だった自分を完全には忘れさせてくれない。

敵《かな》わないいや。いったい何度泣かせるんだろうね、この男の子は。

ワタシにはもう必要ないはずの感情をたくさん教えてくれる——世界でただ一人の、特別な男の子。

「ねえ、北斗《ほくと》くん」

「なんですか?」

「かまくら、作ろうか」

＊＊＊＊＊

家の庭に出たワタシたちは雪かき用のスコップを物置から引っ張り出し、庭の雪をかき集めた。かまくらを作りたくなったのは気まぐれだけど、どうやら二年前のワタシはかまくらを作ったことがあるらしく、その際の経験値が北斗くんにもあるようだ。

その記憶がないということは、これもまた大切な思い出だったのだろう。

「大きいかまくらにしたいなあ。がんばったら一人暮らしできそうなくらいのやつ」

「一人暮らしするのは自由ですが、寝ているあいだに崩れて雪に埋まっても助けません」

「やめておこう」

「諦めるの早すぎでは？　無駄口を叩《たた》いてないで雪を集めてください」

「ちょっと一休みしない？」

「五分前に休憩したばかりじゃないですか。さあ、スコップを持ってください」

「はいはーい」

ひたすら同じ作業をしながら、隙あらばこういう無駄口を叩く。腕や足に溜まり始めた疲労感も含め、かまくら作りの醍醐味だった。

かまくらを苦労して作っても数日で崩れてしまうのに、徐々に雪山が大きくなっていくのを目の当たりにしたワタシは童心に返り、心が躍ってしまう。

二人で雪山を踏み固めるのが楽しい。空洞にするために雪をくり抜くのが楽しい。

北斗くんと過ごす何気ない日々を取り戻せたのが、本当に嬉《うれ》しい。

自然と笑顔になっていたワタシはこれから先の結末など、どうでもよくなっていた。

いまが楽しければ、それでじゅうぶんだった。

ワタシのありふれた人生は、経験できなかったはずの青春は、この瞬間にある。

永遠に完成しなければいいのに。

かまくらが完成してしまったら、ワタシの短すぎる青春に終わりが見えてしまう。

充実した心境の中に一抹の寂しさが込み上げてきてしまい、名残惜しさが滲《にじ》んできてしまうから――

「ねえ、北斗《ほくと》くんってさあ、どういう女の子が好きなの？」

「まーたあなたはどうでもいい雑談でサボろうとしてる」

くだらない雑談を振り、かまくらの完成を少しでも遅らせようと足掻《あが》いてしまうのだ。

一時間くらいかけて完成したかまくらは小さいものだったが、二人が入るにはじゅうぶんな広さだった。

それで作業は完了かと思いきや、北斗くんは近くの山林から木の枝や枯葉を大量に拾い集めてきて、かまくらの手前に並べ出す。

「北斗くん、もしかして……焚《た》き火《び》するつもり？」

「私有地での焚き火なら問題ないし、ユリがやりたそうにしてたので」

「いつワタシが焚き火をしたがってたの？」

「二年前、かまくらを作ったときです。東京の公園で焚き火できるわけがないから却下したんですけど、田舎の家の庭なら大丈夫だと思うので」

二年前のワタシはやんちゃだったらしい。ちょっと恥ずかしい。

事前に調べてきたという北斗くんは木の枝を削るなどして燃えやすい工夫を施し、持参していた着火ライターで枯葉に火をつけ、手際よく火種を作った。

火種が木の枝に燃え移り、暖色の炎が高く、大きくなっていく。

揺れる炎に手を翳《かざ》し、かまくら作りで冷え切った左手を温めていると、北斗くんはリュックサックから紫の物体を取り出した。

「さ、サツマイモ!?」

「僕の家から持ってきました。せっかくなので焼き芋しましょう」

「もしかして……これもワタシがやりたがってた？」

「イエス」

「二年前のワタシ、ただのわんぱくなクソガキじゃん！」

頭を抱えた。子供とかキッズとか、どの口が言ってんだよって感じだ。

北斗くんはサツマイモを洗い、アルミホイルで包む。

焚き火の灰になった部分にサツマイモを投入し、高温の灰の中でじっくり火を通す。

枝が弾《はじ》ける乾いた音をＢＧＭにしながら、膝を曲げた二人は焼き芋を眺めた。

「もう火が通った？　そろそろいいんじゃない？　焦げてるかもよ？　いったん、アルミホイルを剥《は》がして確認してみる？」

「まだ五分しか経《た》ってません。まずは十五分から二十分くらいは焼かないと」

「これさ……ワタシが焼き芋を待ちきれなくてウズウズしてるように見えてる？」

「実際、ユリは焼き芋にウズウズしてるでしょ」

「焚き火して、しかも焼き芋を焼いてるんだよ？　こんなに楽しい遊びある？」

「ユリと遊べればなんでも楽しいっす」

「……ちゃっかり口説いてる？」

「ちゃっかり口説いてます」

静寂が流れ、焚《た》き火《び》の音だけになった。

「キミ、もしかしてワタシのこと……好きだったりする？」

じわじわと焼けているだろう焼き芋を見つめ、聞いてみる。

「……好きです」

静かに、告白された。

「……ワタシはやめといたほうがいいよ」

「……だから、片思いでいいです。ずっと僕の片思いで」

「……そっか」

この話はこれで終わった。

二人のあいだに余計な言葉のやり取りは必要なかった。

ワタシたちのどちらも、恋人になるという未来が想像できなかったのかもしれない。

逃避行の末にたどり着く結末を、すでに察しているからかもしれない。

「焼き芋、さすがに焼きすぎじゃない？」

「やばっ！　焦げる！」

「ワタシが愛情込めて育てた焼き芋を焦がさないでよ！」

「僕が育てていたのをユリは見てただけでしょ！」

北斗《ほくと》くんは慌てて焼き芋をひっくり返し、火ばさみで突きながら様子を見た。

裏返してからさらに二十分ほど灰の中で焼き、掘り出した焼き芋をかまくらの中に持ち込んでアルミホイルを剥《む》いてみる。表面は黒く焦げていた。かなり熱々だったが、悴《かじか》んだ手にはちょうどいい。

左手の親指を器用に使いながら、やや黒くなった皮の部分を剥《は》がしてみると……艶《つや》やかな黄金色の中身がお目見えした。

サツマイモの香りを纏《まと》った湯気がかまくらに充満する。ちょっと前に食べ歩きをしたのに食欲が刺激され、ワタシは息を吹きかけてから、黄金色の焼き芋に齧《かじ》りついた。

「うまあ……」

自分の口から漏れた率直すぎる感想。ねっとりとした舌触り、芳醇《ほうじゅん》な甘さ……これだけで至福であり、ほっぺたが落ちそうになる。

となりにいた北斗くんも熱々の焼き芋に苦戦しながら、少しずつ齧っては美味《おい》しそうに息を吐いていた。

これでいい。田舎の片隅で得た小さな幸せが、なによりのご褒美だから。

これ以上の贅沢《ぜいたく》は望まないし、望めない。

冬の夜空の下、二人で作ったかまくらの中で、熱々の焼き芋を頬張《ほおば》る。

ワタシたちには、こういう時間が最高の宝物なんだ。

「これは一生、忘れられないんじゃないですか」

「……うん、大切すぎる思い出になった。一生、忘れられないや」

北斗《ほくと》くんはハニカミながらも、嬉《うれ》しそうに笑う。

ワタシもつられて、笑う。


焚《た》き火《び》が完全に消えたころ、ワタシたちは近くの日帰り温泉に行った。

さすが温泉郷のお湯。様々な効能のおかげで冷えた身体《からだ》が芯まで温まり、二人で飲んだ風呂上がりのコーヒー牛乳は格別の満足感だった。

楽しい時間はあっという間に過ぎていく。日帰り温泉からワタシの家に戻る道中、北斗くんと何気ないお喋《しゃべ》りをしながら、切なさのような感情も込み上げてくる。

「北斗くん、ワタシに読んでほしい漫画を描くんでしょ？　それを完成させるための逃避行でもあるわけだし」

「ユリの人生をモデルにした読み切り漫画です」

「楽しみだなあ。早く……読みたい」

「僕も早く読んでほしいので、もう少しだけ待っていてください」

無限じゃない。

ワタシたちに残された時間は、多くない。

ワタシの実家に戻り、北斗くんは漫画用のタブレットにペンを走らせた。イメージするのが難しかったらしい逃避行シーンの流れを考え、ネームに落とし込んでいく。

彼の横顔は真剣そのものだった。ワタシも余計な茶々は入れず、そばで見守った。

夜中になると、彼の目はたびたび閉じそうになり、頭もこくりこくりと揺れていた。

「眠いんでしょ？」

「まだいけます……」

「布団で寝なさい」

ワタシはリビングに布団を敷き、眠気に抗《あらが》って粘ろうとする北斗くんを片腕一本で引っ張り、掛け布団に滑り込ませた。

家のクローゼットに布団は一セットしかなかったので、ワタシも同じ布団に入る。

暖房は切っているのに、二人分の体温が混ざったおかげで温かい。ワタシよりも身体の大きい北斗くんがすぐとなりにいる。

照れ臭さと安心感を悟られないよう、ワタシは大人ぶって平静を装った。

「北斗くん、ドキドキしてる？　心臓の音がこっちにまで聞こえるよ」

「ユリと一緒に寝てるんだから……ドキドキしないほうがおかしいでしょ」

「年上の女の子を意識しちゃう年頃のキッズなんだねえ。ちなみに心臓の音なんて聞こえてないから安心してね」

「はっ？　ウザっ、きもっ」

カマをかけられた北斗くんはイジけたようにそっぽを向いた。

「……二年前にもこんなことありましたよね。僕の部屋に来たユリがベッドで寝たふりをしたと思ったら、そのまま本気で寝ちゃったみたいな」

「そうそう！　……と言いたいところだけど、あまり憶《おぼ》えてないなあ」

「日頃からからかわれてた僕は仕返ししようと思ってベッドに潜り込んだんですけど、僕もそのまま寝ちゃって……二人で昼寝しただけになっちゃいました。しかも、血相を変えた宮本《みやもと》さんが誤解して殴り込んできたから……あのときは本気でヤバかったです」

「そんなにおもしろそうな思い出がワタシから消えちゃったのかあ。あーあ……」

「僕が憶えていれば、この思い出はなかったことにはなりません。ユリに会うたびに思い出し笑いをしながら、この話をしてあげますよ」

「そうだね……北斗《ほくと》くんはずっと忘れないでいてくれよ」

「ユリが消さなければ、消えません」

「ワタシが消さなければ……消えないね」

　夜が更けていく。

「北斗くん、寝た？」

「……寝てないです」

　五分後。

「北斗くん、寝た？」

「……っす」

返事が怪しくなってきた。五分後。

「寝た？」

「…………」

北斗くんの寝息が聞こえてくる。修学旅行の夜の消灯後みたいなやり取りに憧れていたので、ワタシは一方的に満足した。

長いようで一瞬だった今日の日もそろそろ終わる。

「……北斗くん、おやすみ」

次第に眠気が瞼《まぶた》に圧《の》し掛かり、ゆっくりと暗闇に覆われていった。


…………


……薄暗いころに目が覚めた。

時刻は早朝に差し掛かった夜明け前、遠くから届くのはなんらかの電子音だった。

おそらく誰しもが一度は耳にしたことのある耳障りな音。

パトカーのサイレン……しかも、複数台だ。テレビをつけると早朝のニュース番組が流れており、アナウンサーが最新の情報を伝えていた。

『――繰り返し、お伝えします。昨日正午ごろ、東京千代田区で十代の女性が連れ去られる事件が発生しました。容疑者は都内の高校に通う十代の少年、女性とは顔見知りだと思われ、容疑者は自作の銃らしきものを持って逃走中だということです。現在、警察は少年の行方を追っていますが、女性の安否は不明です。容疑者は女性に一方的な好意を抱いていたとの情報もあり、恋愛感情のもつれが犯行動機に関わっているとみて……』

こうきたか、と思った。

宮本《みやもと》さんはどうにか時間を稼いでくれたけど、ここまでが限界だったようだ。

考えられるのはたった一つの可能性。ワタシの脱走に勘づいた特務4課が警察にも手を回し、連れ戻そうとしている。世界を敵に回す……それは大げさだけれど、周囲の人間がほぼ敵に見える状況になってしまった。

宮本さんの言葉で、ある程度は覚悟していたが、もう少し遅くてもよかったのに。

地元だけじゃない。北斗《ほくと》くんと遊びに行きたい場所は全国にたくさんあったから、心残りはやっぱりある。

「こうなりますか……」

北斗くんも起きていたらしく、ざっくりとした状況を知る。

「東京駅からここまで防犯カメラにも映っているだろうし、足取りは追いやすい。ここがバレるのも時間の問題だろうね……」

「もし警察に捕まったら、どうなると思いますか?」

「キミは十七歳だから実名も出ないし大きな罪にはならないと思う。ワタシは連れ戻されたあとに軟禁されて〝バイト〟をする人生に戻るだけ。ここで警察に事情を話せば、キミはこれまで通りのありふれた人生に戻れるかもしれない」

「そうしたら僕の記憶は今度こそ消されて、ユリと僕は二度と会えなくなる。命令に従って〝バイト〟を続けたユリはボロボロになって、新しく作った思い出も消えて、いつかユリ自身も消えてしまう。そんなのは絶対に嫌だから、あなたを連れ出したんです」

「それじゃあ、どうするの？」

「迷うまでもないでしょう。僕の言葉を忘れたんですか？」

——世界中が敵になっても、ユリを守る。

この言葉がワタシの脳内で再生され、心の動揺がすっと収まった。


「二人で逃げよう、どこまでも。地の果てまででも」


ワタシはそう囁《ささや》き、北斗くんと家を出た。

夜明け前の温泉街は人気《ひとけ》がほとんどないものの、パトカーの音は徐々に近づいている。

遠目には警察官らしき人影も見える。

ワタシと北斗くんは走り、走り、ひたすら走った。

二人でありふれた人生を送れる場所を求めて。誰にも邪魔されず、他愛《たあい》もない雑談をしながら、公園で遊んで、二人で食べ歩きをして、足湯に浸《つ》かって、家の庭で焼き芋でも焼く……そんな人生を、求めて。

わかっている。幸せな未来など待っていないことなど、とうにわかっているから。

闇雲に追い求めても、いいじゃないか。夢見るくらいは、いいじゃないか。

ありふれた人生を探したって、いいじゃないか。

名前を変えて、二人でこっそり働いて、畑で野菜でも育てて、ひっそりと暮らす。

それだけでいい。それだけでもいいから。

誰にも迷惑はかけていない。誰を不幸にするわけでもない。誰かを理不尽に泣かせるわけでもない。

冬の田舎町をただひたすら、人目を避けながら、二人は駆け抜けていった。

体力も尽きかけ、浅い呼吸を何度も繰り返す。重くなってきた足をどうにか前に突き出し、突破口を探す。奇跡を待つ。

警察の先回りを避けていたら、逃げ道の選択肢が徐々に狭まっていく。

心の奥底ではわかっていた。察していた。

逃げきれない。無理だって。

たとえ捕まったとしても、元の人生に戻るだけ。

北斗《ほくと》くんが元通りの人生に戻れるのなら、最悪の結末にはならない。

二度と会えなくなったとしても、いずれキミとの思い出がすべて消えてしまっても、キミがワタシのことを憶《おぼ》えていれば。

だから、最悪の結末には——

銃声が、響いた。

ワタシは一瞬、なにが起きたのかを理解できずにいた。

となりを走っていた北斗くんが前のめりに崩れ落ち、冷たい雪の地面に倒れ込んだ。

なぜ、どうして。こんなことになるのだろう。

「北斗くん!!」

ワタシはすぐに駆け寄り、倒れた北斗くんの頭を抱き抱《かか》える。

北斗くんは胸のあたりから血を流し、顔も青白くなり、明らかに意識が混濁していた。

細い路地の陰には人影。宮本《みやもと》さんと同じ真っ黒のスーツを着た男性がこちらを確認した直後、銃らしきものを北斗くんの近くに放り投げ、すぐに立ち去っていった。

ワタシは、その男性を前にも見たことがある。

塔谷希望《とうやのぞみ》が突き落とされた現場付近に、あの男はいた。ワタシがしくじったとき、尻拭いをする仕事……おそらく、あの執行官はそういう汚れた役目なのだろう。

実行犯の独断ではない。これは特務長の指示であり、揺るぎないシナリオ。

恋愛感情の一方的なもつれから相手の女性を脅して連れ去り、警察に追いつめられて拳銃自殺を図った高校生……銃声を聞きつけて間もなく駆けつけるだろう警察官は、事前情報や現場などの状況からそう判断しやすい。

ワタシがいかに真実を述べたところで、意味はない。このまま警察官に保護され、特務

4課に引き渡されたら、彼を庇《かば》う機会すらない。彼が死ねば、それで終わりだ。

考えが甘かった。甘すぎた。

特務4課が秘密を知る者をそのままにしておくはずがなく、最終手段として塔谷希望《とうやのぞみ》のときのように強引な口封じをする可能性もじゅうぶんに考えられた。

口封じではなく、追い詰められた容疑者の自殺。これが特務4課の筋書き。

「北斗《ほくと》くん!! 北斗……くん!!」

北斗くんの意識はまだ途切れていない。

薄れゆく視界の中で、ワタシになにかを伝えようとしている。

「ユ……リ……僕は……」

「喋《しゃべ》らなくていい……!! いま、傷を消してあげるから!!」

「キミと……二人……で……ありふれ……た……人生……それだけで……僕は……」

北斗くんの手を握ったが、異様に冷たくなっていく。

呼吸が浅くなっていく北斗くんの瞳から、一筋の涙が頬《ほお》を伝っていった。

「ユリが……僕に……とっての……とく……べつな……」

北斗くんの涙が雪の上に落ち、彼の意識が、ぷつんと途切れた。

終わる。逃避行が、終わる。

ありふれた人生が、終わる。

子供だけの逃避行は最悪の結末を以《もっ》て、終わる。

「はあ……はっ……はっ……」

不規則に乱れた自分の呼吸音が遠ざかっていく。

北斗くんも、ワタシも、ありふれた世界を閉ざされていく。

どうしてこうなるのだろう。

絶望の淵《ふち》に叩《たた》き落とされ、みっともなく泣くことすらできなくなった。

ワタシの瞳は光を失い、頭の中は真っ白に塗り潰され、髪の色が白銀に染まっていく。

足元から白い光が舞い上がり、夜明け前の空に拡散していった。

最初の〝バイト〟で精神が不安定になり、この力が制御できなくなったときと同じ……いや、それを遥《はる》かに超える光の粒が美しく舞い、雪のように降り注いだ。

以前、宮本《みやもと》さんが言っていた言葉――

『いずれお前は、この世界を消してしまうんじゃないか？』

いまならわかるよ。その言葉の意味が。

北斗くんがゆっくりと瞳を閉じ、こんな世界に心底の絶望をした瞬間、ワタシの感情はコントロールを失い〝消せる力〟はいっさいの制御ができなくなった。

駆けつけた警察官たちは威嚇するどころか、その場で動けず、棒立ちで見惚《みほ》れる者すらいた。視線の先にいる銀髪の少女に対する恐怖か、それとも、美しさへの羨望か。

「こんな世界なんて消えてしまえばいいのにね」

北斗《ほくと》くんとありふれた人生を送れない世界など、必要ない。

この呪いは、神様が与えてくれたリセットの権限なのだとしたら、この薄汚い世界は消えてしまったほうがいいという審判を下す。

降り続ける光の雪がすべてを覆い尽くしたとき、この世界は消える。終わる。

この世界が消えたら、ワタシはどうなるのだろう。

無になった世界で、生き続けるのだろうか。

それとも、対価として自分も消えるのだろうか。

どうでもいい。

生き地獄のような日々に戻るくらいなら、消してしまえばいい。

北斗くんがいない世界に未練などない。


それでいい。

それで、いい。

消えてしまえばいい。

消えて……


……それでいいはずなのに、北斗くんの顔がしきりに過る。

二歳年下の男の子は、ワタシの中で〝特別〟だった。

二年ぶりに再会し、消えかけたワタシの心を何度も、何度でも、揺さぶってみせた。

二年前の思い出はほぼ消えているのに、完全に忘れさせてはくれなかった。

目を瞑《つぶ》っている北斗くんの傷に光の雪が付着し、胸元に染み出していた真っ赤な血も綺《き》麗《れい》に消えていく。

「キミは本当に可愛《かわい》い寝顔をしているね……」

北斗くんの涙を指先で拭い取り、頰《ほお》を優しく撫《な》でてあげた。

以前のワタシもこうして彼の寝顔を眺めていたのかな。彼との大切な思い出がたくさん消えてしまったのは、いまさらだけどなんだか悔しい。

この人のためなら自分は消えてもいい。世界を消してもいい。

そう思わされたのだから、キミの勝ち。ワタシの完敗だ。

数多くの罪を犯したワタシは報いを受ける。これが、その報い。

この人と一緒にありふれた人生をもっと、もっと、歩んでみたかったな。

「普通の女の子に……生まれたかったなあ」

心より、神様を恨むよ。


彼と話すのが楽しかった。

彼をからかうのが楽しかった。

電車に乗ってはしゃぐのが楽しかった。

かまくらを作るのが楽しかった。

焼き芋を焼いたり美味《おい》しいものを一緒に食べるのが楽しかった。

待ち合わせするだけで胸が躍った。

新作の漫画を読ませてくれると約束してくれた。

世界中を敵に回しても、ワタシを守ると誓ってくれた。


彼と逃避行できて、本当によかった。


二年前のワタシはもっとたくさんの大切な記憶があって、北斗《ほくと》くんのことをもっと〝特別〟に想《おも》っていたかもしれない。

これから先、二人でもっと生きられたら、きっと様々な感情を教えてくれる。

でも、それは不可能だと最初からわかっていた。

どう足掻《あが》いても、どこに逃げても、子供二人では立ち向かえないとわかりきっていた。

だから、こうするしかない。こんな世界は綺麗《きれい》にリセットしてしまったほうが、いい。

消えたくない。

消したくない。

この世界が消えてしまったら、北斗くんとの日々も消えてしまう。

終わらせる。

終わらせたくない。

二つの感情が対立し、思考を著しくかき回す。


嫌だ。嫌だ。嫌だ。

未練《おも》があった。後悔があった。

思い止《とど》まる理由があった。


「そういえば……北斗くんの新作、まだ読ませてもらってないなぁ」


唯一にして最大の未練が、ここにあった。

世界をすべて消さなくていい方法はあった。

ワタシの存在だけが、みんなの中から消えればいい。

誰も自分を知らない世界になれば、ワタシたちはありふれた人生に戻れる。

「キミとワタシが一緒に笑い合える未来はどこにもなかったけれど……お互いが〝ありふれた人生に戻る〟ことはできるから」

このあとワタシは対価で様々なものを失い、人間の形を保てなくなって通常の生活を送れなくなるかもしれないし、キミと過ごした記憶もすべて消えているかもしれない。

だから、キミの記憶も消すよ。

ワタシのことを好きになってくれたキミに、嫌われたくないから。

これ以上の醜い姿でキミを傷つけてしまうのは、本当に嫌だから。

キミはいつだって優しい子だったから、心配をかけさせたくないんだよね。

遠くから見ている。ワタシとキミに共通したなにかが、二人を繋《つな》いでくれる。

これは別れじゃない。ありふれた人生の、始まり。

〝消せる力〟がなければ、ワタシとキミはきっと出会わなかった。

〝消せる力〟のせいでワタシたちは奇跡的にも出会ってしまった。

だから、キミの中からワタシを消す。本来のキミに戻す。

健やかに眠っている北斗《ほくと》くんの頭を撫《な》でる。

優しく、何度も、撫でる。

忘れないように。

北斗くんを、忘れないように。

「うん、キミはもう……大丈夫だ。一人でも歩いていけるね」

二人で一緒に過ごすことはできなくなるけれど、キミのありふれた人生を、ワタシは応援しているから。どちらかが憶《おぼ》えていれば、思い出はずっと消えないから。

でも、もし、キミがワタシのことを思い出すことがあったら、そのときは、ワタシを探してみてください。
どこかにいるかもしれません。
どこにもいないかもしれません。
それでもいいなら、いつか、会いに来てください。

紫が薄くなった夜明けの空を見上げる。
幻想的な光の雪はすでに積もりつつあり、世界を覆い尽くそうとしていた。
この光景はすぐにみんな忘れてしまうだろうけど、みんなが抱えている辛《つら》い感情を一時的にでも〝消す〟ことができていたら、いいな。

「さよなら、またね」

〝消せる力〟を行使した。

ワタシの選択は――

じゃあね、北斗くん
ありふれた人生のどこかで会えたら、また友達になってください

エピローグ

目を覚ますと、そこは真っ白い天井だった。

周囲には無数のベッドに医療機器の数々……もしかしなくても、僕は病院のベッドで寝かされていた。

麻酔のせいなのか意識がぼやけ、直近の記憶も定かではなかった。

治療を担当した医者が言うには、僕は観光地である温泉郷の道端に倒れており、救急車で病院に運ばれたらしい。なぜか大量の血液を失っていたが、治療が早かったおかげで一命をとりとめ、大きな後遺症もなく、こうして目覚めたというわけだ。

どこにも傷らしい傷はなかったものの、胸のあたりに少しだけ何らかの跡があったという。結局、原因は不明だった。

これは後日わかったことだけど、僕が倒れていた現場付近には警察官も来ていた。

その真相を追う姉《ねえ》ちゃんが取材する限りでは、なぜそこに警察官が出動していたのかを明確に説明できる人はいなかったという。出動していた警察官ですら憶《おぼ》えていなかった。

なぜ、僕は一人であそこにいたのだろう。

思い出せそうで思い出せないのが、とても気持ち悪かった。

意識を失っているあいだ、僕は長い夢を見ていた気がする。

銀髪の女の子と一緒に都会から逃げ出し、追手から逃げるように逃避行をした。

その女の子とたくさんの思い出を作り、僕は片思いをしていた。

夢はすぐ忘れる。女の子の表情はぼやけてしまい、もう思い出せない。

もどかしくもあり、不思議な感覚がいつまでも残っている。

夢に出てきた彼女は、どこかに咲く花のような名前だった。

学校帰りに遊びに立ち寄っていた公園の小学生たちに聞いても、みな首を傾《かし》げるばかりで、もちろん誰も知らなかった。

僕は一人で公園に遊びに来るようなやつだったのだろうか。よくわからない。

誰に聞いても、教えてくれない。

この世界で〝花のような名前をした銀髪の少女〟を知っている人は、一人もいない。

なんとなく、そう思った。

いない人間を知っているはずがない。当然のことなのに、胸の奥に痞《つか》えた異物が痛みを引き起こし、じくじくと熱を帯びた。

この夢を完全に忘れてしまわないうちに、僕なりの手段で描き残しておこう。

タブレットを取り出した僕は、そっとペンを握った。

＊＊＊＊＊

そして、季節はあっという間に流れていく。

高校を卒業した僕はバイトをしながら週刊少年誌の新人賞に投稿し、数ヵ月後に受賞の連絡をもらった。

画力はまだ粗削りだけど、ストーリーは光るものがある。顔合わせをした担当編集にそう褒《ほ》められ、僕は照れ笑いを浮かべた。

嬉《うれ》しい。喜ばしい出来事のはずなのに、なぜだろう。

物足りなさのようなものが、心の中から消えてくれないのだ。

僕は何かを欲し、ずっと求めている。

病院で目が覚めたあの日から、今日までずっと、何かを探している。


そんな気が、ずっとしている。


その後はネームを提出してはボツ、ネームを提出してはボツを繰り返す期間が続いた。

プロの世界は甘くない。新人賞はスタートラインであり、ここから週刊少年誌の読み切りを勝ち取るのでさえ、激戦なのである。

アイデアがまとまらず、気分転換に散歩をしていた僕は、中高生時代に通っていた公園の前を通りかかる。

遊んでいたころの面影が重なっていくのに、ぼやける部分があった。記憶の中にいる僕のとなり、不自然な空白が紛《まぎ》れ込んでいる。

一人分の空白がなんなのか、思い出そうとするだけで軽く眩暈《めまい》がした。

僕は、大切なことを忘れている。

どこを探しても、探しても、答えは見つからない。

あの夢の正体がわかるような気がして、僕は冬になるたびこの街を彷徨《さまよ》い続けている。

公園のベンチに腰掛ける。

この場所で漫画を描いていた映像が脳裏を過り、中学から使っているタブレットを起動させ、保存されているファイルを漁《あさ》った。

とあるファイルを見つけ、スクロールしていた指が止まった。


ファイル名【銀髪の少女が少年と一緒にありふれた人生を求め、逃避行する物語】

ファイルの更新日時は二年前の冬。

高校生のときに途中まで描いた漫画のデータだった。

家族を失った少年の前に銀髪の少女が現れ、残酷な世界から二人は逃げ出す……そんな逃避行が描かれた読み切りの漫画だった。

しかし、未完成のまま更新が途絶えている。

強い既視感。病院で見た夢も、同じような物語だったから。

悪を倒す物語じゃない。

悪から逃げて、逃げ続けて、好きな人とありふれた人生を手に入れるだけの話なのに、僕はこの物語をよく知っている。なぜかわからないけれど、鮮明に知っている。

なぜだ。銀髪の女の子の顔が、声が、ぼやける。

知っているのに、知らない。

自分の記憶が、自分に嘘をついている。気持ち悪い。吐きそうだ。

俯《うつむ》いて頭を抱えた僕は深呼吸を挟む。

既視感を抱く未完成の原稿にペン先を置き、止まっていた物語の続きを描き始めた。

これは僕にしか描けない。僕が描き上げなくてはいけない。

待っている人がいる。これを読んでくれる人がいる。

心が騒ぐ。胸が躍る。腕が震える。

近くに誰もいない公園の片隅で、僕だけの中にある物語を描き続けた。

僕が知らない誰かの笑顔が、見たい。

ただ、それだけのために——


春が訪れるころ、僕は読み切り漫画を掲載できることになった。

これでようやく漫画家と名乗れる……などと安堵《あんど》する間もなく、狭い作業部屋にこもって全神経を注ぎ、担当編集と二人三脚でクオリティを上げていく。

眠気を堪《こら》えながら、疲労を隠しながら、弱音を零《こぼ》しながら、ひたすら液タブのペンを動かし続け、原稿は無事に僕の手から離れていった。

壮大な達成感と、心地良い疲労感。

でも、心が満たされることはなかった。

なにかが足りない。欠けている。それがわからないまま、読み切り漫画が掲載された週刊少年誌の発売日を迎えた。

たくさんの人が祝ってくれた。

エゴサしてみたら、良い感想が数多く投稿されていた。

姉《ねえ》ちゃんもご馳走《ちそう》を作ってくれて、家族二人だけの細《ささ》やかなパーティを開いてくれた。

ＳＮＳを通じて中高時代のクラスメイト数名が『お前は凄《すご》いやつだと思ってた～』的な手のひら返しメッセージを送ってきたから、全員ブロックしてやった。

夢が叶《かな》った。自分の特別な世界を表現し、多くの人の心を動かすことができたのだから嬉《うれ》しいに決まっている。

それなのに、ようやくたどり着いたのに。

心にぽっかりと空いた穴は、いつまでも埋まらなかった。

いつか見たおぼろげな夢と、いつかの自分が途中まで描いた物語。

読み切り漫画のタイトルは、消せる少女。

消せる少女はこの世に実在しないけれど、するわけないけれど。

絶対に存在すると信じる人が、ここに一人くらいはいてもいいじゃないか。

読み切りの掲載から一ヵ月以上経《た》ったころ、僕の家に一通の手紙が届いた。

編集部経由で送られてきたそれは、読者からのファンレター。実際、たまに何通か送られてきており、ありがたく読ませてもらっている。

SNSで気軽にコメントが送れるようになった時代だからこそ、労力のかかる手書きの手紙には読者の想《おも》いが強く宿り、より一層の励みになる。

僕は差出人不明の封筒から中身を取り出し、手紙を開いた。

万年筆で書かれた丁寧な文章を、目が追う。

…………

僕の手は震え、声が詰まった。

二人だけの物語を届けてくれて　ありがとう

ヒマナヒトより

手紙に書かれた文字が霞《かす》んでいく。

僕の瞳からは一筋の涙が溢《あふ》れ、大切だった人が書いた手紙に、一滴の雫《しずく》が落ちた。

「黒井《くろい》……ユリ……」


居ても立ってもいられず、僕は作業部屋から飛び出した。

原因不明の衝動が身体《からだ》を突き動かし、走って、走って、街中を走り抜けた。

僕はきっと、いなくなってしまった誰かを探している。

激しく息を切らしながら、ときには通行人と肩がぶつかりながら、僕は全力で向かう。

かつて、笑顔がとても可愛《かわい》い女の子がいた。

僕を軽快にからかうのが大好きで、公園で遊ぶのが大好きで、美味《おい》しいものを食べるときの顔も素敵で、自分自身を『化け物』と卑下して、残酷な運命を背負っていて、ときおり優しさも垣間見《かいまみ》えて、家族を思い出しながら大泣きするような人だった。

デビュー作の元ネタになった未完成の原稿はタブレットに残されており、黒井ユリとの日々がフィクションではないことを僕に教えてくれている。

黒井ユリという人物が存在していた記憶や物的な痕跡を、あなたが全世界から消し去ったとしても〝消せる力〟ではデータまでは消せなかった。

あなたの顔ははっきりとは思い出せないけれど、自分の絵で描いている。

あなたがみんなの記憶から消えても、消せる少女の原稿を読み返すたびに、あなたとの大切な思い出を何度でも振り返ることができるから、忘れてやれない。

黒井《くろい》ユリを不鮮明な過去になんかしてやらない。

ふと、僕が描いた消せる少女の結末を思い返す。

自らの痕跡を世界中から消した銀髪の少女と、少女と過ごした記憶を消された少年は数年後に思い出の場所で再会する。右腕と右目の視力がない銀髪の少女は杖をつき、様々なものが消えた影響で身体《からだ》も弱り、可愛《かわい》らしかった声すらも消えていたけれど、とある言葉が書き記された手帳のページを少年に見せた。

【キミは、ワタシのことを知っている人なのかな？】

消せる少女の結末は、少女と少年の再会。そして、二人のありふれた日々の始まり。

ありふれた人生に戻った黒井ユリも、どこかにいる。僕らは同じ世界に生きている。

特別な奇跡なんて滅多に起きない現実の中でも、そう思うんだ。

僕はたぶん――

僕らの記憶から消えようとするあなたのことが、本当に好きだった。

会いたい。ただ、二人で話したい。遊びたい。遠いどこかに行きたい。

それだけのために、目先の締め切りなんか放り投げて、あなたに会いに行く。

黒井ユリに、会いに行く。


たどり着いたのは、桜が満開に咲き誇る公園だった。

なぜかは知らないけれど、誰かと待ち合わせするにはうってつけの場所だと思った。

学生にとっては放課後と呼ばれる時間帯になっても、いつか遊んでいた小学生たちはやってこない。あのとき高学年だったやつらは中学生になって、部活に熱中したり大切な人との時間を過ごしたりと、青春時代を思いっきり駆け抜けているのだろう。

この世界から忘れられた公園の主は、もう戻ってこない。

未だに僕だけが未練がましく、ここにいる。

ここからすべてが始まった。

僕の短い青春は、あなたと一緒に過ごした日々だった。

僕は待った。ただひたすら、待っていた。

彼女と僕のありふれた人生が、重なることはない。

記憶を消した誰かさんは会ってくれないと、わかっているのに。

あのころ降っていた雪とは違い、桜の花びらが舞い落ちる公園のベンチで。

いなくなってしまった身勝手な誰かさんを、恋人を待つかのように待ち続けた。

MF文庫J

消せる少女

2024年 3月25日 初版発行

著者 あまさきみりと

発行者 山下直久

発行 株式会社 KADOKAWA
〒102-8177 東京都千代田区富士見2-13-3
0570-002-301（ナビダイヤル）

印刷 株式会社広済堂ネクスト

製本 株式会社広済堂ネクスト

Printed in Japan ISBN 978-4-04-683342-6 C0193